EDIÇÕES BESTBOLSO

Treze contos

Dramaturgo, contista e médico, Anton Tchekhov (1860-1904) foi um dos maiores escritores russos do século XIX. Nascido em Taganrog, sul da Rússia, começou a publicar suas obras em 1880. É considerado um dos maiores contistas da história da literatura, e sua narrativa influenciou diversas gerações de escritores. Grande renovador da arte dramática, produziu peças de destaque como *O jardim das cerejeiras*, *A gaivota* e *Tio Vanya*. Sua obra beira o limite entre humor e tragédia, expressando o cotidiano de maneira única.

ANTON TCHEKHOV

treze contos

Tradução de
MARIA JACINTHA

1ª edição

RIO DE JANEIRO – 2013

CIP-BRASIL. CATALOGAÇÃO NA PUBLICAÇÃO
SINDICATO NACIONAL DOS EDITORES DE LIVROS, RJ

Tchekhov, Anton Pavlovitch, 1860-1904
T244t   Treze contos / Anton Tchekhov; tradução Maria Jacintha. –
1ª ed. – Rio de Janeiro: BestBolso, 2013.
12 × 18 cm

ISBN 978-85-7799-216-4

1. Conto russo. I. Tchekhov, Anton Pavlovitch, 1860-1904.
Português. Contos. Seleções. II. Jacintha, Maria. III. Título.

	CDD: 891.73
13-02470	CDU: 821.161.1-3

Treze contos, de autoria de Anton Tchekhov.
Título número 352 das Edições BestBolso.
Primeira edição impressa em outubro de 2013.
Texto revisado conforme o Acordo Ortográfico da Língua Portuguesa.

Títulos em inglês dos contos desta coletânea:
"A Joke" (1886), "The Witch" (1886), "A Misfortune" (1886), "A Nightmare"(1886),
"Anyuta" (1886), "The Requiem" (1886), "An Upheaval" (1886), "The Husband"
(1886), "Champagne" (1887), "Martyrs" (1886), "The Teacher of Literature"
(1889), "The Bishop" (1902), "The Duel" (1891).

Copyright da tradução © by Editora Edibolso / Grupo Abril.

Nota do editor: Os contos reunidos neste livro foram originalmente publicados
com o título *Contos de Tchecov* (São Paulo, Editora Edibolso, 1975). Embora a
seleção de textos seja a mesma, o material que compõe *Treze contos* passou por
novo processo editorial e revisão dos textos. A coletânea traduzida por Maria
Jacintha reúne alguns dos melhores contos de toda a obra de Anton Tchekhov.

www.edicoesbestbolso.com.br

Design de capa: Luciana Gobbo.

Todos os direitos reservados. Proibida a reprodução, no todo ou em parte,
sem autorização prévia por escrito da editora, sejam quais forem os meios
empregados.

Impresso no Brasil

ISBN 978-85-7799-216-4

Sumário

História alegre	7
A feiticeira	12
Fatalidade	27
Pesadelo	43
Anyuta	59
Réquiem	64
Um belo tumulto	70
O marido	79
O caso do champanhe	85
Mártires	92
O professor de literatura	99
O bispo	128
O duelo	147

Sumário

História alegre

1886

Doze horas de um claro dia de inverno. Neva muito, está um frio de doer, Nadya dá-me o braço, seus cachos e lábios estão cobertos por gelo prateado. Estamos no alto do outeiro. De nossos pés até lá embaixo estende-se um declive regular, no qual o sol se reflete, como em um espelho. Perto de nós, um pequeno trenó guarnecido de lã de um vermelho vivo.

– Vamos escorregar, Nadyezhda Petrovna – digo, suplicante. – Só uma vez! Garanto-lhe que chegaremos sãos e salvos.

Nadya, porém, tem medo. Todo o espaço que vai de suas pequenas botas até a base do monte de gelo parece-lhe um precipício apavorante, de uma incomensurável profundidade. Desfalece, perde o fôlego quando olha para baixo ou quando apenas lhe proponho sentar-se ao trenó. Será um risco, ela poderá cair no abismo! Morrerá ou perderá a razão.

– Peço-lhe... Não deve ter medo – insisto –, não compreende que é pusilanimidade, pura covardia?

Ela acaba por ceder, e eu percebo, em seu rosto, que teme perder a vida. Faço-a sentar-se, lívida, trêmula, no trenó: enlaço-a e precipitamo-nos no abismo.

O trenozinho voa como uma bala. O ar que cortamos fustiga-nos o rosto, uiva, assobia-nos aos ouvidos, faz arder nossa pele, belisca-nos cruelmente, procura arrancar-nos a cabeça do pescoço. A velocidade do vento nos corta a respiração. Dir-se-ia que o diabo em pessoa nos agarra e, urrando, nos arrasta ao inferno. Em torno, os objetos misturam-se em uma longa faixa que foge, vertiginosamente... Mais um instante e estaremos mortos.

– Amo-a, Nadya – digo, baixinho.

O trenó começa a diminuir marcha, o uivo do vento e o rangido das lâminas estão menos assustadores, a respiração não mais nos falta e eis-nos, finalmente, aqui embaixo. Nadya, mais morta do que viva, lívida, mal respira. Ajudo-a a se levantar.

– Por nada no mundo recomeçaria – diz-me, fitando-me com seus grandes olhos cheios de medo. – Por nada no mundo! Quase morri!

Ao cabo de um instante, recupera-se e olha-me interrogativamente: terei sido eu quem pronunciou aquelas palavras, ou ela imaginou tê-las escutado, no turbilhão? E eu, de pé, diante dela, fumo e examino atentamente minhas luvas.

Nadia toma-me o braço e caminhamos um pouco em torno do monte de neve. Visivelmente, o enigma não a deixa repousar. As palavras teriam sido pronunciadas por mim ou não? Sim ou não? Sim ou não? É uma questão de amor-próprio, de honra, de vida, de felicidade, uma questão muito grave, a mais grave do mundo. Ela me atira olhares impacientes, tristes, olhares perscrutadores, responde-me vagamente, espera que eu fale. Oh! Que jogo expressivo, nesse encantador palminho de rosto! Que jogo expressivo! Vejo-a lutar contra si própria, sinto sua necessidade de falar, de indagar... mas sinto, também, que não encontra as palavras, que está envergonhada, que a felicidade a inibe...

– Sabe...? – diz-me, sem me olhar.

– O quê? – pergunto.

– Diga... o que acha de fazermos outra descida?

Subimos ao alto do monte, pela escada. Novamente, faço-a sentar-se no trenozinho, lívida, trêmula; e mais uma vez nos entregamos ao remoinho assustador, mais uma vez o vento uiva e as lâminas do trenó rangem, mais uma vez, em pleno ruído, em plena corrida, digo, baixinho:

– Amo-a, Nadenka.

Quando o trenó para, ela envolve com um olhar o outeiro que acabamos de descer, depois perscruta, longamente, meu rosto, escuta minha voz indiferente e fria... e toda a sua pessoa, até mesmo seu regalo e seu capuz, toda a sua pessoa expressa uma perplexidade extrema. Lê-se em seu rosto: "O que está acontecendo? Quem pronunciou essas palavras? Ele... ou eu apenas as sonhei?"

Tal incerteza a inquieta, faz com que perca a paciência. A pobre criança não responde às perguntas, faz beicinho, está prestes a chorar.

– E se voltássemos? – proponho.

– É que... gosto do trenó – diz ela, corando. Vamos a mais outra descida.

"Gosta" do trenó. Isso, porém, não impede que, quando se sente, fique lívida, mal respire, trema de pavor.

Fizemos uma terceira descida e percebo que ela olha em meu rosto e vigia meus lábios. Mas eu os cubro com um lenço, tusso. Quando atingimos o meio da rampa, consigo articular:

– Amo-a, Nadya.

E o enigma continua enigma. Nadya, silenciosa, sonha... Reconduzo-a à casa, ela tenta retardar o andar, arrasta os passos e espera, sempre. Mas eu não vou pronunciar as palavras. Vejo que sofre, que faz enorme esforço para não dizer: "Não pode ter sido o vento... E eu não quero que tenha sido o vento."

No dia seguinte, recebo este bilhete: "Se vai passear de trenó hoje, venha me buscar. N." E desde então vou diariamente passear de trenó com ela, e, a cada descida, repito as palavras de sempre:

– Amo-a, Nadya.

Logo ela se acostumou com essa frase, assim como nos acostumamos ao vinho, ou à morfina. Já não pode viver sem ela. É verdade que a descida no trenó a assusta tanto quanto antes, mas agora o medo e o perigo acrescentam um encanto particular às palavras de amor, às palavras que, como antes, constituem um enigma e enlanguescem sua alma. As suspeitas caem sobre os mesmos personagens: o vento e eu. Qual dos dois lhe confessa seu amor, ela não sabe. Aparentemente, já não importa de onde vem a confissão: que importância tem o frasco, diante da embriaguez do perfume?

Certa vez, ao meio-dia, me dirijo sozinho ao trenó. No meio da multidão, vejo Nadya aproximar-se do outeiro e procurar-me com os olhos. Depois, sobe timidamente a escada... É terrível descer sozinha, como é terrível! Está branca como a neve, treme, tem-se a impressão de que está a caminho do suplício, mas continua, olhando em frente, resoluta. Sem dúvida, decidiu fazer uma experiência: ouvirá as doces e maravilhosas palavras sem que eu esteja? Vejo-a sentar-se no trenó, lívida, boca entreaberta de medo, fechar os olhos e lançar-se, depois de enviar um adeus para sempre à terra... As lâminas do trenó rangem... Estará ouvindo as palavras? Não sei... Vejo-a, depois, sair do trenó esgotada, sem forças. E leio em seu rosto que continua sem saber se ouviu ou não alguma coisa. O pavor da descida tirou-lhe a faculdade de ouvir, de distinguir os sons, de compreender.

E veio março. E a primavera. O sol torna-se mais acariciante, nosso outeiro de gelo escurece, perde seu brilho e termina por fundir-se. Adeus, passeios de trenó! Não há mais onde a pobre Nadya possa ouvir palavras de amor, não há mais alguém para pronunciá-las, pois já não há mais vento e eu vou partir para São Petersburgo por muito tempo, talvez para sempre.

Dois dias antes de minha partida, estava sentado em meu jardim, onde uma alta paliçada, eriçada por causa das pontas, separava-me da casa de Nadya. Fazia ainda bastante frio, ainda havia neve sob o estrume, as árvores dormiam ainda, mas tudo isso já anunciava a primavera; e os corvos, que se instalavam para dormir, crocitavam ruidosamente. Aproximei-me da paliçada e olhei longamente por uma fenda. Vi Nadya aparecer no alto da escadaria e erguer para o céu um olhar triste, dolorido. O vento primaveril, como um chicote, fustigava seu rosto pálido e abatido... Lembrava-lhe, talvez, o vento que uivava a nossos ouvidos, no outeiro, quando ouviu as palavras de amor. Seu rosto assumiu uma expressão triste, e uma lágrima deslizou sobre ele. A pobre criança estendeu os braços, como se suplicasse à nortada que lhe trouxesse essas palavras, uma vez mais. Então, aproveitando uma lufada, murmurei:

– Amo-a, Nadya.

Deus, o que lhe estaria acontecendo? Ela soltou um grito, um sorriso iluminou-lhe o rosto. Estendeu os braços para o vento, alegre, feliz, arrebatada! E eu fui arrumar minha mala.

Isso foi há muito tempo. Nadya, agora, está casada: casou-se, ou casaram-na, pouco importa, com o secretário da Câmara da Nobreza, e tem três filhos. Jamais esqueceu o tempo em que íamos andar de trenó, quando o vento levava até ela palavras de amor: "Amo-a, Nadenka." E, no momento, é a mais feliz recordação, a mais tocante, a mais bela de sua vida.

E eu, agora, mais amadurecido, não compreendo por que dizia tais palavras, por que me divertia com aquela brincadeira.

A feiticeira

1886

Era quase meia-noite. Deitado em um imenso leito, na casa do sacristão, o chantre Savely Gykin não dormia, ainda que tivesse o hábito de dormir cedo, como as galinhas. Sob a coberta imunda, feita de restos de chita de todas as cores, apareciam seus ásperos cabelos ruivos. Da outra ponta da coberta saíam dois pés imensos, que havia muito não eram lavados. Escutava...

A casa do sacristão era cercada pelo muro curial e sua única janela dava para o campo, onde se travava uma verdadeira guerra. Era difícil perceber o que provocava a imensa algazarra, ou notar pela perda de quem a natureza punha tudo de pernas para o ar. Mas, a julgar pelo seu esbravejar incessante e sinistro, que repercutia violentamente, alguém estava em perigo... Uma força vitoriosa corria pelos campos, danificava a floresta e os telhados da igreja, batia furiosamente nas janelas, varria, rasgava – e qualquer coisa vencida urrava e chorava.

O gemido lamuriento ouvia-se, ora além da janela, ora no telhado, ora descendo pela chaminé – e não era um apelo de socorro que se sentia nele, mas a angustiada consciência de que não havia mais salvação, de que era tarde demais...

Os montículos de neve estavam cobertos por uma fina casca de gelo, e lágrimas congeladas tremiam sobre eles e sobre as árvores. Pelos caminhos, os atalhos desafogavam um suco de lama e de neve fundida. Era o degelo. Mas, através da noite opaca, o céu não o percebia e enviava, com toda a sua força, novos flocos de neve. O vento rodopiava como um homem ébrio e, sem permitir à neve tocar a terra, fazia-a voar nas trevas, à sua mercê.

Savely ouvia o atordoante concerto e franzia o rosto. Sabia, ou pelo menos julgava adivinhar, a que levava toda aquela algazarra e de quem ela era obra...

– Eu sei – dizia em um rosnar, ameaçando alguém com o dedo, sob a coberta. – Sei de tudo!

Perto da janela, sentada em um escabelo, estava sua mulher, Raissa Nilovna. Sobre outro escabelo, uma lâmpada de lata, que, como se estivesse intimidada e incerta de suas forças, derramava uma tênue luz vacilante sobre seus largos ombros, sobre os belos e apetitosos relevos de seu corpo, sobre suas tranças espessas que tocavam o solo.

Costurava sacos de grossa estopa. Suas mãos corriam ligeiras, mas todo o seu corpo, seus olhos, suas sobrancelhas, seus lábios carnudos, seu longo pescoço, imobilizados pelo trabalho monótono e mecânico, pareciam dormir. De quando em quando, erguia a cabeça para relaxar o corpo fatigado e olhar furtivamente a janela, além da qual se desencadeava a tempestade. Mas logo voltava a debruçar-se sobre o grosso tecido. Nem desejos, nem tristeza, nem alegria – nada transparecia em seu rosto de nariz arrebitado e faces marcadas de covinhas. Assim como nada expressa uma bela fonte, quando ela não está jorrando.

Ao terminar um saco, atirou-o ao chão e, após espreguiçar-se com visível prazer, deteve sobre a janela seu olhar fixo e terno: pelos vidros deslizavam lágrimas e a brancura dos efêmeros flocos de neve que, tombando, se fundiam.

– Vem deitar-te – resmungou o chantre.

A mulher não respondeu. Mas, subitamente, seus cílios começaram a se mover, e a atenção brilhou em seus olhos. Savely que, sob as cobertas, vigiava sem cessar as expressões de seu rosto, ergueu a cabeça e perguntou:

– O que há?

Raissa respondeu, docemente:

– Nada... Parece que está chegando alguém...

Com as mãos e com os pés, Savely atirou longe as cobertas, ajoelhou-se na cama e fitou a mulher com expressão aparvalhada. A luz tímida da pequena lâmpada iluminou a face peluda e crestada do chantre e deslizou por sua áspera cabeça.

– Estás ouvindo? – perguntou à mulher. Através do ulular contínuo da tormenta, ele apreendeu um som de campainha muito fino, quase imperceptível, semelhante ao zumbido de um mosquito, que se zanga quando é impedido de pousar em um rosto. – É o correio – resmungou Savely, sentando-se sobre as pernas.

A três verstas* da igreja passava a mala postal. Quando o vento soprava do lado da estrada, os habitantes da casa ouviam as campainhas. A mulher do chantre suspirou:

– Senhor! Como se pode viajar com um tempo desses...

– Questão de dever... Queiram ou não, é preciso trabalhar.

O som pairou no ar e extinguiu-se.

– Já se foi – disse Savely, voltando a se deitar. Mas mal teve tempo de puxar as cobertas: logo o som nítido da campainha retornou a seus ouvidos. O chantre, inquieto, olhou para a mulher, saltou da cama, sacudindo-se todo, pôs-se a andar em torno da lareira. A campainha ainda ressoou um pouco, depois silenciou, como se tivesse sido arrancada.

O chantre murmurou, detendo-se, olhando a mulher, os olhos meio fechados:

– Não se ouve mais nada...

Exatamente nesse momento o vento chicoteou a janela e chegou com o som fino e agudo... Savely empalideceu, tossiu e arrastou, pelo chão, seus pés nus.

– O correio perdeu sua rota – disse, com voz rouca, olhando colericamente a mulher –, estás ouvindo? A mala postal

---

*Antiga medida russa para calcular distâncias. Equivalente a 1,067m (*N. do E.*)

extraviou-se. Eu sei... Eu sei... Pensas que não compreendo? Sei de tudo! Que o diabo te carregue!

A mulher perguntou, suavemente, sem desviar os olhos da janela:

– O que sabes?

– Sei que és tu que fazes tudo isso, mulher diabólica. É obra tua... Esta tormenta, o correio extraviado... És tu a culpada... És tu!

– Estás louco ou és imbecil – replicou tranquilamente a mulher.

– Há muito tempo venho notando... Desde o dia de nosso casamento senti que há em tuas veias sangue de cadela...

– Ora! – exclamou Raissa, surpresa, erguendo os ombros e benzendo-se. – É melhor que faças o sinal da cruz, idiota!

– És uma feiticeira sem remédio – acrescentou Savely, a voz surda e dolente, assoando rapidamente o nariz em sua própria camisa. – Embora sejas minha mulher e de condição eclesiástica, direi, em confissão, o que és... É meu dever. Senhor, proteja-me e salve-me! No ano passado, no dia do profeta Daniel e dos três adolescentes, houve também uma tempestade de neve... e o que aconteceu? Um operário veio até aqui, para se aquecer. Depois, no dia de Santo Aleixo, o Homem de Deus, o rio degelou. O chefe de polícia veio... conversou a noite toda contigo, o maldito. Pela manhã, quando saiu, tinha olheiras e as faces cavadas. Hein? O que dizes disso? Também por duas vezes, na festa do Salvador, houve tempestades, e, nessas ocasiões, um caçador veio passar a noite. Vi tudo! Que o diabo te carregue! Vi tudo! Ah! Agora ficaste mais vermelha do que uma lagosta, vês?

– Não viste nada disso...

– Tenho certeza! Vi, sim. E, neste inverno, antes do Natal, no dia dos Dez Mártires de Creta, quando a borrasca durou um dia e uma noite... lembras-te? O escrivão do marechal perdeu-se, não achou o caminho e veio cair aqui, o cão... E logo por quem te enfeitiçaste? Por um reles escrivão! Gastar tempo com uma coisa dessas! Um aborto do diabo, um ranhoso que não enxerga um palmo acima do chão, com a boca cheia de borbulhas e o pescoço torto... Se ao menos fosse belo... Mas é nojento, o cachorro!

O chantre tomou fôlego, enxugou os lábios e ficou atento. Não mais se ouvia a campainha, mas o vento bateu no telhado e a janela vibrou novamente. Savely continuou:

– E agora a coisa se repete. Não é por acaso que o correio se extravia! Podes cuspir-me na cara, se não é a ti que ele procura! Ah! O diabo conhece bem suas tarefas... Vai extraviá-lo e o trará até aqui. Eu *seei*! Eu *veejo*! Não podes mais ocultar-te de mim, guizo do diabo, monstro de luxúria! Adivinhei teus pensamentos desde que a tormenta começou.

– És um imbecil! Então achas que sou eu quem fabrica o mau tempo?

– Sim, tenho certeza. Podes rir! Pensas que não tomo nota? Sempre que teu sangue ferve, faz logo mau tempo e, a cada tormenta, surge-nos um cretino qualquer... Isso acontece todas as vezes... Logo, és tu a culpada!

Para ser mais persuasivo o chantre levou o dedo à testa, fechou o olho esquerdo e prosseguiu, arrastando a voz:

– Ah! Loucura e danação de Judas! Se fosses realmente uma mulher, e não uma feiticeira, devias indagar se esses homens são um operário, um caçador ou um escrivão, e não o próprio demônio disfarçado em suas figuras. Hein? Devias indagar, não devias?

– Como és cretino, Savely – disse a mulher, suspirando e olhando o marido com piedade. – Quando meu pai morava aqui, muitas pessoas vinham procurá-lo para curar as febres... Das aldeias, dos lugarejos, das fazendas dos armênios... Quase todos os dias, sem que fossem tomados por diabos. E agora, se aparece alguém, uma vez por ano que seja, para abrigar-se do mau tempo, ficas logo pensando em feitiçarias, imbecil que és. E, imediatamente, tua cabeça se enche de toda espécie de maus pensamentos...

A lógica da mulher abalou um pouco Savely. Afastou os pés nus, baixou a cabeça e refletiu. Não estava ainda firmemente convencido quanto a suas suspeitas; e o tom sincero e tranquilo da mulher o desarmou completamente. No entanto, depois de pensar um pouco, balançou a cabeça e disse:

– É que nunca vêm velhos ou aleijados: são sempre homens jovens os que pedem para passar a noite... Por quê? Se ao menos buscassem apenas aquecer-se, mas não! Fazem o jogo do diabo... Não, mulher, não existem criaturas mais ardilosas no mundo do que as da espécie feminina... Do verdadeiro espírito, meu Deus, têm menos do que um estorninho, mas, de sua malícia diabólica, que a Rainha dos Céus nos salve! Escuta a campainha do correio! Aconteceu logo que o temporal começou... Adivinhei teus pensamentos... Fizeste as tuas feitiçarias, teceste as tuas teias, aranha!

– Mas que razões tens para me maltratares assim, desgraçado? – perguntou Raissa, perdendo a paciência. – Por que te colas a mim, resina?

– Maltrato-te porque, se suceder algo diferente esta noite... Deus nos preserve disso!... irei amanhã mesmo, de madrugada, procurar o padre Nikodim para lhe contar tudo. Direi o que está se passando. Assim: perdoe-me, seja generoso, padre, não tenho culpa, mas minha mulher é uma feiticeira. Por que digo? Por quê? O senhor quer saber por quê? Por isso, por aquilo... Então, pobre de ti, mulher! Serás punida, não só no Juízo Final, mas aqui mesmo, neste mundo, também! Para isso existem os rituais...

Subitamente, bateram à janela. De forma tão violenta e inusitada que Savely empalideceu e encolheu-se de medo. A mulher sobressaltou-se, empalidecendo também. Vindo de fora, soou uma voz grossa, profunda e trêmula:

– Em nome de Deus, deixem-nos entrar para nos aquecermos um pouco! Não ouvem? Por piedade, abram! Estamos perdidos...

– Quem sois? – perguntou a mulher do chantre, receosa de abrir a janela.

– Somos da mala postal – respondeu outra voz.

– Nunca fazes tuas feitiçarias em vão – disse Savely, num gesto desanimado. – Já chegaram... Eu tenho razão, vês? Mas cuidado contigo!

O chantre deu dois saltos diante da cama, atirou-se sobre o colchão e, fungando raivosamente, virou o rosto para a parede. Logo, uma rajada fria bateu-lhe nas costas: a porta rangeu e, no umbral, apareceu um vulto alto, coberto de neve. Atrás dele, um outro vulto, também todo branco...

– Devo trazer os sacos? – perguntou o segundo vulto, o da voz rouca.

– Não. Podem ficar lá.

Dito isso, o primeiro homem começou a desabotoar sua capa de montanha. Antes mesmo de terminar, arrancou-a, juntamente com o gorro, atirando-a, irritado, para perto da lareira. Depois, despiu com dificuldade o casaco, atirou-o no mesmo lugar do manto e pôs-se a andar pela sala, sem lembrar-se de dizer "Boa noite".

Era um jovem funcionário do correio, metido em uma horrível túnica de uniforme, bastante gasta, e em botas surradas e sujas. Reaquecido pelo movimento, sentou-se diante da mesa, estendeu os pés enlameados sobre os sacos e apoiou a cabeça nas mãos. Seu rosto branco com manchas vermelhas guardava ainda as marcas dos sofrimentos e das dificuldades que enfrentara. Crispado, com expressão angustiada, a neve liquefazendo-se em suas sobrancelhas, em seu bigode e em sua barba bem-aparada e arredondada, ele era, apesar de tudo, um belo rosto.

– Que vida de cão! – falou numa rosnadela, olhando as paredes, talvez sem acreditar ainda que estivesse em um abrigo aquecido. – Quase passamos sem ver... Não fosse esta luz na janela, nem sei o que nos teria acontecido. E só o Diabo sabe quando tudo isso passará... Não há sentido nesta vida cachorra que levamos! – Onde estamos? – perguntou, baixando a voz e fixando interrogativamente a mulher do chantre.

– Próximo a Gulyaevo, na propriedade do general Kalinovsky... – respondeu Raissa, tocada e corando.

– Ouviste, Stepan? – disse ao companheiro, retido na porta pela largura do saco de couro que trazia aos ombros. – Estamos em Gulyaevo.

– Sim... Tão longe ainda? – Deixando escorregar as palavras com um suspiro rouco e entrecortado, o cocheiro saiu e, pouco depois, reapareceu com um segundo saco, bem menor do que o primeiro. Saiu mais uma vez e trouxe o sabre do correio, pendente de uma larga correia, muito parecido com o longo gládio achatado que os artistas populares colocam nas mãos da imagem de Judith, perto do leito de Holofernes. Depois de enfileirar os sacos ao longo da parede, sentou-se e acendeu o cachimbo.

– Talvez queiram tomar um pouco de chá – disse a mulher do chantre.

– Não se trata de tomar chá – respondeu o homem, de cara fechada. – Trata-se de nos aquecermos um pouco e partir o mais depressa possível: não podemos chegar atrasados para o trem da mala postal. Descansaremos uns dez minutos e seguiremos viagem. Só queremos que tenha a bondade de nos indicar o caminho.

A mulher suspirou:

– Parece castigo de Deus um tempo assim...

– Sim... Talvez seja... Quem é a senhora?

– Nós? Somos daqui mesmo... Adidos à igreja... Pertencemos ao clero... Vejam: meu marido já está deitado. Levanta-te, Savely! Vem dizer boa-noite... Antes, existia aqui uma paróquia, mas foi suprimida há um ano e meio. Quando os chefes viviam aqui, vinha muita gente... É natural. Bem que valia a pena termos um padre... Mas agora, faça ideia... Como poderia viver aqui um clérigo, com a aldeia mais próxima, Markovka, a cinco verstas? Savely, no momento, não tem cargo. Está substituindo o zelador... Foi incumbido de tomar conta da igreja.

Então, o homem ficou sabendo que, se Savely tivesse ido falar à mulher do general e escrito uma carta ao arcebispo, certamente lhe teriam dado um bom lugar. Mas não o fizera, porque era um sujeito preguiçoso e selvagem.

– Se bem que, servindo ele de zelador, continuamos a fazer parte do clero – esclareceu, ainda, a mulher do chantre.

– E de que vivem? – perguntou o funcionário do correio.

– Há o prado e o jardim da igreja. Mas isso não rende grande coisa – disse, suspirando, a mulher. O padre Nikodim, de uma cidade próxima, que tem olho grande, acha que só porque reza missa aqui nos dias de São Nicolau do Verão e de São Nicolau do Inverno tem o direito de pegar quase tudo para ele. E não há ninguém que nos sustente.

– Estás mentindo! – gritou Savely. – O padre Nikodim é uma santa alma, uma flâmula da Igreja. O que ele pega é regulamentar.

O hóspede disse, sorrindo:

– Como teu homem é zangado! Estás casada há muito tempo?

– Há quatro anos, contando do domingo do Perdão. Papai era chantre aqui. Quando sua hora se aproximou, dirigiu-se ao consistório, pedindo que seu lugar ficasse para mim, até que nomeassem um chantre solteiro e eu me casasse com ele. Foi assim que me casei.

O funcionário do correio brincou:

– Então, com uma só cajadada mataste dois coelhos, hein? Pegaste o lugar e pegaste a mulher – disse a Savely, que se conservava silencioso e de costas.

Savely agitou nervosamente o pé e reaproximou-se da parede. O hóspede levantou-se, espreguiçou-se e sentou-se sobre um dos sacos. Ficou um instante pensativo. Depois, apalpou o saco em que se sentara, examinando-o, mudou o sabre de lugar e espichou-se, com uma das pernas pendentes.

– Vida de cão! – resmungou, levando as mãos à cabeça e fechando os olhos. – Não desejo uma vida dessas ao mais feroz dos tártaros.

Logo veio o silêncio. Ouvia-se Savely fungar, enquanto o funcionário do correio, adormecido, respirava lenta e tranquilamente, deixando escapar, a cada exalação, um ruído cheio e prolongado. Dir-se-ia, em certos momentos, que uma pequena roda, mal-lubrificada, rangia em sua garganta. Sua perna, trêmula, arranhava o saco.

Savely voltou-se, sob as cobertas, e olhou lentamente ao redor. Sua mulher, sentada no escabelo, o rosto entre as mãos, contemplava o hóspede; e seus olhos tinham a fixidez dos seres dominados pelo espanto e pelo medo.

Irritado, grunhiu:

– Vamos! O que estás olhando?

– O que te importa? Continua deitado e deixa-me em paz – respondeu a mulher, sem desviar o olhar da cabeça loura do jovem.

Savely, furioso, suspirou profundamente e, de novo, virou-se para a parede. Instantes depois, inquieto, ajoelhou-se na cama e, apoiado no travesseiro, observou a mulher de esguelha. Raissa, imóvel, continuava a contemplar o viajante: suas faces estavam mais pálidas e em seu olhar brilhava uma estranha luz. O chantre gemeu, deixou-se escorregar da cama e, aproximando-se do homem adormecido, colocou-lhe um lenço no rosto.

– Por que estás fazendo isso? – perguntou a mulher.

– Para que a luz não bata em seus olhos.

– Então, o melhor é apagar tudo.

Savely fixou-a, cheio de suspeitas, esticou os lábios em direção à lâmpada... Deteve-se, porém, e cruzou os braços, exclamando:

– É uma astúcia diabólica! Não existem criaturas mais ardilosas do que as da espécie feminina!

– Ah! Basta, demônio de batina – sibilou a mulher, crispada de raiva. – Não perdes por esperar!

E, acomodando-se melhor, recomeçou sua contemplação do jovem hóspede.

Não importava que seu rosto estivesse coberto: isso a interessava muito menos do que a visão geral, o conjunto, a *novidade* e a juventude do homem adormecido. Um peito largo e forte; belas mãos, finas e musculosas; pernas rígidas e muito mais atraentes do que as gâmbias de Savely: não havia comparação...

– Posso ser o diabo de batina – disse Savely, ao cabo de alguns instantes. – Mas eles não têm o direito de vir dormir aqui. Sim... Não têm o direito! O serviço deles é dever de Estado... E nós seremos responsáveis, também, se permitirmos que percam o horário. Quando se transporta a mala postal, deve-se fazê-la chegar a seu destino, não se tem o direito de dormir. Ei! Tu, aí! – gritou. – Tu, aí, cocheiro! Como te chamas? Queres que eu te conduza? Levanta-te. Não está certo dormir quando se tem a responsabilidade da mala postal!

Perdeu a paciência, precipitou-se para o funcionário do correio e puxou-o pela manga:

– Ei, doutores! Enquanto se pode andar, o dever é caminhar. Se não se pode, tanto pior! O que não é certo é ficar dormindo.

O jovem abriu os olhos, esticou o corpo, sentou-se sobre o leito improvisado, correu o olhar ainda perturbado pelo quarto e deitou-se novamente. Savely puxou-o mais uma vez pela manga, martelando as palavras:

– Afinal, quando pretendes partir? A mala postal existe para chegar a tempo, não compreendes? Vou mostrar-te o caminho.

O jovem entreabriu os olhos. Aquecido, prostrado, amolecido pela doçura do primeiro sono, não totalmente desperto, via como através de um véu o colo branco, o olhar fixo e úmido de Raissa: fechou os olhos e sorriu, como se tudo aquilo não passasse de um sonho. Ouviu uma doce voz de mulher:

– Como será possível viajar com um tempo desses? Fariam melhor dormindo o quanto quiserem...

– E a mala? Quem levará a mala? Tu a levarás? – Savely perguntou alarmado.

O hóspede abriu os olhos, contemplou as vivas covinhas da mulher: lembrou-se do local em que se encontrava e compreendeu. A ideia de sair pelas gélidas trevas arrepiou-o da cabeça aos pés. Franziu a testa. Bocejou:

– Bem que ainda podíamos ficar por uns cinco minutos. De qualquer maneira, já chegaremos atrasados...

Ouviu-se a voz do cocheiro à porta:

– Talvez a gente ainda chegue a tempo. Com um mau tempo assim o trem deve estar atrasado.

O jovem ergueu-se, espreguiçou-se e, sem pressa, vestiu o casaco. Savely, vendo que os homens do correio se preparavam para partir, relinchou de satisfação.

– Ajuda-me aqui! – gritou-lhe o cocheiro, procurando levantar um grande saco.

O chantre correu em seu auxílio e arrastou os sacos para o pátio. O outro empregado público começou a desdobrar seu grosso manto. Raissa olhava seus olhos, como se procurasse sondar sua alma...

– Pelo menos, deviam tomar um pouco de chá...

– Bem que eu gostaria – respondeu o jovem. – Mas já está tudo preparado... É verdade que, de qualquer maneira, já estamos atrasados...

– Então fique – sussurrou a mulher, olhos baixos, tocando sua manga...

O jovem conseguia, enfim, desatar o nó do manto. Indeciso, colocou-o, dobrado, no braço. Sentia-se arder, perto da jovem mulher.

– Que lindo pescoço!

Acariciou-lhe levemente o pescoço, com a ponta dos dedos. Sentindo falta de resistência, tocou suas mãos, seu colo, seus ombros...

– Como és bela!

– Fique mais um pouco, para tomar chá...

Ouviu-se, de fora, a voz do cocheiro:

– O que estás fazendo com esse saco, seu cara de arroz cozido com melaço?* Coloca atravessado!

– Fique – dizia a mulher. – Veja como a tempestade está rugindo.

Ainda não totalmente desperto, não podendo resistir ao apelo amolecedor de um sono sadio, o jovem foi subitamente tomado pelo desejo da mulher próxima, esquecendo os sacos de cartas, os trens-correios, todas as coisas do mundo... Assustado, como se quisesse fugir ou ocultar-se, voltou as costas à porta, abraçou a mulher pela cintura e já se debruçava sobre a pequena lâmpada para extingui-la quando ouviu ruído de botas no corredor e o cocheiro apareceu. Atrás dele, Savely olhava-o. Deixou cair rapidamente os braços, hesitante.

– Tudo pronto – disse o cocheiro.

Por um segundo, ficou imóvel. Depois, balançou a cabeça e, completamente desperto, seguiu o cocheiro. Raissa ficou só.

– Vamos! Sobe! Mostra-nos o caminho! – ouviu ela.

Uma campainha começou a tocar, preguiçosamente. Depois outra... E mais outra... E os sons, encadeando-se suavemente, distanciaram-se.

Quando, pouco a pouco, extinguiram-se, a mulher do chantre ergueu-se e pôs-se a andar nervosamente. Muito

---

*A expressão pitoresca e pejorativa que o cocheiro utiliza para chamar Savely deve-se a um costume da antiga Rússia. Durante os enterros e os serviços fúnebres, preparava-se um prato de arroz, temperado com mel ou passas, destinado aos presentes, deixando-se o que restasse para o clero. (*N. da T.*)

pálida, de início, enrubesceu. Seu rosto convulsionou-se de ódio. Sua respiração ofegava. Seus olhos brilharam, num lampejo de irritação selvagem e cruel. Andando como se estivesse presa em uma gaiola, lembrava um tigre espicaçado com ferro em brasa. Deteve-se um instante, lançando um rápido olhar sobre o alojamento. O leito ocupava quase a metade do compartimento: alongava-se, na extensão da parede, com seu colchão sujo, seus travesseiros duros e cinzentos, suas cobertas feitas de trapos. Formava um amontoado informe, muito semelhante à cara do chantre quando cedia ao desejo de se empomadar. Do leito até a porta que dava para o corredor frio, avultava a lareira, com os seus esfregões e suas panelas suspensas. Tudo, sem excluir Savely, apresentava-se no superlativo da imundície, dentro do ambiente enfumaçado no qual parecia estranho ver-se o pescoço alvo e a pele macia e fina da mulher.

Raissa correu à cama, estendeu a mão, como se quisesse dispersar, pisar aos pés, reduzir a pó tudo aquilo. Mas, apavorada ao contato de toda aquela imundície, recuou e recomeçou a andar.

Quando, duas horas depois, Savely voltou, coberto de neve e extenuado, já a encontrou deitada. Seus olhos permaneciam fechados, mas, pela leve palpitação de seu rosto, o chantre adivinhou que não dormia. Não pôde privar-se de feri-la, de ofendê-la, embora em todo o trajeto de volta tivesse prometido a si próprio nada dizer-lhe até o dia seguinte, e não tocá-la:

– De nada serviram tuas feitiçarias... Ele se foi!

Falava com uma ironia malévola. Raissa, no entanto, calava-se. Somente seu queixo tremia. Savely despiu-se lentamente, passou por cima do corpo da mulher e deitou-se bem junto à parede. Encolheu-se, murmurando:

– Explicarei tudo amanhã ao padre Nikodim... Contarei a mulher que tu és!

Ela se voltou bruscamente. Seus olhos faiscavam.

– Podes ficar com a casa. Mas vais procurar outra mulher na floresta. Não sou a mulher que mereces. Ah! Como seria bom que estourasses de uma vez! Que grosseiro, que vagabundo caiu-me em cima! Deus me perdoe... É o que sinto...

– Vamos, vamos... Dorme!

– Sou muito desgraçada – disse, soluçando, a mulher. – Se não tivesses aparecido, talvez eu me casasse com um negociante, ou com um nobre. Se meu marido fosse outro, eu o amaria agora. Por que a neve não te sepultou de uma vez? Por que não ficaste congelado na estrada, Herodes?

Chorou longamente. Por fim, suspirou bem fundo e acalmou-se. A tormenta crescia cada vez mais, além da janela. Na lareira, na chaminé, do outro lado das paredes, alguma coisa chorava; e a Savely parecia que tal choro era dentro dele próprio e perto de seus ouvidos. Naquela noite, ficou definitivamente convencido da verdade de suas suspeitas em relação à mulher. Não duvidava mais de que, com a ajuda do maligno, ela dispusesse das tempestades e das troicas do correio. Não duvidava. E, como para aumentar seu sofrimento, esse poder sobrenatural, esse mistério e essa força selvagem davam à mulher deitada a seu lado um fascínio especial, incompreensível mesmo, que nunca percebera antes. Sem que se desse conta, ele a poetisara e parecia-lhe que se tornava agora ainda mais branca, mais suave, mais distante...

– Feiticeira! – exclamou com raiva. – Fora, sua nojenta!

No entanto, na suposição de que, já acalmada, ela começasse a respirar regularmente, tocou-lhe a nuca com os dedos. E tomou nas mãos sua pesada trança. Ela não o sentiu. Mais audacioso, acariciou-lhe o pescoço...

– Deixa-me! – gritou a mulher. E, com os cotovelos, bateu-lhe tão fortemente no nariz que centelhas cegaram seus olhos por instantes.

A dor do chantre acalmou-se logo. Mas seu suplício continuou.

Fatalidade

1886

Sofya Petrovna, esposa do tabelião Lubyantsev, bela e jovem mulher de vinte e cinco anos, passeava vagarosamente ao longo de uma vereda florestal, em companhia de seu vizinho de férias, o advogado Ilyin. Não eram ainda cinco horas da tarde. Muito acima do arvoredo copado amontoavam-se, em flocos, nuvens brancas, intercaladas, mais atrás, por pedaços claros de céu. As nuvens estavam imóveis, como se estivessem pregadas nos pinheiros, dentro de uma atmosfera ao mesmo tempo calma e abafada.

Ao longe, um aterro de estrada de ferro cortava a vereda e, naquele dia, não se sabe por que razão, montava guarda ali uma sentinela armada, indo e vindo. Logo adiante, mancha branca na paisagem, avultava a igreja de seis cúpulas – e o vermelho da ferrugem de seu telhado.

Sofya continuava sua conversa, olhando para o chão e tocando, com a ponta da sombrinha, as folhas caídas do último outono.

– Não esperava encontrá-lo aqui, mas estou satisfeita. Já que é preciso que conversemos seriamente, definitivamente. Se, de fato, me ama, pare com sua insistência, peço-lhe. Tem sido minha própria sombra, seguindo-me e olhando-me de maneira inconveniente, fazendo-me declarações de amor. Escreve-me estranhas cartas... E eu não sei quando pretende terminar com tudo isso, que não sei aonde nos levará, Senhor Deus...

Ilyin continuou calado. Sofya deu mais alguns passos e prosseguiu:

– O mais impressionante é que sua brusca mudança de atitudes para comigo processou-se em duas ou três semanas, depois de cinco anos sem nos vermos. Não o reconheço.

Lançou um olhar furtivo a seu acompanhante, que fitava com atenção as nuvens e seus flocos flutuantes, apertando os olhos. A expressão má, amargurada e distante de um homem que sofre e é obrigado, ao mesmo tempo, a escutar tolices.

– Surpreende-me que ainda não tenha compreendido – falou, em continuação, madame Lubyantsev. – Está fazendo um jogo nada bonito. Sou uma mulher casada, amo e respeito meu marido... Tenho uma filha... Será possível que não dê importância a coisas tão sérias? Sem contar que é um velho amigo e não ignora meus pontos de vista sobre a família e os princípios de sua dignidade.

Ele murmurou:

– Princípios de família... Senhor!

– Sim... Princípios, sim... Além de amar e respeitar meu marido, valorizo muito a tranquilidade que desfruto em meu lar. Preferiria morrer a causar qualquer sofrimento a Andrey e a nossa filha. Peço-lhe, portanto, pelo que existe de mais sagrado, que me deixe em paz. Sejamos bons amigos, como antes. Termine com esses suspiros e essas atitudes que não lhe ficam bem. É minha resposta definitiva. Nem mais uma palavra sobre isso. Falemos de outro assunto.

Novamente, o olhar furtivo a Ilyin. Ele continuava a olhar para cima, muito pálido, mordendo furiosamente os lábios trêmulos. Ela não compreendia por que ele estava tão irritado, tão revoltado; sua palidez sensibilizou-a. Disse-lhe, então, ternamente:

– Não se zangue. Voltemos a ser bons amigos... Não quer? Eis minha mão...

Tomando a mãozinha roliça nas suas, o advogado apertou-a e, lentamente, levou-a aos lábios. Gaguejou:

– Não sou um colegial. Não me seduz manter amizade fraterna com a mulher que amo.

– Basta. Já lhe disse que é definitivo. Vamos nos sentar naquele banco.

Um delicioso sentimento de paz invadiu a alma de Sofya. O mais difícil e o mais delicado já fora dito, e o problema que a torturava estava solucionado. Agora já podia respirar à vontade, olhar Ilyin de frente. Ela olhava para ele e o sentimento egoísta de superioridade de uma mulher que se sabe amada sobre quem a ama lhe acariciava o coração. Agradava-lhe que aquele colosso, de rosto tão másculo e tão nervoso, de longa barba negra, inteligente, culto, dotado de tantos talentos, ali estivesse sentado docilmente a seu lado, ouvindo-a, de olhos baixos. Houve um silêncio de uns dois ou três minutos. Depois, ele replicou:

– Nada é definitivo. Parece um recitativo de verdades fundamentais, só conhecidas pela senhora: "Amo e respeito meu marido... Princípios de família..." Não preciso de seu auxílio para saber disso. Posso, mesmo, dizer-lhe muito mais: com toda honestidade, toda sinceridade, considero minha conduta imoral e criminosa. O que falta acrescentar? De que serve dizer o que todo mundo já sabe? Em vez de me afogar em suas lamentações, faria melhor dizendo-me o que devo fazer.

– Já lhe disse: parta.

– Já o fiz, bem sabe, cinco vezes... E, a cada vez, voltei do meio do caminho. Posso exibir-lhe minhas passagens de ida: tenho todas comigo. A verdade é que não sinto vontade de fugir à sua presença. Luto, luto terrivelmente... Para quê, se não tenho fibra para ir adiante, se sou fraco, covarde? Não posso combater minha própria natureza, compreende? Não posso. Tento fugir, mas sou retido pelas abas de meu casaco... É o que parece. Vil e abjeta fraqueza.

Ilyin enrubesceu, levantou-se, pôs-se a andar em torno do banco.

E com os punhos fechados, disse:

– Fico desesperado! Odeio-me, desprezo-me. Deus meu, estou perseguindo a mulher de outro homem como um garoto irresponsável e desviado; escrevo cartas idiotas, rebaixo-me... Ąn!

Apertou a cabeça com as mãos, soltou um gemido e voltou a sentar-se.

– Além disso, há a sua falta de sinceridade. Se reprova tanto o meu comportamento, por que veio até aqui? Ninguém a obrigou. Jamais lhe pedi, em minhas cartas, nada que não fosse uma resposta categórica, clara: sim ou não. E em vez de me responder, sem subterfúgios, arranja sempre meios de vir a meu encontro, sempre "por acaso", e me arrasa com suas sentenças morais, que andam por toda parte, mais do que repetidas.

Assustada, as faces rubras, ela sentiu, subitamente, o constrangimento que experimentaria uma mulher honesta ao ser surpreendida nua. Balbuciou:

– Parece estar suspeitando de que há um jogo de minha parte. Mas a verdade é que minhas respostas têm sido sempre claras... E hoje dirigi-lhe uma súplica!

– Ah! Eu não sabia que esses assuntos comportam súplicas. Se tivesse me dito, francamente: "Vá-se embora!", há muito eu estaria longe. Mas não o disse. Nem uma só vez me deu resposta definitiva em sua estranha indecisão. Ou está brincando comigo, ou...

Calou-se e apoiou a cabeça nas mãos. Sofria. Pôs-se a rememorar a própria conduta, ponto por ponto, desde o início até aquele momento. Lembrou-se de que, não somente por sua atitude como igualmente do fundo de seu coração, repelira as assiduidades de Ilyin. No entanto, sentia algo verdadeiro nas palavras do advogado. Mas não sabendo onde estava realmente a verdade, em vão refletiu, sem conseguir resposta à sua censura. Pesava-lhe, porém, calar-se... Era incômodo... Então, disse, dando de ombros:

– Sou eu a culpada, portanto!

– Não estou censurando sua falta de sinceridade. Falei nisso de passagem – respondeu Ilyin, suspirando. – Sua falta de sinceridade é natural, faz parte da ordem das coisas. Se todas as pessoas se tornassem subitamente sinceras, seria o fim do mundo!

Sofya não estava com disposição para filosofar, mas, com explicável alegria, agarrou a oportunidade de desviar a conversa e perguntou:

– Por quê?

– Porque somente os selvagens e os irracionais são espontâneos, sinceros. Do momento em que a civilização introduziu na vida humana a necessidade de confortos morais, como a virtude feminina, por exemplo, não houve mais lugar para a sinceridade.

Num gesto de cólera, enterrou a bengala na areia. Madame Lubyantsev continuou a ouvi-lo, muitos detalhes lhe escapando, cedendo ao prazer que sempre sentia ao conversar com ele. O que, sobretudo, a lisonjeava era ver um homem tão prodigiosamente dotado falar com ela, uma mulher como qualquer outra, de coisas do espírito. Além disso, sentia satisfação em observar os movimentos de seu jovem rosto pálido, transfigurado pela cólera. Se perdia muito do sentido de suas palavras, era-lhe evidente a bela audácia do homem, com a qual, sem qualquer premeditação e sem qualquer dúvida, ele resolvia grandes problemas e chegava a conclusões definitivas.

De repente, percebeu que estava a admirá-lo. Sentiu medo.

– Perdão, mas não entendo – apressou-se em dizer –, não entendo por que falou em falta de sinceridade minha! Mais uma vez, repito-lhe minha súplica: seja meu amigo, bom e generoso amigo, deixe-me em paz. É um pedido sincero, acredite.

A resposta veio, sempre entre suspiros:

– Está bem, vamos recomeçar a luta. Às suas ordens. Duvido, porém, que resulte algo válido desse combate. Ou me darei um tiro na cabeça, ou passarei a beber como um imbecil! É fatal. Há um limite para tudo, incluída a luta contra a nossa própria natureza. Diga-me: acha possível lutar contra a loucura? Será possível dominar a excitação da bebida? O que posso fazer se sua imagem está enraizada em minha alma, erguida, da manhã à noite, diante de meus olhos, como aquele pinheiro ali? A que feito heroico poderei recorrer para livrar-me dessa condição miserável, desprezível, dentro da qual todos os meus pensamentos e desejos, assim como todos os meus sonhos, deixaram de me pertencer para se entregarem ao demônio que se instalou dentro de mim? Amo-a. E tanto que já nem sei mais onde e como me encontrar; meu trabalho e meus amigos estão abandonados. Deus, totalmente esquecido! Juro-lhe que jamais amei assim em toda a minha vida.

Sofya, que não esperava ver a conversa tomar aquele rumo, afastou-se de Ilyin, fitando-o com terror. Viu-o quase chorando, os lábios trêmulos, expressão desesperada de desamparo e de súplica. Sentiu que ele se reaproximava, os olhos dele em seus olhos assustados:

– Amo-a! É tão bela! Estou sofrendo muito, mas juro que aceitaria sofrer a vida toda se pudesse prolongar este instante, olhá-la sempre nos olhos... Não... Não diga nada. É tudo quanto lhe peço...

Sofya, inteiramente perturbada pelo inesperado, procurou, apressadamente, as palavras que pudessem contê-lo:

– Vou-me embora – disse, resoluta.

Mas, sem que tivesse tempo de fazer um só movimento para erguer-se, foi contida por Ilyin, caído de joelhos a seus pés, abraçando suas pernas, buscando seus olhos, falando apaixonadamente com febril e bela eloquência. Presa de terror e de vertigem, não compreendia bem o que ele dizia. E, nesse momento perigoso, em que seus joelhos se apertavam deliciosamente um ao outro como em um banho tépido, procurava, de forma inexplicável, interpretar com lucidez suas sensações.

Revoltava-se, sentindo que, em vez de virtude ferida, todo o seu ser era apenas impotência, preguiça, inconsciência de ébrio, a quem nada importa. E somente em um caminho bem no fundo de sua alma uma voz lhe dizia, ironicamente: "Por que ainda não partiste? Serás obrigada a ficar?"

Analisando-se, não compreendia por que não retirara sua mão quando, sobre ela, ele colara os lábios com a avidez de uma sanguessuga; ao mesmo tempo em que, como Ilyin, lançava rápidos olhares em torno, para assegurar-se de que ninguém a via. Os pinheiros e as nuvens permaneciam imóveis, pairando sobre eles como velhos mentores, testemunhas de uma travessura, talvez comprados para nada dizerem aos mestres. A sentinela, plantada como uma pilastra, no aterro, dava a impressão de que vigiava o banco com seu binóculo. "Pois que nos vigie", pensou Sofya. Mas sua voz tinha um tom desesperado quando recomeçou a falar:

– Escute: a que tudo isso nos levará? O que acontecerá?

E ele, num sopro, com um gesto que pretendia afastar as perguntas desagradáveis:

– Não sei... Não sei...

Ouviu-se o apito rouco e a trepidação de uma locomotiva, e Sofya estremeceu a esse som, procedente do mundo exterior, frio, prosaico, cotidiano. Ergueu-se, rápida:

– Não tenho mais tempo... Olhe o trem... Andrey está chegando... É hora do almoço dele.

Voltou o rosto afogueado para o lado do aterro. A locomotiva avançava lentamente, arrastando seus vagões. Não era um trem de passageiros, como supusera: era um trem de carga. A longa fila dos carros, que passavam, um após outro, como os dias da vida humana, estendia-se sobre o fundo branco da igreja e parecia não ter fim, até que desapareceu além do vale verde, com suas lanternas e seus guarda-freios; por onde também desapareceu Sofya, rapidamente, sem mesmo despedir-se de Ilyin.

Recuperara-se. Rubra de vergonha, ferida, não pela conduta de Ilyin, mas por sua própria covardia, pelo impudor com que, mulher honesta, permitira que um estranho abraçasse seus joelhos. Só pensava em chegar à sua cidade, à sua família, o mais depressa possível. O advogado mal podia segui-la. Quando ela deixou o vale para se meter por um estreito atalho, lançou sobre Ilyin um olhar tão rápido que só pôde ver a areia que ficara em seus joelhos. Então, fez-lhe um sinal para que a deixasse.

Em casa, permaneceu algum tempo imóvel, no quarto, ora olhando a janela, ora a escrivaninha. Por fim, disse, para se insultar:

– Miserável! Não passo de uma miserável.

Para mortificar-se, começou a recordar, sem qualquer omissão, que naqueles dias todos, em que parecia ter repelido os avanços de Ilyin, sempre encontrara motivo para ir a seu encontro, explicar-se; e que, além disso, quando ele se arrastara a seus pés, sentira uma extraordinária volúpia. Lembrava-se de tudo, sem poupar-se: sufocada pela vergonha, chegaria a esbofetear-se para punir-se. E pensava, tentando dar a seu rosto a mais terna expressão:

– Pobre Andrey! Varya, minha filhinha, nem sabes a espécie de mãe que tens... Meus queridos! Perdoem-me! Eu os amo tanto... tanto!

Para provar a si própria que era ainda uma boa esposa e uma boa mãe, que a corrupção ainda não atingira seus "princípios", tão citados em suas conversas com Ilyin, precipitou-se para a cozinha e repreendeu a cozinheira porque ainda não pusera os talheres de Andrey. Tentou mentalizar o ar fatigado do marido; lamentou-o, em voz alta; e, coisa que jamais fizera, arrumou seus talheres à mesa. Depois, foi em busca da filha, abraçou-a, ergueu-a nos braços, beijou-a com fúria. A menina pareceu-lhe retraída e fria. Não querendo aceitar essa possibilidade, pôs-se a falar-lhe sobre as qualidades do marido: o pai bom, gentil e honesto que era.

Paradoxalmente à chegada de Andrey, alguns instantes depois, mal o cumprimentou. O fluxo dos sentimentos afetados estancara, nada lhe havia provado, a mentira só a fizera irritar-se, enfurecer-se: sentada à janela, sofria e sentia crescer-lhe a raiva. Somente na desgraça sabemos como é difícil dominar nossos sentimentos e nossos pensamentos; e ela compreendeu que se processava, em sua alma, "uma desordem que tornava reconhecer-se tão difícil quanto contar pardais em voo". Compreendeu, por exemplo, que a chegada de Andrey não lhe causava alegria, que sua maneira de comportar-se à mesa a desagradava. De onde concluiu que começava a detestá-lo.

Enquanto esperava que lhe servissem a sopa, Andrey, morto de fome e cansaço, atirou-se a um salsichão, comendo com avidez, mastigando ruidosamente.

"Meu Deus!", pensou Sofya. "É certo que eu o amo e respeito, mas... por que come de maneira tão repugnante?"

Seus pensamentos não eram menos desordenados do que seus sentimentos. Sofya, como todas as pessoas de pouca experiência quando se trata de lutar contra pensamentos importunos, empregava os esforços mais fervorosos para afastá-los de suas confusões; não obstante, mais eles assumiam relevo em sua imaginação: Ilyin, a areia em seus joelhos, as nuvens em floco, a fila interminável do trem. "Por que fui a seu encontro? Sou uma imbecil", atormentava-se. "Será possível que não possa responder por mim mesma?"

O medo aumenta os objetos. Quando Andrey acabou de almoçar, sua decisão estava tomada: fugiria do perigo, contando-lhe tudo. Vendo-o despir a sobrecasaca e descalçar-se para a sesta, disse-lhe:

– Andrey, preciso falar-te seriamente.

– Fala.

– Vamos embora daqui?

– Como? Para onde? É muito cedo para voltar a Petersburgo.

Faremos uma viagem, ou qualquer outra coisa semelhante.

O tabelião replicou, estirando-se:

– Uma viagem... Também tenho pensado nisso... Mas onde deixar o dinheiro e a quem confiar meu cartório? – Ficou alguns instantes pensativo. Depois continuou: – É verdade que te entedias aqui. Se quiseres, podes partir sozinha.

Ela ia aceitar. No mesmo instante, porém, compreendeu que seria inútil: Ilyin aproveitaria a ocasião e embarcaria no mesmo trem, no mesmo carro. Refletiu, fixou o marido, satisfeito, mas sempre cansado. Sem que soubesse por que, seus olhos detiveram-se em seus pés, pés pequenos, quase femininos, calçados em meias listradas, de cujas extremidades saía um fio.

Do lado de fora da cortina, um zangão chocou-se contra a vidraça. Sofya olhava os fios das meias, escutava o zumbido do zangão e imaginava sua viagem. Diante dela, dia e noite, Ilyin, olhos constantemente fixados nela, furioso com a própria fraqueza, pálido de sofrimento interior. E a tratar-se de garoto depravado, e a dizer-se tolices, e a arrancar-se os cabelos... Mas sempre aproveitando a escuridão, ou o momento em que os outros viajantes dormissem ou descessem nas paradas para cair de joelhos e abraçar suas pernas, como fizera no banco.

Surpreendeu-se sonhando. Despertou:

– Escuta, não partirei sozinha. É preciso que me acompanhes.

Ele respondeu, cansado:

– Deixa-te de quimeras, minha querida. Devemos olhar a vida a sério e nunca desejar o impossível.

"Irás comigo, quando souberes", pensou Sofya.

Tomando a decisão de partir, custasse o que custasse, ela se sentia fora de perigo. Suas ideias, pouco a pouco, normalizaram-se. Reanimou-se e permitiu-se pensar em tudo. Agora que podia pensar, sonhar à vontade, partiria de qualquer maneira.

Enquanto o marido fazia a sesta, a noite foi chegando mansamente. Sofya sentou-se ao piano, no salão. A vibração da noite, lá fora, os sons da música e, sobretudo, a ideia de que era uma mulher sensata que soubera defender-se de um mau passo restituíram-lhe completamente a animação. Sua consciência, tranquila, dizia-lhe: "Qualquer outra mulher, em sua situação, não teria resistido, perderia a cabeça." Enquanto ela quase morrera de vergonha e sofrera muito, e agora estava longe do perigo, que talvez nem houvesse existido. Sua virtude e seu espírito de decisão tocaram-na tanto que, orgulhosa, chegou a admirar-se no espelho três ou quatro vezes.

Já noite plena, chegaram visitas. Os homens puseram-se a jogar cartas na sala de jantar. Na varanda, instalaram-se as mulheres. O último a chegar foi Ilyin. Triste, de fisionomia sombria, parecia doente. Sentado no canto de um sofá, ali permaneceu todo o tempo, imóvel e silencioso. Geralmente muito jovial e expansivo, manteve-se calado, contraído, esfregando sempre os olhos. Quando era obrigado a responder a qualquer pergunta, esboçava um sorriso contrafeito e respondia em tom brusco, quase irritado. Teve quatro ou cinco tiradas de espírito, que mais foram impertinências mordazes. A Sofya pareceu que ele se encontrava à beira de uma crise de nervos. E foi só nesse momento, sentada ao piano, que, pela primeira vez, teve a nítida consciência de que seu infeliz apaixonado não estava mentindo, que sua alma sofria realmente. Era por ela que comprometia os melhores dias de sua juventude e de seu futuro, desperdiçava seus rendimentos no aluguel de uma casa de veraneio, abandonando à própria sorte a mãe e os irmãos, esgotando-se inutilmente em um combate inglório contra os seus sentimentos. O mais elementar sentimento de humanidade exigia que o levassem a sério.

Deu-se conta disso tudo com pungente lucidez, e se, naquele instante, fosse dizer "não" a Ilyin, sua voz adquiriria uma energia que dificilmente seria vencida. Mas nada disse, nem mesmo pensou em dizer. Jamais o egoísmo e a mesquinharia de uma natureza jovem haviam se manifestado nela com tanta força como naquela tarde. Sentiu o sofrimento de Ilyin, ali sentado como sobre carvões em brasa. Sofria por ele, mas, ao mesmo tempo, a presença de um homem que a amava a tal ponto enchia sua alma de uma sensação de triunfo. Tinha consciência de sua juventude, de sua beleza, de sua inacessibilidade. Dava-se inteira liberdade naquela noite. Provocava, ria às gargalhadas, cantava com inspiração e sensibilidade especiais. Tudo a alegrava e tudo lhe parecia divertido. Divertida a recordação da aventura do banco e da sentinela que os observava. Divertidos os convidados, as impertinências de Ilyin, seu alfinete de gravata, que até então nunca vira. Um alfinete que representava uma serpente vermelha, de olhos de diamante, tão atraente que esteve prestes a beijá-la.

Animada de extremo nervosismo, cantou algumas romanzas, no arrebatamento de sua semiembriaguez, estimulando o sofrimento de quem a escutava com árias tristes, que falavam de perdidas esperanças, do passado, da velhice que estava por vir... "A velhice cada vez mais próxima..." E pensava, entre os risos e as canções: "Tenho a impressão de que se passa em mim qualquer coisa de anormal."

À meia-noite, os convidados retiraram-se. Ilyin foi o último a se despedir. Restava a Sofya bastante força para acompanhá-lo ao último degrau da escada da varanda. Queria anunciar-lhe que partiria com o marido e ver o efeito da notícia no rosto do advogado.

Embora a lua se ocultasse atrás das nuvens, estava bastante claro para que Sofya visse o vento brincar com os panos do casaco de Ilyin e as pinturas da varanda. Podia ver, também, que ele estava pálido e que, em seu esforço para sorrir, seu lábio superior crispava-se.

– Sofya, minha Sofya... Minha mulher querida... Minha adorada, minha linda. – dizia ele, impedindo-a de falar.

Num acesso de ternura, com lágrimas na voz, envolveu-a com as mais acariciantes palavras, cada qual mais terna, tratando-a por tu, como trataria uma esposa ou uma amante. Bruscamente, enlaçou-a, beijou-lhe o pescoço, a nuca, murmurando:

– Minha querida... Minha linda... Sê tu mesma... Espero-te em minha casa...

Ela fugiu a seu abraço, erguendo a cabeça para lhe gritar sua indignação, explodir sua revolta, mas a indignação e a revolta não a acudiram, e ela esqueceu toda a virtude, toda a honestidade de que se vangloriava, para dizer apenas o que dizem, em igual situação, as mais vulgares mulheres:

– O senhor está louco!

– É verdade. Mas partamos. Agora e há poucas horas, naquele banco, cheguei à conclusão de que é tão fraca como eu, e igualmente sem defesa. Ama-me, eu sei... Mas continua a regatear, em vão, com sua consciência.

Percebendo que ela ia se afastar, agarrou-a por sua manga de renda e acrescentou, afoito:

– Se não for hoje, será amanhã... Sua hora de ceder chegará. Para que contemporizar? Minha querida, minha bem-amada, a sentença está dada. Por que adiar sua execução? Por que se engana?

Arrancando-se a seu abraço, Sofya escapou pela porta do salão. Fechou maquinalmente o piano, olhou as vinhetas que ilustravam seus cadernos de música. Sentou-se. Não conseguia manter-se de pé, nem pensar. Sua excitação e o ímpeto com que fugira transformaram-se em repentino enfraquecimento, acompanhado de moleza e de repugnância de tudo. Sua consciência segredava-lhe que, naquela noite, se conduzira mal, imbecilmente, como uma desmiolada. Acabava de se deixar abraçar e beijar na varanda, e em sua cintura, em seus braços, ainda a atormentava a sensação das mãos e dos lábios de Ilyin.

No salão já vazio, apenas uma vela acesa, iluminando-o tenuemente. Ficou sentada no tamborete do piano, imóvel, à espera, talvez, de algo que não acontecia. E, como aproveitando-se da obscuridade e da própria fraqueza, um desejo pesado, irresistível, começou a apoderar-se de sua vontade, qual uma serpente a enlaçar-se por seus membros, penetrando sua alma, crescendo a cada minuto, transformando-se de simples ameaça em realidade evidente, sem véus.

Durante meia hora, sem conseguir mover-se nem deixar de pensar em Ilyin, ali ficou sentada; até que, erguendo-se preguiçosamente, arrastou-se até o quarto de dormir.

Andrey já se deitara. Sofya sentou-se junto à janela e abandonou-se a seu desejo. Não mais sentia "desordem" em sua cabeça; agora, todos os seus sentimentos e pensamentos convergiam a um objetivo único, um alvo bem nítido. Ainda tentou lutar, mas renunciou logo a qualquer esforço inútil: submeteu-se à força e à implacabilidade do inimigo. Para combatê-lo, teria necessidade de um ponto de apoio, da energia e da firmeza que nem sua educação nem suas vivências lhe haviam proporcionado. Insultou a própria fraqueza:

– Desavergonhada! Infame! Então não passas disso?

Sua respeitabilidade, humilhada por tanta fraqueza, revoltou-se de tal modo que começou a dizer-se todos os epítetos ofensivos que conhecia, toda espécie de verdades que pudessem feri-la e humilhá-la. Infligiu-se a autoacusação de que jamais fora realmente honesta. Se não havia caído mais cedo, devia-o, simplesmente, ao fato de lhe ter faltado ocasião, sendo sua resistência daqueles últimos dias apenas divertimento e comédia.

"Admitamos que eu tenha lutado", pensava, "e fugido. Mas como? As mulheres venais também lutam, antes de se venderem, o que não as impede de se venderem. Linda luta! Talhou, em poucas horas, como o leite. Em um só dia!"

Em sua análise, foi obrigada a reconhecer que se sentia atraída por Ilyin, menos por sua personalidade, ou por seus sentimentos, do que pelas sensações que a esperavam... Veranista em busca de aventuras fáceis, como tantas outras...

Lá fora, a voz enrouquecida de um tenor:

*Quando mataram a mãe do passarinho...**

Sofya pensou: "Se tenho que ir, que seja já."

Mas seu coração começou a bater desesperadamente. Gritou, quase um urro:

– Andrey! Escuta, partimos ou não?

– Já te disse, vai sozinha.

– Mas pensa, se não me acompanhares, correrás o risco de me perder. Receio já estar apaixonada...

– Por quem?

– É só o que te interessa?

Andrey ergueu-se, jogou as pernas para fora da cama e olhou, com espanto, a silhueta negra da mulher·

– Quimeras – disse, bocejando.

Não acreditava muito no que ouvira, mas começava a sentir medo. Depois de refletir um pouco e de dirigir à mulher algumas perguntas banais, passou a expor-lhe seus pontos de vista sobre a família e sobre o adultério. Falou, em tom indolente, por uns dez minutos e voltou a deitar-se. Suas fórmulas, porém, não tiveram qualquer sucesso. Há muitas maneiras de ver as coisas neste mundo: metade delas, no entanto, representa o julgamento das pessoas que nunca enfrentaram qualquer infelicidade.

A despeito da hora avançada, ainda havia gente nas ruas. Sofya envolveu-se em uma capa, esperou alguns momentos, refletindo... Ainda encontrou forças para dizer a seu sonolento marido:

– Estás dormindo? Vou dar uma volta... Queres ir comigo?

Era sua última esperança. Não recebendo resposta, saiu. Ventava e fazia frio. Indiferente ao vento e à escuridão, caminhava, caminhava... Uma força irresistível a arrastava e lhe

---

*A romanza de Vanya, em *A vida pelo czar*, de Glinka. (*N. da T.*)

dava a impressão de que, se parasse, algo a empurraria para a frente. Sempre caminhando, murmurava mecanicamente:

– Desavergonhada! Infame!

Sofria. A respiração entrecortada, o rosto afogueado de vergonha, nem mesmo sentia as pernas. Mas o que a conduzia era mais forte do que sua vergonha, sua razão, seu medo.

Pesadelo

1886

Kunin voltou de São Petersburgo. Era jovem, tinha uns trinta anos, e membro efetivo da Comissão dos Negócios Rurais. Já em seu domínio de Borisovo, cuidou imediatamente de enviar um estafeta para convocar o pároco de Sinkovo, o padre Yakov Smirnov. E cinco horas depois o padre estava em sua casa.

Acolhendo-o no vestíbulo, Kunin saudou-o:

– Sinto-me feliz por conhecê-lo. Há um ano estou em atividade e moro aqui, já é tempo, creio eu, de fazer relações. Seja bem-vindo! – E acrescentou, surpreso: – Deus meu, como é jovem! Que idade tem?

– Vinte e oito anos – murmurou o pároco, mal apertando a mão que o dono da casa lhe estendia e enrubescendo.

Kunin levou-o até seu gabinete e pôs-se a examiná-lo. Pensou: "Que rosto grotesco! Parece um camponês."

Em muitos de seus traços, com efeito, o rosto do padre Yakov lembrava o de um campônio: nariz arrebitado, bochechas de um vermelho vivo, grandes olhos cinzento-azulados, sob sobrancelhas ralas, levemente marcadas. Seus longos cabelos ruivos, secos e lisos, caíam-lhe em anéis sobre os ombros. Os pelos de seus lábios mal começavam a tomar forma e a se parecer com bigodes de homem. Quanto à barbicha, pertencia a essa categoria de barbas insignificantes que os seminaristas costumam cultivar: era rala, também falhada. Não havia necessidade de pente para ajeitá-la, bastava apertá-la entre

43

os dedos. Toda essa vegetação desigual crescia em porções desiguais: dir-se-ia que o padre Yakov tentara mascarar-se de padre e, no meio da operação, ao fazer a barba, havia sido interrompido. Sua batina, com imensos remendos nos cotovelos, já desbotara à cor do suco da chicória.

"Tipo esquisito...", pensou Kunin, notando manchas de lama em sua roupa. "Vem aqui pela primeira vez... Bem que podia ter posto roupas melhores."

Aproximou uma poltrona à mesa e, mais desenvolto do que propriamente amável, começou:

– Sente-se, padre. Sente-se, por favor.

O padre tossiu na palma da mão, deixou-se cair, desajeitadamente, na beira da poltrona e colocou as mãos abertas sobre os joelhos. Baixo, peito estreito, o rosto vermelho, banhado de suor, causou logo péssima impressão a Kunin, que até então nunca havia imaginado que existissem, na Rússia, padres tão insignificantes e tão lamentáveis de aspecto: a atitude do padre Yakov, sua maneira de colocar as mãos nos joelhos e de sentar-se à beira da poltrona, chocava-o por sua falta de dignidade, servilismo mesmo.

– Padre, convoquei-o para tratar de assuntos importantes – disse, para começar, encostando-se no espaldar de sua poltrona. – Coube-me a agradável tarefa de prestar concurso a uma de suas mais úteis iniciativas. Eis do que se trata. No meu regresso de São Petersburgo encontrei em meu escritório uma carta do presidente Yegor Dmitrevitch, propondo-me tomar sob minha proteção a escola paroquial que vai ser inaugurada em Sinkovo. Isso me faz feliz, padre... Rejubilo-me... Eu... Não direi mais nada: aceito a proposta com entusiasmo.

Ergueu-se, deu alguns passos pelo gabinete:

– Naturalmente, o presidente sabe muito bem... e o senhor o sabe também... que não disponho de grandes somas. Meus bens estão hipotecados e eu vivo exclusivamente dos ordenados de meu cargo. O senhor não poderá contar, portanto, com uma ajuda substancial, mas farei o que for possível. Quando pensa inaugurar a escola, padre?

– Quando tivermos dinheiro – respondeu o padre Yakov.

– Mas, no momento, já dispõe de alguns fundos, não?

– Quase nada. Os camponeses decidiram, em assembleia, recolher anualmente trinta copeques por cabeça, mas é somente uma promessa. Para as primeiras instalações, são necessários uns duzentos rublos, no mínimo.

– Bem... Muito bem... Lamento não possuir essa soma agora – respondeu Kunin. – Minha viagem arruinou-me, fiz até mesmo algumas dívidas. Mas acho que, se todos nós nos reuníssemos, encontraríamos uma solução.

Pôs-se a pensar, em voz alta. Expunha seu ponto de vista e espreitava, no rosto do visitante, um sinal de encorajamento, ou de assentimento. Mas o rosto do pároco continuava impassível, imóvel, expressando apenas tímido constrangimento e inquietação. Olhando-o, até se podia pensar que Kunin estava discorrendo sobre temas por demais difíceis para Yakov, que, por sua vez, ouvia por simples polidez e, ao mesmo tempo, por medo de ser acusado de incompreensão.

Kunin pensou: "O rapaz não está me parecendo tão mau... Só que é extremamente tímido e ingênuo."

O padre animou-se um pouco e chegou mesmo a sorrir quando a criada entrou no escritório portando uma bandeja com dois copos de chá e uma caixa de rosquinhas. Pegou um copo e imediatamente começou a beber.

Kunin prosseguia, refletindo em voz alta:

– Por que não nos dirigirmos ao monsenhor? Para dizer a verdade, não fomos nós que colocamos a questão das escolas paroquiais na ordem do dia, foram, sim, as altas autoridades eclesiásticas. A elas cabe, portanto, indicar-nos os recursos. Se não me engano, li que já existe determinada soma destinada a esse empreendimento. O senhor está informado?

O padre Yakov estava tão ocupado em beber seu chá que não respondeu imediatamente. Ergueu os olhos azul-cinzentos para seu interlocutor, refletiu e, como se de súbito mentalizasse a pergunta, sacudiu negativamente a cabeça. Seu feio rosto, de uma orelha à outra, assumira a expressão do mais vulgar prazer e do mais prosaico apetite. Bebia, saboreando bem cada gole. Quando esvaziou o copo, sem deixar uma gota, pousou-o sobre a mesa. Depois, retomando-o, examinou-lhe o fundo e o recolocou no lugar. A expressão de prazer desaparecera de seu rosto. Kunin viu-o, em seguida, apanhar um biscoito na caixa, quebrar-lhe um pedaço com a ponta dos dedos, mordê-lo, enrolá-lo nas mãos e metê-lo rapidamente no bolso.

Kunin pensou, erguendo os ombros: "Eis aí um que nada tem de eclesiástico! Será gulodice de padre ou imaturidade?"

Ofereceu-lhe mais chá, reconduziu-o ao vestíbulo. Depois, estendeu-se no sofá e abandonou-se à desagradável impressão que a visita lhe causara.

"Que homem estranho, incrível! Descuidado, vulgar, tolo, provavelmente bêbado... E é um padre, um orientador espiritual! Um educador do povo! Imagino a ironia que deve marcar a voz do diácono, quando lhe pede solenemente, antes de cada ofício: 'Abençoai-me, monsenhor!'* Belo monsenhor! Sem a mínima dignidade, a mínima educação, escondendo biscoitos no bolso, como um colegial! Que horror, Deus meu! Onde o bispo estaria com a cabeça quando ordenou esse indivíduo? Pensam que as pessoas são o quê, quando lhes dão tais educadores? Deviam escolher homens que..."

Pôs-se a sonhar com a imagem que os padres russos deveriam oferecer: "Por exemplo: se eu fosse padre... Um padre instruído, devotado ao sacerdócio, poderia realizar muito... Já

---

*Durante o ofício ortodoxo, um simples padre recebe o título de monsenhor. (N. da T.)

teria aberto uma escola. E os sermões? Que lindos e exaltantes sermões poderia pronunciar um padre sincero, inspirado no amor de sua tarefa!"

Fechou os olhos e começou a compor, em pensamento, um possível sermão. Alguns instantes mais tarde, estava sentado, redigindo rapidamente algumas notas.

Pensava: "Darei isto àquele ruivo... Ele só terá o trabalho de ler no púlpito..."

No domingo seguinte, pela manhã, Kunin dirigiu-se a Sinkovo para encerrar o assunto da escola e visitar a igreja de que era paroquiano. Apesar da lama do degelo, a manhã resplandecia. O sol cintilava e estriava com seus raios as placas alvas da neve que resistia à nova estação e que, como se dissesse adeus à terra, faiscava qual diamante, enquanto tenros brotos de trigo já verdejavam nos arredores. As gralhas voejavam serenamente sobre os campos... Olhem-nas! Vejam esta que, subitamente, desceu ao solo e, antes de se instalar firmemente, executa uma série de pulinhos...

A igreja de madeira, junto à qual se detivera, surgia-lhe cinzenta e vetusta. As colunatas do adro, outrora pintadas de branco e agora descascadas, evocavam um disforme varal. Acima do pórtico, o ícone era apenas uma escura mancha. Tal pobreza, porém, comoveu e enterneceu Kunin. Entrou, olhos respeitosamente baixos, e parou perto da porta. A missa havia começado. Um velho sacristão, muito curvado, lia as orações, com voz de tenor, surda e indistinta. O padre Yakov, que oficiava sem diácono, percorria a igreja, distribuindo lufadas de incenso. Se não fosse o sentimento de humildade que o tomara ao entrar no miserável templo, Kunin teria sorrido ao vê-lo: seu corpo raquítico estava vestido em uma casula amarfanhada, longa demais, confeccionada de uma fazenda amarela, que se desfiava. A beirada da casula varria o chão.

A igreja estava quase vazia. Lançando o olhar sobre a assistência, Kunin foi ferido, de chofre, por uma curiosa circuns-

47

tância: só viu anciãos e crianças. Onde estariam os trabalhadores, os jovens, a população válida? Logo, porém, examinando mais atentamente os rostos dos velhos, verificou que tomara os jovens por velhos. Mas não deu importância especial a esse pequeno erro óptico.

Em seu interior, a igreja era tão cinzenta e vetusta como em seu exterior. Nos nichos e nas paredes avermelhadas não restava um só lugar que o tempo não houvesse marcado de manchas e de arranhaduras. Apesar do grande número de janelas, a tonalidade geral do ambiente era também cinza, a igreja toda envolta em penumbra.

Kunin pensou: "Como deve ser bom, para uma alma pura, rezar aqui! Se em Roma ficamos tocados pela magnificência da Basílica de São Pedro, aqui, esta humildade e simplicidade nos enternecem."

Mas suas piedosas disposições esfumaram-se quando o padre Yakov subiu ao coro e começou a rezar a missa. Jovem ainda, nomeado padre logo à saída do seminário, não tivera tempo de adquirir um estilo de oficiar aceitável. Quando lia, dava a impressão de que ainda hesitava quanto ao tom a escolher: de tenor ou de barítono? Inclinava-se de forma desajeitada, andava rápido demais, abria e fechava bruscamente a porta do coro... O velho sacristão, evidentemente doente e surdo, mal ouvia as invocações, e nada acontecia sem pequenas confusões. Sem o padre Yakov ter acabado sua leitura, o outro já cantava sua parte. Ou, então, a leitura terminava e o velho, por algum tempo, apurava o ouvido na direção do altar, calado, até que alguém o puxava pela manga, advertindo-o. Tinha uma voz asmática, doentia, trêmula, chiante. Para cúmulo da desgraça, era acompanhado por um garoto minusculo, cuja altura não ultrapassava a grade do coro, que cantava com voz esganiçada, e parecia fazer de tudo para desafinar. Kunin esperou um pouco. Depois, foi fumar lá fora. O encantamento fora rompido e agora ele olhava a igreja cinzenta com um olhar quase hostil.

Suspirou: "Deplora-se a queda do sentimento religioso do povo... Mas claro que tem que cair! Se lhe mandam padres como esse!"

Duas ou três vezes voltou a igreja, mas o ar puro o atraía invencivelmente. Esperou que terminasse a missa e dirigiu-se à casa do padre.

A casa em nada diferia da dos camponeses: somente a palha fora disposta com mais cuidado e as janelas eram guarnecidas de cortinas brancas. O padre Yakov convidou-o a entrar em um exíguo compartimento, de chão de barro batido, cujas paredes eram forradas de papel barato. Apesar de algumas evidentes tentativas de luxo, fotografias em estreitas molduras, relógio de pêndulo, cinzelado, a indigência do ambiente chocava. Os móveis, de tão disparatados, davam a impressão de que haviam sido recolhidos pelas casas: em uma, lhe teriam dado a mesa redonda, de três pés; em outra, o tamborete; em outra, a cadeira de espaldar reto, mas de assento fundo; em outra, ainda, alguém se mostrou pródigo e lhe deu algo parecido com um sofá, de encosto achatado e assento de palhinha. Esse tipo de sofá fora envernizado de vermelho-escuro e cheirava a pintura recente. Inicialmente, Kunin desejou sentar-se em uma cadeira, mas reconsiderou e preferiu o tamborete.

– É a primeira vez que vem à nossa igreja? – perguntou o padre Yakov, pendurando o chapéu em um enorme e horrível prego.

– Sim, é a primeira vez. A propósito, padre... Mas, antes de entrarmos no assunto, ofereça-me um pouco de chá: estou morrendo de sede.

Os olhos do padre piscaram: pigarreou e desapareceu atrás do tabique. Ouviu-se um cochicho. Kunin pensou: "Deve estar com a mulher. Gostaria de saber com que se parece a mulher desse ruivo."

Pouco depois o padre Yakov reapareceu, rubro, suando muito e fazendo evidente esforço para sorrir. Sentou-se diante do visitante, na beirada do sofá.

– O samovar já está sendo preparado – disse, sem fixar Kunin, que logo pensou, aterrorizado: "Senhor, ainda não prepararam o samovar! Só me resta esperar."

Dirigiu-se a Yakov:

– Trouxe-lhe o rascunho de uma carta que vou enviar ao bispo. Depois do chá, a lerei para o senhor. Talvez tenha algo a acrescentar.

– Está bem.

Sobreveio o silêncio. O padre lançava os olhos assustados em direção ao tabique, passava a mão pelos cabelos, assoava-se. Por fim, disse:

– O dia está magnífico...

– É verdade. A propósito, li ontem uma notícia muito interessante. A assembleia rural de Volsky decidiu colocar todas as suas escolas sob a autoridade do clero. É uma decisão característica.

Kunin ergueu-se e pôs-se a vaguear sobre o chão de barro, expondo seu ponto de vista.

– Não será mau, contanto que o clero se coloque à altura de sua tarefa e tome nítida consciência da missão que vai assumir. Infelizmente, conheço padres que, a julgar por seu precário desenvolvimento intelectual e por suas qualidades morais, seriam incapazes como simples escribas, quanto mais como sacerdotes. E devemos reconhecer que um mau professor é menos prejudicial à escola do que um mau padre.

Olhou para o padre Yakov que, encolhido em sua cadeira, pensava obstinadamente em qualquer coisa. Era visível que não o estava ouvindo.

– Yakov, venha até aqui! – chamou uma voz feminina, do outro lado do tabique.

Padre Yakov estremeceu e dirigiu-se ao outro compartimento. Novamente, ouviram-se cochichos...

Kunin morria de vontade de tomar chá. Pensou, olhando o relógio: "Não, não vou esperar o chá aqui. Minha visita não está sendo prazerosa. O dono da casa não se dignou a dizer-me uma única palavra: tudo que sabe fazer é sentar-se e piscar os olhos." Apanhou o chapéu, esperou a volta do padre e despediu-se. Caminhando, pensava, irritado: "Perdi minha manhã. Estúpido! Boçal! Interessa-se tanto pela escola quanto eu pela neve do inverno passado... Não há o que tirar dele. Fará tudo falhar. Se o presidente soubesse a qualidade do pope que tem, não teria tanta pressa em falar sobre uma escola. Primeiro, é preciso pensar em encontrar um bom padre, e só depois cuidar da escola."

Naquele momento, Kunin quase odiava o padre Yakov. O homem, sua silhueta deplorável e caricatural, em sua longa batina amarrotada, seu rosto efeminado, sua maneira de celebrar a missa, seu estilo de vida e sua respeitabilidade formal e contida, tudo ofendia as parcelas de sentimento religioso que ainda restavam no coração de Kunin e ali viviam docemente, ao lado dos contos ouvidos de sua ama de leite. A frieza e a indiferença com que o padre Yakov acolheu o interesse sincero, ardente, que havia manifestado por uma obra que, afinal, era também da Igreja, feriram seu amor-próprio.

Na tarde do mesmo dia, após muito caminhar pela casa, pensando, sentou-se resolutamente sua escrivaninha e escreveu uma carta ao bispo. De início, pediu-lhe dinheiro e sua bênção para a escola. Depois, com filial respeito e de forma incidental, transmitiu-lhe sua opinião sobre o padre Yakov: "É jovem, insuficientemente preparado. Não parece pessoa sóbria e de maneira alguma corresponde à imagem do pastor que o povo russo vem forjando através de séculos." Terminada a carta, suspirou profundamente e foi deitar-se, com a consciência de ter praticado uma boa ação.

Estava ainda na cama quando, na segunda-feira pela manhã, lhe anunciaram a presença do padre Yakov. Não sentia vontade de levantar-se e mandou dizer que não estava. Na terça-feira, partiu para a assembleia e, no sábado, ao regressar, soube pelas criadas que, em sua ausência, o padre o procurara diariamente. "Muito bem... Gostou dos docinhos da casa", pensou.

No domingo à tarde o padre apareceu. Dessa vez não apenas a batina, mas também o chapéu estava sujo de lama. Vermelho e suarento, como na primeira visita, sentou-se da mesma maneira, na beirada da poltrona. Kunin resolveu não conversar sobre a escola: seria atirar pérolas aos porcos.

– Trouxe-lhe a lista do material escolar – disse o padre.

– Obrigado.

Via-se bem, por sua atitude, que não havia ido para levar a lista. Toda a sua pessoa manifestava profundo constrangimento, embora tentasse o ar de quem acaba de iluminar-se por uma súbita ideia. Ardia por dizer qualquer coisa de importante, totalmente indispensável... ao mesmo tempo em que se esforçava por vencer sua timidez.

Kunin irritava-se: "Por que se cala? Por que fica plantado nessa poltrona? Não posso perder tempo com ele!"

Para atenuar o embaraço de seu silêncio e ocultar o combate que se travava em sua consciência, Yakov sorria disfarçadamente, e esse longo sorriso torturado, sobre o rubor e o suor de seu rosto, contrariando o olhar imóvel dos olhos azul-cinzentos, forçou Kunin a voltar-se. A situação tornou-se odiosa.

– Desculpe-me, padre, preciso sair.

O padre Yakov sacudiu-se como um homem adormecido que recebe uma pancada e, ainda sorrindo, sempre constrangido, começou a torcer o pano da batina. Apesar da aversão que sentia, Kunin apiedou-se dele, subitamente, e tentou suavizar sua crueldade:

– Peço-lhe que volte, padre – disse-lhe, despedindo-se. – Tenho um pedido a fazer-lhe. Aconteceu-me uma espécie de inspiração e escrevi dois sermões. Entrego-os à sua consideração... Se valerem a pena, poderá lê-los.

– Muito bem – respondeu Yakov, reunindo os sermões espalhados pela mesa. – Levo-os comigo.

Esperou um pouco, hesitou, sempre torcendo o pano da batina. Depois, de repente, abandonou seu sorriso embaraçado e ergueu de forma decidida a cabeça, dizendo com visível esforço para falar forte e claramente:

– Senhor...

– Que deseja?

– Ouvi dizer que... É... Ouvi dizer que despediu seu secretário e que está procurando um outro...

– Sim... Tem alguém que me recomende?

– Eu... Não sei... Mas... Não poderia confiar-me essa função?

Kunin espantou-se:

– Vai abandonar o sacerdócio?

Yakov respondeu rapidamente, empalidecendo, todo trêmulo:

– Não, não... Que Deus me livre disso! Gostaria de trabalhar em minhas horas livres... Para aumentar meus rendimentos... Mas, se tem dúvidas, não se preocupe, não se fala mais...

– Ah! Seus rendimentos... Mas eu só pago vinte rublos por mês a meus secretários!

Yakov murmurou, olhando à sua volta:

– Meu Deus, eu aceitaria dez! Dez bastam! Eu... Está surpreendido, não? Todos se surpreendem comigo... Um pope cúpido, ávido... O que faz ele de seu dinheiro? Eu mesmo considero-me ávido... Detesto-me, julgo-me... Não ouso encarar as pessoas... Quero dizer-lhe, porém, Sr. Kunin, em sã consciência... Juro-lhe, diante de Deus... – Retomou o fôlego e continuou: – Vim, pelo caminho preparando minha confissão, mas... Já esqueci tudo... Não encontro mais as palavras. A paróquia me paga cento e cinquenta rublos por ano e todo mundo pergunta onde meto esse dinheiro. Com a maior honestidade, vou explicar-lhe. Dou quarenta rublos por ano a meu irmão Piotr, que está no seminário. Seu curso é gratuito, mas eu pago o papel e as penas.

Kunin interrompeu-o com um gesto, sentindo pesar-lhe na consciência a explosão dessa franqueza e não sabendo onde esconder-se, para não ver os olhos brilhantes de lágrimas do hóspede.

– Mas eu acredito! Que é isso? Acredito no que está me dizendo. Para que isso tudo?

– Há mais: ainda não paguei ao consistório o que lhe devo por meu lugar aqui. Minha dívida está avaliada em duzentos rublos, pagáveis a dez rublos por mês. Calcule o senhor mesmo o que me resta. Além disso, entrego, no mínimo, três rublos por mês ao padre Avraamy.

– Quem é o padre Avraamy?

– Era, antes de mim, o pároco de Sinkovo. Puseram-no para fora porque ele... Tinha uma fraqueza... Mas vive ainda em Sinkovo... Não tem para onde ir. Não há ninguém para alimentá-lo. Já lhe basta ser velho... Precisa de um canto, de pão, de roupa. Não posso admitir que um homem revestido da dignidade de padre vá pedir esmola! Se isso acontecesse, o pecador seria eu. Sim, eu! Quanto a ele... Ele deve dinheiro a todo mundo. Se eu não pago suas dívidas, estou assumindo a responsabilidade de seu pecado.

Padre Yakov arrancou-se da poltrona e, fixando no chão seus olhos alucinados, pôs-se a passear de um lado para outro.

– Meu Deus! – exclamava, erguendo os braços e deixando-os cair, sucessivamente. – Meu Deus, ajudai-nos! E perdoai-nos! Por que aceitei o sacerdócio, se me faltavam forças e fé? Meu desespero não tem limites... Salvai-me, Mãe de Deus!

– Acalme-se, padre – disse Kunin.

– A fome me consome! Desculpe-me este desabafo... Mas não posso mais! Sei bem que me bastará fazer algumas mesuras para que todos me ajudem... Mas não posso! Tenho vergonha! Como poderia pedir ajuda aos camponeses? O senhor faz parte da comissão rural e conhece a situação deles. Alguém ousaria pedir esmola a um mendigo? E pedir aos mais ricos, aos proprietários, não posso. Sou orgulhoso. Tenho vergonha!

Num gesto desesperado, coçou nervosamente a cabeça, com as duas mãos.

– Tenho vergonha, meu Deus, tenho tanta vergonha! Não posso suportar, por orgulho, que adivinhem minha pobreza. Quando o senhor me visitou, não tínhamos chá em casa, nem uma simples folha de chá! O orgulho me impediu de lhe confessar. Tenho vergonha de minhas roupas, dos remendos... Vergonha de minha batina, vergonha de minha fome... Mas será permitido a um padre ter orgulho?

Parou no meio de sala e, como se já nem percebesse a presença de Kunin, pôs-se a dialogar consigo próprio:

– Muito bem, seja! Admitamos que eu pudesse suportar a fome, a vergonha... Mas é que, meu Deus, há minha mulher! Ela vem de boa família. Não está habituada ao trabalho pesado, é muito delicada, está acostumada a tomar chá, comer pão branco, dormir em lençóis finos. Na casa dos pais, tocava piano... É muito jovem: ainda não fez vinte anos... É natural que goste de se refinar, de se divertir, de fazer visitas... Vive, em nossa casa, pior do que a última das cozinheiras, e tem vergonha de mostrar-se nas ruas. Meu Deus, meu Deus! O único prazer que tem é quando lhe levo uma maçã, um doce...

Mais uma vez, arranhou a cabeça com as duas mãos.

– O que resta em mim não é amor, é piedade... Não posso olhá-la sem sentir compaixão. Como é possível que tais coisas aconteçam neste mundo, Senhor! Coisas em que, se publicadas nos jornais, ninguém acreditaria... Quando tudo isso terminará?

– Basta, padre! – exclamou Kunin, aterrado com o tom das palavras de Yakov. – Por que só ver a vida por um prisma tão sombrio?

– Tenha a bondade de me desculpar – murmurou Yakov, como se estivesse bêbado. – Desculpe-me tudo isso... Somente a mim estou acusando e continuarei a acusar.

Olhou à sua volta e continuou:

– Uma dessas manhãs, muito cedo, eu ia de Sinkovo para Lutchkovo. À beira do rio, avistei uma mulher, ocupada não sei com o quê... Aproximei-me e não acreditei em meus olhos: era a esposa do Dr. Ivan Sergeitch, lavando sua roupa... A mulher de um médico, que estudou em uma escola! Para não ser vista, levantava-se o mais cedo possível e se distanciava uma versta da aldeia... Indomável orgulho! Quando me viu testemunhando sua miséria, enrubesceu. Estupefato, nervoso, corri a ajudá-la. Ela, porém, escondeu suas roupas de mim, por medo de que eu visse suas camisas em farrapos...

– Tudo isso me parece inverossímil – disse Kunin, sentando-se e olhando, quase com terror, o rosto lívido do padre Yakov.

– Precisamente: inverossímil. Algo que nunca aconteceu, Sr. Kunin... Esposas de médicos lavando roupa no rio! Jamais, em lugar algum! Eu, como pastor e como pai espiritual, não devia permitir... Mas, o que fazer? O quê? Somente arranjar um tratamento gratuito com seu marido. O senhor encontrou a palavra exata quando disse inverossímil. Impossível acreditar nos próprios olhos. Escute: quando celebro a missa e, do altar, olho a assistência, quando vejo as pessoas, o faminto padre Avraamy e minha mulher, quando penso na esposa do doutor e em suas mãos arroxeadas pela água fria... Então... Não sei se acredita... Então me esqueço de tudo, fico plantado como um idiota, em estado de inconsciência, até que a voz do sacristão me desperta... É terrível!

Voltou a andar, agitado, exclamando e gesticulando:

– Senhor Jesus! Santos do Paraíso! Nem consigo rezar a missa. O senhor me fala sobre escolas e eu, como um animal, nada compreendo e só penso na comida... mesmo diante do altar. De resto...

Recuperou-se:

– O que estou fazendo? O senhor precisa sair... Perdoe-me.. Era que... Desculpe-me...

Kunin apertou a mão do padre, em silêncio, reconduziu-o ao vestíbulo e, voltando a seu gabinete, deteve-se diante da janela. Viu-o sair da casa, enterrar seu chapéu de abas largas, muito surrado, e afastar-se lentamente, estrada afora, cabisbaixo, como se sentisse vergonha de sua fraqueza.

– Não vai a cavalo... – murmurou Kunin.

Não ousava pensar que o padre Yakov tivesse ido diariamente a pé: Sinkovo ficava a sete ou oito verstas e a estrada era um verdadeiro lamaçal. Viu Andrey, o cocheiro, e o pequeno Paramon, que se aproximavam correndo, em direção ao padre, saltando sobre as poças e a lama, para pedir-lhe a bênção. E viu-o tirar o chapéu, abençoar lentamente Andrey e, depois, o garoto, acariciando-lhe a cabeça.

Kunin passou a mão pelos olhos e pareceu-lhe senti-la úmida. Afastou-se da janela e fez os olhos perturbados passearem através do quarto, onde ainda ressoava a voz humilde e sufocada. Lançou o olhar à mesa... Por felicidade, em sua pressa, padre Yakov havia esquecido os sermões. Saltou sobre eles e rasgou-os em pedacinhos, que atirou enojado em cima da mesa. Deixou-se cair no sofá e gemeu:

– E eu o ignorava! Há mais de um ano fui nomeado membro permanente das assembleias, juiz de paz honorário, membro do Conselho das Escolas! Polichinelo cego e fátuo! É preciso ajudá-los o quanto antes! O quanto antes!

Agitava-se, angustiado, a cabeça entre as mãos, nervos tensos...

"Vou receber, dia vinte, meus duzentos rublos de ordenado. Sob um pretexto plausível, dar-lhe-ei algum dinheiro... e à mulher do doutor. A ele, encomendarei uma missa... Ao doutor, fingirei que estou doente. Assim, não chocarei ninguém. E vou ajudar também Avraamy."

Fez suas contas pelos dedos, receoso de se confessar que os duzentos rublos chegariam apenas para pagar seu intendente, o criado e o camponês que lhe fornecia carne. Por bem, ou por mal, começou a lembrar-se do tempo ainda próximo em que havia dilapidado totalmente a herança paterna, rapaz de vinte anos, inexperiente, que oferecia ricos leques às prostitutas, gastava dez rublos por dia em carruagens e enviava, por vaidade, presentes às atrizes. Como todo aquele dinheiro lhe seria útil no momento! E as moedas de três rublos, as notas de dez, dispersadas aos quatro ventos!

Pensava: "O padre Avraamy só gasta três rublos por mês para alimentar-se. Com um rublo, a mulher do padre faria uma camisa e a mulher do médico pagaria uma lavadeira. De qualquer maneira, eu os ajudarei. Eu os ajudarei!"

Subitamente, lembrou-se do relatório que havia enviado ao bispo, e se contraiu todo como sob o efeito de uma ducha fria. Sua alma foi invadida por um agudo sentimento de vergonha, diante de si próprio e diante da invisível verdade.

Assim começou e terminou o esforço sincero de se tornar útil, feito por um homem bem-intencionado, mas por demais satisfeito e irrefletido, como tantos outros que existem.

Anyuta*

1886

No quarto mais barato de um hotel modesto Stepan Klochkov, estudante do terceiro ano de medicina, andava a passos largos, recapitulando seu curso, com aplicação. À força de repeti-lo, sem descanso, sem trégua, tinha a garganta seca e o rosto molhado de suor.

Perto da janela emoldurada por grinaldas de gelo estava sentada, em uma banqueta, sua companheira de quarto, Anyuta: uma morena de vinte e cinco anos, baixinha e magricela, extremamente pálida e de doces olhos cinzentos. Curvada, bordava de vermelho a gola de uma camisa de homem. Trabalhava apressadamente. O relógio enrouquecido do corredor bateu duas horas da tarde. No entanto, o quarto ainda não estava arrumado. As cobertas amassadas, os travesseiros espalhados, os livros, as roupas, a grande bacia suja, cheia de água ensaboada, onde nadavam pontas de cigarro, o lixo pelo chão – tudo parecia ter sido misturado e amarrotado propositalmente.

Klochkov repetia: "O pulmão direito compõe-se de três lóbulos. Limites: o lóbulo superior atinge, na parede anterior do tórax, o nível da quarta ou da quinta costela; na parede lateral, o nível da quarta; na parte posterior, a *spina scapulae*..."

Olhou para o teto e tentou mentalizar o que acabava de ler. Não o conseguindo, pôs-se a tatear as costelas superiores, através do colete. Murmurou: "Estas costelas parecem teclas

---

*Anyuta: diminutivo de Anna. (*N. da T.*)

de piano. Para não nos enganarmos na conta, é absolutamente necessário que nos habituemos a elas... Estudar tudo em um esqueleto e ao vivo..."

Voltou-se para a moça:

– Vamos, Anyuta, deixa que eu examine...

Anyuta abandonou o bordado, despiu o corpete e ergueu o busto. Klochkov sentou-se diante dela, franziu as sobrancelhas e começou a contar-lhe as costelas.

– Hum! Não se sente a primeira... Está atrás da clavícula... Esta é a segunda... Muito bem... Aqui, a terceira... Aqui, a quarta... Ótimo! Por que te retrais?

– Seus dedos estão frios!

– Ora... Ora... Não vais morrer por isso... Não te torças... Então, aqui, a terceira... Aqui, a quarta... Estás tão magra e, no entanto, mal sinto as tuas costelas... Aqui, a segunda... a terceira... Não! Assim vou me atrapalhar todo e acabarei por não situá-las bem... Preciso desenhá-las... Onde está o meu carvão?

Apanhou o carvão e traçou, no peito de Anyuta, algumas linhas, correspondentes às costelas.

– Perfeito! Agora, tudo está transparente como um cristal... Ah! Agora posso auscultar... Levanta-te!

Anyuta ergueu-se e endureceu o queixo. Klochkov pôs-se a auscultá-la, e de tal modo mergulhou nessa tarefa que nem percebeu os lábios, o nariz e os dedos de Anyuta, arroxeados de frio. Ela tremia, mas receava que, vendo-a tremer, o estudante cessasse de desenhar e de escutar seu peito, o que equivaleria, talvez, a um fracasso.

– Agora está tudo nítido – disse Klochkov, terminando o exame. – Senta-te à vontade e não apagues o desenho. Enquanto isso, vou recapitular um pouco meu texto.

E o estudante recomeçou a andar e a recordar sua lição. Anyuta, o peito totalmente tatuado de manchas negras, toda encolhida de frio, sonhava. Em geral, falava pouco: vivia constantemente em silêncio, não fazendo outra coisa senão pensar, pensar interminavelmente...

60

Durante seis ou sete anos, vivia se arrastando, de hotel a hotel. Rapazes como Klochkov, já conhecera uns cinco ou seis. Eles haviam terminado os estudos, partido e, naturalmente, como pessoas distintas, havia muito a tinham esquecido. Um deles morava em Paris, dois outros eram médicos, o quarto, artista, e o quinto, ao que soubera, já era professor. Klochkov era o sexto... Breve, também, ele acabaria seus estudos e tomaria seu caminho. Sem dúvida alguma em direção a um esplêndido futuro: Klochkov seria um grande homem. Seu presente, porém, era desastroso: nunca tinha fumo, nem chá e, no momento, só lhe restavam quatro torrões de açúcar.

Anyuta pensava que era preciso terminar o bordado o mais depressa possível, vendê-lo e comprar, com os quatro rublos que receberia, chá e fumo.

Ouviu-se uma voz, do lado de fora:

– Posso entrar?

Anyuta atirou rapidamente sobre os ombros um xale de lã. O pintor Fetisov entrou.

– Venho pedir-lhe um favor – disse ele a Klochkov, lançando-lhe um olhar feroz, sob os cabelos que lhe caíam à testa. – Poderia fazer-me a gentileza de me emprestar sua bela senhorita, apenas por algumas horas? Estou pintando um quadro e, como sabe, não posso continuar sem um modelo.

Klochkov aquiesceu:

– Com muito prazer. Vai com ele, Anyuta.

– Não sei o que ele pretende de mim – disse Anyuta, docemente.

– Ora! Basta! Ele só está te solicitando para a arte e não para não sei que tolices que pensas... Por que não ajudar as pessoas quando se pode?

Anyuta começou a vestir-se.

– O que está pintando? – perguntou Klochkov.

– Uma Psique. Um belo motivo, mas há sempre algo que falha. Sou obrigado a mudar constantemente de modelo. Ontem pintava um com as pernas azuis. Perguntei-lhe: "Por que tuas pernas são azuis?" Ela me respondeu: "São minhas meias que desbotam." E por aqui? Sempre estudando? Homem feliz! Tem paciência.

– Em medicina não se pode vencer sem estudar.

– Sim... Mas desculpe-me, Klochkov, você vive de uma maneira espantosa... Como um porco!

– O que posso fazer? Não pode ser de outra maneira... Meu pai me envia apenas doze rublos por mês, e com isso não dá para se viver confortavelmente.

– Certamente – respondeu o pintor, com uma careta de nojo. – Mas, mesmo assim, você poderia viver melhor... Um homem evoluído deve ser, obrigatoriamente, um esteta. Não concorda? Aqui, porém... Com que isso se parece, Deus meu? A cama desfeita, a água suja na bacia, tudo sem varrer... A sopa de ontem ainda no prato... Que nojo!

Constrangido, o estudante respondeu:

– É verdade. Mas acontece que Anyuta ainda não teve tempo de arrumar o quarto; esteve ocupada a manhã toda.

Quando o pintor e Anyuta saíram, Klochkov estendeu-se no sofá e continuou a estudar. Em seguida, vencido pelo cansaço, adormeceu. Despertou uma hora depois e, apoiando a cabeça nas mãos, entregou-se a amargos pensamentos. Lembrou-se das palavras do pintor: "Um homem evoluído deve ser, obrigatoriamente, um esteta." O ambiente em que vivia pareceu-lhe de fato repulsivo. Teve a impressão de ver, com os olhos do espírito, esse futuro em que receberia os doentes em seu consultório, tomaria chá em uma espaçosa sala de jantar, acompanhado de sua mulher, uma pessoa distinta; naquele momento, a bacia cheia de água suja, onde nadavam pontas de cigarro, assumiu proporções incrivelmente sórdidas... A própria Anyuta surgiu-lhe feia, relaxada, lamentável... Decidiu separar-se dela imediatamente, a qualquer preço.

No momento em que, de volta da casa do pintor, ela despia sua peliça, Klochkov ergueu-se e disse-lhe, gravemente:

– Escuta, pequena... Senta-te e escuta. É preciso que nos separemos. Em uma palavra: não quero mais viver contigo.

Anyuta regressara exaurida da casa do pintor, com suas forças esgotadas. A prolongada pose repuxara-lhe, emagrecera-lhe o rosto; e seu queixo tornara-se mais pontiagudo ainda. Ela nada respondeu. Somente seus lábios começaram a tremer.

– Cedo ou tarde teríamos de nos separar. És corajosa e boa. Não és tola. Sei que compreendes.

Anyuta vestiu a peliça, dobrou, em silêncio, o bordado, reuniu a linha, as agulhas. Encontrando os quatro tabletes de açúcar enrolados em um papel no patamar da janela, colocou-os sobre a mesa, ao lado dos livros.

– É... É o seu açúcar – disse, docemente, voltando-se para ocultar as lágrimas.

– O que é isso? Por que estás chorando? – perguntou Klochkov.

Começou a andar pelo quarto, muito perturbado, dizendo:

– És estranha, realmente! Sabes muito bem que esta separação é inevitável. Não vamos passar toda a nossa vida juntos.

Ela já havia reunido seus embrulhos e voltara-se para dizer-lhe adeus. Ele sentiu pena. Pensou: "E se ficasse ainda uma semana? É verdade que se ficar mais uma semana eu acabarei por despedi-la da mesma maneira..."

Irritado com a própria falta de caráter, gritou-lhe, secamente:

– Então? O que estás fazendo? Se queres partir, vai-te embora! Se não queres, tira essa peliça e fica! Tu podes ficar!

Em silêncio, muito docemente, ela despiu a peliça. Assoou-se, também muito docemente, suspirou e, sempre sem fazer ruído, retomou seu lugar habitual, na banqueta perto da janela.

O estudante voltou a seu manual e recomeçou a passear pelo quarto, recapitulando:

– O pulmão direito possui três lóbulos... O lóbulo superior atinge, na parte anterior do tórax, a quarta e a quinta costelas...

No corredor, alguém gritou com força:

– Grigory! O samovar!

Réquiem

1886

Na igreja da aldeia de Verkhny-Zaprudy a missa acaba de terminar. Os fiéis deixam seus lugares e saem, em grupos. Somente permanece o lojista Andrey Andreyich, intelectual, devoto e velho morador de Verkhny-Zaprudy. Apoiado no corrimão, à direita do coro, ele espera. Seu rosto bem barbeado e gordo, todo alterado pelas marcas de antigas espinhas, expressa, nesse instante, dois sentimentos contraditórios: humildade, diante do inescrutável destino, e ilimitado desdém, em relação aos cafetãs e às ridículas vestes coloridas que desfilam à sua frente. Por ser domingo, está vestido como um dândi: casaco de lã com botões amarelos, de osso, calça azul e imponentes botas – dessas enormes botas rústicas que só se veem nos pés das pessoas práticas, criteriosas, com suas firmes convicções religiosas.

Seus olhos de expressão preguiçosa, afogados em gordura, estão voltados para o altar: contemplam as faces conhecidas dos santos; a figura de Matvey, o sacristão da igreja, enchendo as bochechas e soprando as velas; o nicho escurecido dos ícones; o tapete gasto; o chantre Lopukhov, que se precipita para baixo do altar, levando a hóstia ao fabriqueiro. Tudo aquilo que viu e reviu, incessantemente, durante muito tempo, como os dedos de suas mãos... Algo, porém, um único detalhe lhe parece bizarro e insólito: de pé, perto da porta que dá para o norte, padre Grigory, ainda com as vestes sacerdotais, franze, colérico, as espessas sobrancelhas.

"A quem está dirigindo esse olhar?", pergunta-se o lojista. "E está fazendo um sinal com o dedo! O que está se passando, Mãe de Deus?"

Andrey Andreyich olha para trás e percebe que a igreja está completamente vazia. Lá fora há apenas um grupo de mais ou menos dez pessoas, e, assim mesmo, de costas para o altar.

– Deves atender quando te chamam! Por que estás aí plantado, como uma estátua? – diz-lhe a voz zangada do padre Grigory. – E é contigo que desejo falar!

O lojista olha o rosto vermelho, furioso, de padre Grigory, e só então se dá conta de que o franzir de sobrancelhas e o sinal com o dedo podem dirigir-se a ele. Estremece, deixa o apoio do corrimão e, com passos hesitantes, que fazem ressoar suas imponentes botas, aproxima-se do altar.

– Andrey, foste tu que fizeste um pedido de preces pelo repouso da alma de Marya? – pergunta-lhe o padre, fixando o olhar colérico no rosto gordo e suarento de Andrey.

– Sim, padre.

– Então, escreveste isto, não? – padre Grigory, num gesto irritado, coloca o pedido diante de seus olhos.

No papel que Andrey depositara no início da missa, grossas letras, meio incertas, dizem: "Pelo repouso da alma da serva de Deus, Marya, a meretriz."

– Sim... Fui eu – responde o lojista.

– Como ousaste escrever isto? – sussurra o padre, martelando as palavras. E em sua voz rouca percebem-se cólera e apreensão.

O lojista fita-o, espantado, e é, por sua vez, tomado de apreensão: em toda a sua vida o padre Grigory jamais se dirigira nesse tom aos intelectuais de Verkhny-Zaprudy. Ambos permanecem, por um instante, calados, olhando-se nos olhos. O lojista está tão perplexo que seu rosto mais parece uma pasta, fundindo-se...

– Como ousaste? – repete o padre.

– Mas... É que... – tenta dizer Andrey, totalmente aturdido.

O padre Grigory, estupefato, recua um pouco, juntando as mãos, e sopra:

– Não compreendes nada! O que levas sobre os ombros? Uma cabeça ou o quê? Então depositas um pedido que irá ao altar e nele escreves uma palavra inconveniente mesmo para ser pronunciada nas ruas? Para que servem esses teus olhos redondos? Por acaso ignoras o sentido dessa palavra?

O lojista, rubro e piscando os olhos, gagueja:

– É a propósito de "meretriz"? Mas o Senhor, em sua misericórdia... Sim... Ele perdoou a meretriz... Reservou-lhe um lugar no Paraíso... Na vida de Santa Maria do Egito encontramos o sentido dessa palavra...

Quer apresentar, ainda, outros argumentos para justificar-se, porém se perturba e enxuga os lábios com a manga do casaco.

– E é assim que compreendemos as coisas! – diz o padre Grigory, apertando as mãos. – Mas o Senhor perdoou, entendes? Perdoou. Mas tu... Tu condenas, difamas, designas com uma palavra inconveniente... Logo a quem, para cúmulo de tudo? À tua própria filha morta! Pecado igual não se encontra... Já não digo nas Sagradas Escrituras... Não se encontra em qualquer livro profano! Repito-te: raciocinas demais, meu amigo! E não se deve raciocinar demais... Se recebeste de Deus uma razão escrutadora e se não sabes utilizá-la, melhor será não te aprofundares... Não te aprofundes e cala-te!

Andrey exclama, aturdido:

– Mas é que... Desculpe-me... Ela era atriz!

– Atriz! Mas, independentemente do que ela seja, depois de sua morte, deverias esquecer tudo quanto tenha feito, em vez de metê-la em pedidos de preces!

– Sim... Certamente... – diz, concordando, o lojista.

O diácono continua, com voz grave, olhando com desprezo, do fundo do altar, o rosto desfeito de Andrey:

– Merecias que te infligissem uma penitência pública. Só assim perderias o hábito de raciocinar! Tua filha era uma atriz célebre. Os jornais noticiaram sua morte... Filósofo!

66

– Sim, é verdade... Efetivamente... – gagueja o lojista. – Realmente a palavra é inconveniente, mas não a escrevi para condenar, padre... Quis apenas empregar uma palavra da Igreja, para que visse melhor por quem ia orar. Costumam escrever todos os qualificativos nas listas de preces para os mortos..... Por exemplo: Ivan, o menino; Pelagea, a afogada; Yegor, o combatente; Pavel, o assassinado... E tantas outras... Foi o que pretendi fazer.

– Agiste sem discernimento, Andrey. Deus te perdoa. Mas, na próxima vez, presta mais atenção. Sobretudo, não penses demais e trata de raciocinar como todo mundo. Agora, ajoelha-te dez vezes e retira-te!

Muito feliz porque o sermão terminara e retomando seu ar digno e imponente, o lojista responde:

– Está bem. Então, tenho de me ajoelhar dez vezes, não é isso? Compreendo. Mas agora, padre, permita-me dirigir-lhe uma súplica... Já que, como sabe, de qualquer maneira, sou pai... E ela é minha filha... Perdoe-me... Quero pedir-lhe licença para rezar, hoje, um réquiem por sua alma. E permita-me, também, pedir-lhe que o faça, padre diácono.

– Isso, sim, é uma atitude correta – responde o padre Grigory, retirando as vestes sacerdotais. – Felicito-te. E estou à disposição. Muito bem! Faremos isso imediatamente.

Andrey afasta-se compassadamente do altar e coloca-se bem no meio da igreja, muito vermelho, o rosto marcado de fúnebre solenidade. O sacristão, Matvey, coloca diante dele a mesinha com o pão sagrado e, instantes depois, o réquiem é iniciado.

A igreja está mergulhada em silêncio. Nada além do som metálico do turíbulo e a lenta melodia dos salmos... Matvey, o sacristão, a parteira Makaryevna e seu filho Mitka, que tem apenas um braço, colocam-se ao lado de Andrey. Nem uma pessoa a mais. O chantre canta mal, com voz grave, desagradável, mas a melodia e as palavras são tão tristes que o lojista, pouco a pouco, perde seu ar solene e deixa-se dominar pelo sofrimento.

Lembra-se de sua pequena Marya... Lembra-se de que ela nascera quando ele era apenas um criado na casa dos proprietários de Verkhny-Zaprudy. Sua vida muito ocupada impedira-o de notar que ela crescia. O longo período em que a criança foi se transformando em uma linda criatura loura, de olhos sonhadores, redondos como uma moeda, passou-se sem que ele percebesse sua transformação. E deixara que ela fosse educada como o são, geralmente, as filhas dos criados favoritos: junto às filhas dos patrões. Estes, por passatempo, mandaram ensiná-la a ler, a dançar – e ele jamais interviera em sua educação. De quando em quando, somente por acaso, quando a encontrava diante da porta, ou no patamar da escada, lembrava-se de que era sua filha e, então, nas horas de folga, ensinava-lhe preces e passagens da Bíblia. Já nessa época, era célebre por seus conhecimentos dos cânones e da história sagrada. A menina, a despeito do ar severo e imponente do pai, ouvia-o com prazer. Repetia as preces, bocejando. Em compensação, porém, quando chegava às narrativas da história, que ele contava apurando as palavras e floreando um pouco o estilo, ela era toda ouvidos. O prato de lentilhas de Esaú, o castigo de Sodoma, as desditas de José, criança, faziam-na empalidecer e arregalar os olhos azuis. Depois, no momento em que abandonou a condição de criado e, com suas economias, abriu uma loja na aldeia, Marya partira para Moscou, em companhia dos patrões...

Foi rever seu pai três anos antes de sua morte. Ele mal a reconheceu naquela jovem mulher elegante com maneiras de uma senhora, vestida como uma senhora, que falava igual às pessoas instruídas dos livros, fumava e dormia até o meio-dia. Quando Andrey perguntou-lhe em que trabalhava, ela respondeu corajosamente, olhando-o nos olhos:

– Sou atriz.

Tal franqueza pareceu ao antigo criado o cúmulo do cinismo. Marya começou a vangloriar-se de seu sucesso e de sua vida de atriz, mas vendo o pai corar e abrir os braços, num gesto de desânimo, calou-se. E durante algumas semanas não se falaram, nem se olharam. Antes de partir, ela pediu a ele que desse uma volta, em sua companhia, ao longo do rio. Embora fosse terrível para ele passear em pleno dia, sob os olhares das pessoas honestas, com sua filha, uma atriz, concordou com seu pedido.

No decorrer do passeio ela dizia, entusiasmada:

– Que lugar maravilhoso! Quantas ravinas e quantos pântanos!

E desfazia-se em lágrimas.

"Estes lugares apenas ocupam espaço", pensava Andrey, olhando as ravinas com expressão estúpida, sem compreender o entusiasmo da filha. "Por analogia, é algo tão comum como ordenhar uma vaca."

Ela chorava. Chorava e respirava avidamente, a plenos pulmões, como se pressentisse que pouco tempo lhe restava de vida, pouco tempo para respirar.

Andrey sacode a cabeça, como um cavalo picado por um inseto e, para sufocar tão penosas recordações, faz um rápido sinal da cruz, murmurando:

– Lembre-se, Senhor, de sua falecida serva Marya, a meretriz, e perdoa-lhe os pecados, voluntários e involuntários...

A palavra inconveniente escapa-lhe novamente. Mas ele nem percebe: o que está bem fixado em sua consciência não pode ser exorcizado pelo padre, ou mesmo extraído da pele. Makaryevna suspira e murmura qualquer palavra, aspirando uma baforada de ar, enquanto Mitka, o maneta, sonha...

– Quando não houver doenças, nem tristezas, nem lamentações – canta o chantre, cobrindo a face direita com a mão.

Espirais de fumaça azulada sobem do turíbulo e flutuam no largo raio de luz, oblíquo, que atravessa o vazio escuro e sem vida da igreja. E a alma da morta parece também flutuar nessa luz, envolta na fumaça.

As espirais, semelhantes aos cachos de cabelo de uma criança, enrolam-se, sobem até a janela, como se procurassem libertar-se da angústia que sufoca essa pobre alma.

Um belo tumulto

1886

Regressando à casa dos Kushkin, onde era governanta, Mashenka Pavletsky, jovem senhorita, que recentemente saíra do internato, encontrou uma inabitual balbúrdia. O porteiro Mihailo, que lhe abriu a porta, estava agitado, rubro como uma lagosta.

Lá em cima, um grande tumulto. Mashenka pensou: "Madame está passando mal. Ou, então, brigou com o marido."

Encontrou os criados de quarto no vestíbulo e pelos corredores. Um deles chorava. Viu sair, de seu próprio quarto, o patrão, em pessoa, Nikolay Sergeitch, homenzinho sem idade, de rosto flácido e ampla calvície. Estava muito vermelho e nervoso. Passou diante de Mashenka sem vê-la, erguendo os braços e gritando:

– É espantoso! Que indelicadeza! Que imbecilidade! Inaudito! Repugnante!

Mashenka dirigiu-se a seu quarto. E pela primeira vez na vida experimentou, em toda a aspereza, esse sentimento tão familiar aos seres que vivem em condição de dependência, de sujeição, diante dos ricos e dos grandes, cujo pão comem: estavam dando busca em seu quarto.

Fedosya Kushkin, senhora roliça, de largos ombros, negras e espessas sobrancelhas, cabeça sem acessório ou adornos, rosto anguloso, tênue buço, ligeiramente visível, mãos vermelhas, físico e maneiras de cozinheira, estava de pé, diante da mesa,

70

repondo, em sua caixa de guardados, novelos de lã, trapos e papéis. Evidentemente, a chegada da governanta a surpreendeu, quando, ao olhar para trás, viu-lhe o rosto pálido e espantado. Perturbou-se, gaguejou:

– Desculpe-me... Eu... derrubei sem querer... com a manga do vestido...

E depois de acrescentar algumas palavras, madame Kushkin saiu, farfalhando, ao andar, a cauda de seu vestido. Mashenka percorreu o quarto com olhar atônito: nada podia compreender, nem mesmo sabia o que pensar. Sentiu um frêmito de medo. Que procuraria madame em sua caixa de guardados? Se, como explicara, havia efetivamente derrubado a caixa, por acaso, por que então Kushkin teria saído do quarto tão vermelho e tão agitado? Por que uma das gavetas de sua mesa estava tão visivelmente deslocada? E por que estava aberto o cofre onde guardava moedas de dez copeques e velhos selos? Haviam conseguido abri-lo, mas não fechá-lo, se bem que o tivessem tentado e houvessem arranhado a fechadura. A estante de livros, a mesa, a cama, tudo exibia as marcas recentes de uma desordenada busca; e até mesmo a cesta destinada a roupas de cama, embora arrumada meticulosamente, não estava na ordem em que a deixara. A busca, portanto, fora feita para valer, totalmente para valer... Mas com que objetivo? Por que razão? O que teria se passado? O que teria acontecido? Lembrou-se da perturbação do porteiro, da balbúrdia que continuava, da camareira em lágrimas... Não teria tudo isso relação com a busca que surpreendera em seu quarto? Não estaria ligado a algum acontecimento espantoso? Empalideceu e deixou-se cair, gelada, sobre a cesta de roupa branca.

A camareira entrou. Perguntou-lhe:

– Lisa, sabe por que deram busca em meu quarto?

– Madame perdeu um broche de dois mil rublos...

– Sim... Mas por que a busca em meu quarto?

– Deram busca em todos os quartos, senhorita. No meu, a busca foi completa... Todos nós fomos obrigados a tirar a roupa. E eu lhe juro... Juro-lhe, senhorita, como se estivesse diante de Deus: não vi o broche, nem mesmo cheguei perto de sua cômoda. Expliquei isso à polícia...

– Mas... por que a busca em meu quarto? – inquiriu Mashenka, perplexa e insistente.

– Já lhe disse, roubaram um broche de madame... Ela deu busca com as próprias mãos. Pessoalmente... Revistaram até o porteiro Mihailo... Uma vergonha! O patrão não parava de procurar por toda parte, cacarejando como uma galinha. Mas não precisa ter medo, senhorita: nada acharam em seu quarto. Se não tirou o broche, não há razão para se assustar.

Mashenka replicou, sufocada de indignação:

– Mas, Liza, é uma coisa vil... Ultrajante. É uma baixeza, uma vilania! Que direito tinha ela de desconfiar de mim e vir revolver meus guardados?

Liza suspirou:

– Esquece-se de que não está em sua casa. Não importa que seja uma senhorita... Não deixa de ser uma espécie de criada... Não é o mesmo que viver em casa de mamãe e papai...

Mashenka atirou-se à cama e abandonou-se a amargos soluços. Nunca havia sofrido violência igual e, muito menos, ultraje tão grave. Ela, uma moça bem-educada, sensível, filha de professor, suspeita de roubo! Seu quarto fora vasculhado, como se ela fosse uma mulher de rua! Não era possível imaginar ofensa pior. E a seus sentimentos de ultrajada juntava-se um terror arrasador: o que iria acontecer? Ideias absurdamente horríveis passaram-lhe pela cabeça. Se haviam suspeitado de ela roubar, podiam chegar a prendê-la, despi-la completamente, revistá-la, fazê-la atravessar a rua entre dois soldados, atirá-la em uma cela escura, fria, na companhia de ratos e lacraias... Uma cela exatamente igual àquela onde haviam encarcerado a princesa

Tarakanova.* Quem tomaria sua defesa? Seus pais moravam longe, na província, e não possuíam o dinheiro necessário para irem vê-la. Sentia-se sozinha, na capital, como em um deserto: sem família, sem amigos. Poderiam fazer dela o que bem entendessem. Toda trêmula, pensava: "Vou procurar os juízes e muitos advogados. Explicarei tudo, jurarei... Eles acreditarão que não sou uma ladra..."

Lembrou-se de que havia em sua cesta e sob as cobertas alguns doces que, por antigo hábito de viver em internato, ocultava no bolso, ao terminar as refeições, e levava para o quarto. O pensamento de que esse pequeno segredo fora descoberto por seus patrões fez-lhe subir o sangue ao rosto, encheu-a de vergonha. E tudo isso, medo, vergonha, ofensa, agitou seu coração com tão fortes batidas, tão violentas, que repercutiram em suas têmporas, em suas mãos, no mais profundo de suas entranhas.

Chamaram:

– Venha jantar!

– Vou ou não vou? – perguntou-se.

Ajeitou o penteado, passou uma toalha úmida no rosto e adentrou a sala de jantar.

O jantar já havia começado. Em uma das extremidades da mesa, madame Kushkin, imponente, expressão ao mesmo tempo obtusa e grave; na outra, seu marido. Em torno, os convidados e as crianças. Dois criados, de casaca e luvas, serviam. Todos sabiam que a casa estava em polvorosa, que madame

---

*A princesa Tarakanova foi uma aventureira política, que se fazia passar por filha da imperatriz Elizabeth Petrovna. Durante alguns anos viajou pela Europa procurando apoio junto a vários governos à sua pretensão ao trono russo. Presa na Itália pelo conde Orlov, em 1775, foi reconduzida à Rússia e encarcerada na Fortaleza de São Pedro e São Paulo, onde morreu. Seu verdadeiro nome permanece desconhecido. Uma lenda narra que seu corpo foi esquecido na prisão, por ocasião das inundações de 1775. Sobre esse possível episódio há um quadro de Flavitski, intitulado *A Princesa Tarakanova, presa na Fortaleza de São Pedro e São Paulo no momento da inundação*. (N. da T.)

sofria: ninguém falava. Ouviam-se, apenas, o ruído dos maxilares mastigando e o tinir dos talheres nos pratos.

Mas a própria madame Kushkin quebrou o silêncio:

– O que há de entrada? – perguntou ao criado, com voz dolente.

– Esturjão à russa.

Kushkin apressou-se em explicar:

– Foi encomenda minha. Estava com vontade de comer peixe. Mas, se não a agrada, não será servido. Pedi-o de passagem...

Madame Kushkin não gostava de iguarias que não fossem de sua determinação. Seus olhos encheram-se de lágrimas.

– Vamos! Não se atormente mais – disse, suavemente, o Dr. Mamikov, seu médico particular, acariciando-lhe com suavidade a mão e sorrindo-lhe, também suavemente. – Basta de nervosismos. Esqueçamos o broche. Sua saúde vale mais do que dois mil rublos.

Uma grossa lágrima deslizou pelo rosto da dona da casa, que respondeu:

– O que lamento não são os dois mil rublos. É o fato em si que me revolta. Não tolerarei gatunos em minha casa. Aceito tudo, mas ser roubada... Que ingratidão! É uma injusta recompensa à minha bondade.

Cada um dos presentes tinha os olhos dirigidos para seus respectivos pratos. Mas Mashenka teve a impressão de que, após essas palavras, todos ergueram os olhos para ela. Sentiu um bolo na garganta, desfez-se em lágrimas e levou o lenço ao rosto. Gaguejou:

– Desculpem-me. Não posso... Estou com dor de cabeça Permitam que me retire.

Ergueu-se, arrastando desajeitadamente sua cadeira, o que acabou por perturbá-la ainda mais, e saiu apressada.

– Meu Deus! – disse Kushkin, franzindo as sobrancelhas. – Que necessidade havia de se dar busca em seu quarto? Foi muito inconveniente.

– Não afirmo que tenha sido ela a culpada – replicou madame Kushkin. – Mas poderás responder por ela? Eu, confesso, não tenho a menor confiança nesses miseráveis instruídos.

– Repito, Fedosya: foi inconveniente. Desculpa-me, mas deves saber que, dentro da lei, não tens o menor direito à busca.

– Não conheço as leis. Sei, apenas, que perdi meu broche: eis tudo. E vou encontrá-lo! – Bateu com a colher no fundo do prato. Seus olhos faiscaram de cólera. – E trata de comer! Não te intrometas em meus assuntos!

Intimidado, Kushkin baixou os olhos e suspirou. Enquanto isso, Mashenka, no quarto, atirada na cama, pensava. Já não sentia medo nem vergonha. Somente uma coisa a torturava: um violento desejo de descer e esbofetear aquela mulher dura, aquela arrogante mulher, obtusa e feliz.

O rosto enterrado no travesseiro, ela sonhava com o prazer que sentiria se pudesse comprar o mais caro broche do mundo para atirá-lo à cara de tão egoísta e obstinada mulher. Ah! Se ao menos madame Kushkin ficasse arruinada e fosse mendigar, experimentando todas as agruras da miséria e da dependência! E se ela, Mashenka, tão ultrajada, tivesse a ocasião de dar-lhe uma esmola! Imaginou uma grande herança, que lhe facultasse comprar uma carruagem e passear ruidosamente sob as suas janelas... Fazer-lhe inveja.

Mas eram apenas sonhos. Na realidade o que lhe restava fazer era partir o mais depressa possível, não ficar ali nem mais um instante. Na verdade, era terrível perder seu lugar, voltar para a casa dos pais, tão pobres... Mas, o que fazer? Não podia mais olhar a patroa, nem o seu pequeno quarto naquela casa que a sufocava e lhe dava medo. Madame Kushkin, empolgada por suas doenças e por sua imaginária aristocracia, causava-lhe tal repugnância que, dali em diante, sua simples existência tornava-lhe tudo grosseiro e desagradável. Saltou da cama e começou a fazer as malas.

– Posso entrar? – perguntou, do outro lado da porta, Kushkin, que se aproximara sem fazer ruído e falava em voz baixa, suave. – Posso?

– Entre.

Ele entrou. Deteve-se à porta. Seu olhar estava terno, e seu pequeno nariz vermelho reluzia. Depois do almoço, bebera cerveja; e isso se notava em seu andar, em suas mãos moles, extraordinariamente flácidas.

– Para que isso? – perguntou, apontando a mala de vime.

– Estou fazendo minhas malas. Desculpe-me, senhor, mas não posso permanecer em sua casa. Essa busca em meu quarto me ofendeu... Ofendeu profundamente.

– Compreendo... Mas não há motivo para ir. Por que vai? Está certo, deram uma busca em seu quarto... E daí? Em que isso pode atingi-la? Em que pode prejudicá-la?

Mashenka não respondeu e continuou os preparativos. Kushkin enrolava os bigodes, como se procurasse uma palavra a acrescentar. Continuou, com voz macia:

– Está bem... Eu compreendo... Mas precisamos ser indulgentes. Sabe muito bem que minha mulher é nervosa, extravagante... Não deve julgá-la tão severamente...

Mashenka continuava silenciosa. Kushkin continuou:

– Se nós a ofendemos tanto, bem, se assim deseja estou pronto para pedir-lhe desculpas...

Sem responder, Mashenka debruçou-se ainda mais sobre a mala. Aquele homem, destruído pela bebida, não valia nada em sua casa. Representava o lamentável papel do parasita, do inútil, até mesmo aos olhos dos criados. Suas desculpas também não tinham valor.

– Então? Não diz nada? Isso não lhe basta? Quer que eu lhe apresente as desculpas de minha mulher? Pois bem: em nome de minha mulher, peço-lhe desculpas... Reconheço que ela agiu com indelicadeza... Como cavalheiro lhe digo.

Deu alguns passos, suspirou e continuou:

– Será preciso mais? Que meu coração seja roído... Que os remorsos me torturem?

– Eu sei, senhor, que a culpa não é sua – respondeu-lhe Mashenka, olhando-o bem de frente, seus belos olhos inundados de lágrimas. – Por que se tortura tanto?

– Está certo... Mas a senhora... Não se vá, peço-lhe...

Mashenka fez não com a cabeça. Kushkin parou diante da janela e pôs-se a tamborilar nos vidros. Continuou a falar:

– Esses mal-entendidos são, para mim, um verdadeiro suplício. Precisarei cair de joelhos a seus pés? Ofenderam-na em sua dignidade, e, por isso, chora e se prepara para partir. Mas eu também tenho a minha dignidade.... E a senhora não a poupa em nada. Ou será que deseja que eu lhe diga o que não direi nem mesmo no confessionário? Quer? Diga-me: espera que eu lhe confesse o que jamais confessarei ao padre na hora da morte?

Mashenka permanecia em silêncio. Bruscamente, ele disse:

– Fui eu quem tirou o broche de minha mulher. Está contente agora? Satisfeita? Sim, fui eu... Fui eu quem o tirou... Conto com a sua discrição, está claro... Pelo amor de Deus, nem uma palavra, a quem quer que seja, nem mesmo uma simples alusão!

Mashenka, estupefata, assombrada, continuava seus preparativos. Reunia seus objetos, enrolava-os e os metia desordenadamente em uma valise e em sua mala de vime. Depois da confissão de Kushkin, não podia permanecer nem mais um minuto... Já nem mesmo compreendia como pudera viver naquela casa.

Depois de um instante de silêncio, Kushkin continuou:

– Não há por que se espantar. É uma história banal. Tenho necessidade de dinheiro e ela... Ela nada me dá. Esta casa foi comprada por meu pai, Srta. Mashenka. Tudo aqui me pertence. O broche pertenceu a minha mãe... Tudo é meu! Ela, porém, apoderou-se de tudo. Peço-lhe encarecidamente que me desculpe... E que fique. Compreender é perdoar. Fica?

Mashenka, que começava a tremer, respondeu, determinada:

– Não! Deixe-me, suplico-lhe...

– Muito bem. Como quiser – disse Kushkin suspirando e sentando-se em uma banqueta, perto da valise. – Confesso-lhe que admiro as pessoas que ainda sabem reagir a uma ofensa, sentir desprezo... Passaria minha vida contemplando seu rosto indignado... Então? Não fica... Compreendo... Não pode ser de outra maneira... Sim, está certo... O seu caso pode resolver-se... Mas eu... Eu estou dentro de uma fossa, e nela permanecerei. Mesmo que me retire para qualquer uma de minhas propriedades, encontrarei, por todos os lados, os patifes que servem a minha mulher... Administradores, agrônomos... Ah! Que vão para o inferno! Proibido pescar... Proibido pisar a grama... Proibido podar as árvores...

Do salão, ouviu-se a voz de madame Kushkin:

– Nikolay! Agnia, chame o patrão!

– Então não fica mesmo? – perguntou Kushkin, erguendo-se apressadamente e dirigindo-se à porta. – Deveria ficar. À noite, virei sempre vê-la... Conversaremos... O que acha? Fique. Se partir, não haverá mais um único ser humano nesta casa. É horrível!

O rosto de Kushkin, pálido, transtornado pelo álcool, implorava. Mas Mashenka balançou a cabeça, negativamente... E ele retirou-se, num largo gesto desanimado.

Meia hora depois ela já estava a caminho.

O marido

1886

Durante as manobras o regimento de cavalaria de N... deteve-se na pequena cidade do distrito de K..., para dormir. Um acontecimento tão importante como o pernoite dos senhores oficiais age sempre de maneira estimulante sobre os habitantes das regiões onde eles acampam. Os donos das mercearias sonham com a venda dos velhos salsichões mofados e das melhores sardinhas em lata, acumuladas há mais de dez anos nas prateleiras; os hoteleiros e os demais negociantes não fecham seus estabelecimentos à noite. O chefe do recrutamento, seu secretário e a guarnição local vestem as suas mais novas fardas. A polícia corre, desesperada. E só o diabo sabe o que fazem as mulheres.

Ouvindo o regimento aproximar-se, as senhoras de K... jogaram para longe suas tigelas de doces e precipitaram-se para a rua. Esquecendo seus cabelos desgrenhados e o coração agitado, apressaram-se ao encontro do regimento, escutando, com avidez, o excitante compasso da marcha. Observando seus rostos pálidos e deslumbrados, dir-se-ia que os sons brotavam não das trombetas militares, mas do céu.

– O regimento! O regimento está chegando! – gritaram, alegremente.

Mas qual seria a necessidade que tinham desse regimento desconhecido, que passava por acaso e que deveria partir logo no dia seguinte, ao alvorecer? Quando os senhores oficiais, com as mãos às costas, pararam na praça para decidir a questão do alojamento, todas já se achavam reunidas na casa da esposa do juiz de instrução, e cada uma se esmerava mais em críticas ao regimento, já informadas, por não se sabe quem, de que o coronel era casado, mas vivia separado da mulher; que o tenente-coronel era pai, anualmente, de crianças que nasciam mortas; que o ajudante de ordens estava apaixonado, sem ter esperanças, por uma condessa e, por essa razão, já tentara até suicidar-se. Sabiam de tudo. Quando passou, sob uma janela, o soldado de pele marcada de varíola e camisa vermelha, logo o identificaram como o ordenança do tenente Rymzov, correndo a cidade para comprar, fiado, a aguardente conhecida como "inglesa amarga". E mesmo que só tivessem visto os oficiais, de passagem e pelas costas, já haviam decidido que nenhum deles era interessante ou belo.

Depois de muito tagarelarem, mandaram chamar o chefe do recrutamento e o presidente do clube, para lhes impor que organizassem, a qualquer preço, um baile. Foram atendidas: lá pelas nove horas da noite a banda militar estava tocando na rua, defronte ao clube, e, no próprio clube, os senhores oficiais dançavam com as damas de K... que se sentiam como se tivessem asas.

Embriagadas pela dança, pela música, pelo ruído das esporas, entregaram-se de corpo e alma àquele encontro de momento, completamente esquecidas de suas relações civis. Relegados a segundo plano, seus pais e seus maridos agruparam-se à entrada do salão, perto de um magro aparador. Todos eles, secretários, caixas, inspetores, enfezados, desajeitados, massacrados pelas hemorroidas, compreendiam muito bem sua inferioridade. E ficavam de fora, olhando a distância suas filhas e suas esposas dançando com os tenentes esbeltos e ágeis.

Entre os homens, encontrava-se o empregado da administração Kirill Petrovitch Shalikov, indivíduo dado à bebida, mau e de mente limitada, com a cabeça grande, achatada, e lábios grossos caídos. Frequentara, em outros tempos, a universidade, lera Pissarev e Dobrolioubov, cantara canções estudantis, mas agora dizia que era simplesmente cobrador de impostos, nada mais.

Shalikov mantinha-se apoiado ao portal e não tirava os olhos da esposa, Anna Pavlovna, mulher baixinha e morena, de uns trinta anos, nariz longo e queixo pontudo. Com muito pó de arroz, e apertadíssima em seu traje, dançava sem descanso, a perder o fôlego. A dança a fatigara, mas seu cansaço era do corpo e não do espírito. Toda sua figura expressava arrebatamento e prazer – rosto corado, seio palpitante, movimentos lânguidos e amolecidos. Sentia-se que, dançando, recordava seu passado, seu longínquo passado dos bailes do instituto, quando sonhava com uma vida radiante e magnífica e não tinha dúvidas de que seu futuro noivo seria, pelo menos, um barão ou um príncipe.

Agora, seu marido a fitava e crispava-se de cólera. Não propriamente por ciúme: o que o desagradava em especial era não ter sobrado espaço para um jogo de cartas, pois toda a sala estava tomada pelos que dançavam. E, além de detestar os instrumentos da banda militar, parecia-lhe que os senhores oficiais comportavam-se com excessiva arrogância e superioridade em relação aos civis. Somado a tudo isso, o que mais o irritava e o ultrajava: a expressão de beatitude de sua mulher.

– É repugnante. Daqui a pouco terá quarenta anos... E toda empoada, cabelos frisados, apertada em um espartilho! Provocante e cheia de trejeitos, pensando que lhe fica bem... – ruminara ele.

Anna Pavlovna estava tão absorvida pela dança que nem uma só vez olhou para o marido. Shalikov, com amarga ironia, pensava: "Evidentemente, caipiras como nós não contam. Somos jogados fora. Não passamos de curiosidades, os ursos do distrito. E ela é a rainha do baile. Está tão bem-conservada que os próprios oficiais podem sentir-se atraídos por ela..."

Durante a mazurca, o rosto do funcionário administrativo crispou-se de cólera. Anna Pavlovna dançava com um oficial moreno, com olhos sobressalentes e maçãs do rosto salientes como as dos tártaros. O oficial utilizava as pernas com muita seriedade, sentimento, expressão grave, os joelhos flexíveis, lembrando um boneco movimentado por cordéis. Anna, pálida, trêmula, languidamente entregue, olhava em torno de si e buscava fazer com que seus pés parecessem não tocar o chão. E, realmente, dava a impressão de que voava, de que não estava em um clube do distrito, mas em qualquer região muito distante, muito acima da terra, muito longínqua... Nas nuvens! E não era apenas seu rosto, era todo seu corpo em beatitude... O funcionário não pôde resistir mais. Sentiu incontido impulso de ridicularizar essa plenitude, fazer com que Anna Pavlovna se lembrasse de que a vida não era tão bela como lhe parecia naquele instante, na embriaguez do baile. Praguejou, em pensamento: "Espera, vou te ensinar a sorrir beatificamente. Não és mais uma menina de colégio. Um velho quadro nunca deve esquecer que é um velho quadro."

Todos os mesquinhos sentimentos de despeito, de inveja, de autoestima ferida, de ódio provinciano ao próximo, que a vida sedentária e a vodca engendram, brotaram de todos os recantos de sua alma, como ratos... E, uma vez terminada a mazurca, entrou no salão e dirigiu-se à mulher. Nesse momento, Anna, sentada ao lado de seu cavalheiro, abanava-se e movia faceiramente os olhos, contando como costumava dançar, em Petersburgo: "Em nossa casa, em Petersburgo." Fechava os lábios em forma de coração, com pronúncia afetada. Foi então que ouviu a voz enrouquecida do marido:

– Anyuta, vamos embora!

Anna começou a estremecer, como se, de súbito, lhe voltasse a lembrança de que tinha um marido; depois, enrubesceu vivamente. Sentia vergonha daquele marido afogado no álcool, tão vulgar e insípido.

–Vamos embora! – repetia Shalikov.

– Por quê? Ainda é muito cedo.

– Vamos embora! – replicou o homem, separando as palavras e assumindo uma expressão perversa.

– Mas por quê? Aconteceu alguma coisa? – perguntou Anna, inquieta.

– Nada aconteceu. Mas é meu desejo que voltemos imediatamente para casa. E sem reclamar, se me fazes o favor.

Anna não temia o marido. Mas, sentindo-se envergonhada diante de seu cavalheiro que, surpreso e com expressão irônica, fitava Shalikov, ergueu-se e chamou-o à parte.

– Que invenção é essa? Por que devo voltar para casa? Ainda não são onze horas...

– É o que desejo... E basta. Vem!

– Não sejas estúpido. Se desejas ir, vai sozinho.

– Muito bem, então farei um escândalo.

Shalikov viu a expressão de beatitude desaparecer, aos poucos, do rosto da esposa. Sentiu sua vergonha e seu sofrimento, o que muito lhe aliviou o coração.

– Tens que necessidade de que eu vá contigo?

– Não preciso de ti para nada, mas desejo que vás para casa. É o que desejo, só isso.

Anna, na verdade, não queria atendê-lo. Pôs-se a suplicar-lhe que a deixasse ficar pelo menos mais meia hora. Depois, inexplicavelmente, começou a desculpar-se, a fazer juramentos, promessas, tudo em voz baixa, sorrindo, para que os outros não percebessem que estavam discutindo. Insistia, garantindo que só ficaria um pouquinho, dez minutos, no máximo... Ou cinco, apenas. Ele, porém, não cedia.

– Fica, se quiseres. Mas farei um escândalo!

Ao conversar com o marido, sua fisionomia se alterou, parecia haver emagrecido muito, até mesmo envelhecido. Pálida, mordendo os lábios, dirigiu-se à saleta de entrada e começou a vestir o casaco.

– Já se vai, Anna Pavlovna? Por que, querida? – perguntavam as outras mulheres, surpresas.

– Está com dor de cabeça – respondia o marido por ela.

Até chegarem em casa, o casal permaneceu calado. Seguindo a esposa e olhando sua silhueta curvada, aniquilada pela tristeza e pela humilhação, comparava-a com a felicidade que percebera nela no clube; e a convicção de que dessa felicidade nada mais restava enchia-lhe a alma de um sentimento de triunfo, quase transbordante. Ao mesmo tempo, no entanto, parecia-lhe que algo estava faltando. Queria voltar ao clube e, de algum modo, conseguir que seu tédio e amargura se abatessem sobre todos, para que sentissem como a vida é insignificante, rasteira, quando um homem caminha no escuro, ouvindo o som da lama aquosa sob seus pés, e sabe que o amanhã só lhe trará como divertimento a vodca e o jogo de cartas. Oh! Como era terrível!

Quanto a Anna, mal lhe restavam forças para andar. Ainda impressionada pela dança, pela música, pelas conversas, pelo brilho das luzes e tantos ruídos de vida, ela se perguntava por que Deus a teria castigado assim. O ódio que lhe subia, ouvindo os passos pesados do marido, arrasava-a; era uma humilhação que a sufocava. Em silêncio, buscava uma palavra extremamente ofensiva, mordaz, venenosa, para atirar-lhe ao rosto. Ao mesmo tempo, porém, não a abandonava a consciência de que todas as palavras resvalariam, sem deixar qualquer marca. Tanto mais porque ele desprezava as palavras. Seu pior inimigo jamais inventaria, para fazê-la sofrer, situação mais desesperadora.

Entretanto, a música continuava a tocar, povoando as trevas dos sons mais dançantes, mais arrebatadores.

O caso do champanhe
(A história de um pobre-diabo)

1887

No ano em que começo esta narrativa eu era chefe em uma pequena estação de uma de nossas estradas de ferro do Sudoeste. Se minha vida era alegre ou triste, você poderá julgar pela ausência de qualquer habitação humana até a uma distância de vinte verstas. Nem uma só mulher, nem um único botequim frequentável. E, naquela época, eu era jovem, forte, ardente, inconsequente e tolo.

As únicas distrações possíveis eram olhar as janelas dos trens de passageiros e uma vodca à qual os judeus adicionavam entorpecentes. Quando acontecia de aparecer um lindo rosto de mulher na porta de um dos carros, eu me transformava em estátua, com a respiração suspensa até que o trem se reduzisse a um ponto quase imperceptível. Ou, então, corria para me embriagar na medida em que era suportável engolir a detestável bebida que nos serviam. Nessas horas, virava um diabo – nem mesmo tinha consciência das longas horas ou até dos longos dias que se escoavam.

Homem do Norte, a estepe atuava sobre mim como a visão de um cemitério tártaro abandonado. No verão, a invariabilidade de sua calma solene, o canto monótono dos grilos, o luar diáfano, para o qual não havia refúgio, tudo me abatia e me envolvia em lúgubre tristeza. No inverno, a impecável brancura da estepe, seu gelo abrangendo intermináveis distâncias, as longas noites e o uivar dos lobos pesavam-me como um terrível pesadelo.

Na estação viviam poucas pessoas: minha mulher e eu, um telegrafista surdo e escrofuloso e três vigias. Meu subchefe, jovem tuberculoso, costumava ir à cidade para se tratar – e lá permanecia por meses a fio, confiando-me seu emprego, com a autorização de receber, também, seus ordenados. Eu não tinha filhos. E não era possível convidar amigos para nossa casa nem visitar meus colegas mais de uma vez por mês. Em suma, a mais insípida das vidas.

Lembro-me de que estava festejando a entrada do ano-novo com minha mulher. Sentados à mesa, mastigávamos, preguiçosamente, ouvindo as batidas do telegrafista surdo que, no compartimento vizinho, manejava seu aparelho. Eu já havia bebido cinco copos da vodca dos judeus e, com a cabeça pesada, apoiada nas mãos, pensava em minha sorte, em minha irremediável tristeza – irremediável e sem saída.

Minha mulher, a meu lado, não tirava os olhos do meu rosto. Olhava como só as mulheres que têm um belo marido como seu único bem no mundo fazem. Amava-me loucamente, servilmente, não apenas pela minha beleza ou por minhas qualidades de alma, amava até meus defeitos, minhas explosões, meu tédio – e mesmo minha crueldade, quando, no delírio da embriaguez, eu a arrasava com censuras, na falta de outro alvo para minha cólera.

Apesar do tédio que me consumia, preparávamo-nos para festejar o novo ano com extraordinário esplendor e esperávamos, impacientes, a meia-noite. Havíamos reservado duas garrafas de champanhe, do legítimo, que trazia o rótulo Veuve Clicquot – tesouro que eu havia ganhado no último outono em uma aposta com o chefe de uma das seções, quando estivera em sua casa em dia de batizado. E nos acontecia o que acontece, às vezes, durante uma aula de matemática: quando, por exemplo, tudo parece morrer de tristeza e uma borboleta entra na sala. Os meninos erguem a cabeça e seguem seu voo, curiosos e encantados, como se não estivessem vendo simplesmente uma borboleta, mas qualquer coisa de novo e de muito especial. Assim, o champanhe, caído por acaso em nossa triste paragem, nos distraía: calávamo-nos, olhando ora o relógio ora a garrafa.

Quando o ponteiro marcou cinco para a meia-noite, comecei a desarrolhar, lentamente, uma das garrafas. Não sei se o álcool havia me afetado ou se a garrafa estava úmida, lembro-me, apenas, de que, quando a rolha voou, ruidosamente, até o teto, a garrafa escorregou-me das mãos e caiu ao chão. Perdeu-se somente um copo, porque consegui apanhá-la logo e tapar com o dedo seu gargalo espumante.

– Feliz ano-novo – disse à minha mulher, enchendo um copo. – Bebe. Muitas felicidades.

Minha mulher recebeu o copo e fixou-me com olhar assustado: seu rosto empalidecera e expressava grande terror.

– Deixaste cair a garrafa?!

– Sim. O que tem isso?

– Não é bom – respondeu, pousando o copo, cada vez mais pálida. – É um mau presságio... Sinal de que nos acontecerá, este ano, alguma desgraça.

– Que mulher supersticiosa me estás saindo! – falei, suspirando. – És inteligente e, no entanto, dizes tolices como qualquer criada... Vamos, bebe!

– Deus queira que sejam tolices... Mas algo acontecerá, verás.

Não tocou o copo. Colocou-o de lado e, afastando-se, ficou meditativa. Tentei animá-la, repetindo-lhe velhos conceitos sobre o capítulo das superstições. Bebi meia garrafa de champanhe, andei um pouco ao longo da sala e depois saí.

Lá fora brilhava uma noite gelada, tranquila em sua fria e solitária beleza. Bem altas, sobre a estação, a lua e duas nuvenzinhas brancas e imóveis, muito juntas (como se estivessem coladas), suspensas no espaço, pareciam esperar um acontecimento. Uma luz tênue e transparente emanava do luar e, como se temesse ferir o pudor da terra esbranquiçada, clareava tudo, de forma suave: os montículos de neve, o terreno plano... Uma profunda e envolvente calma.

Andei toda a extensão do aterro. E pensava, olhando o céu semeado de estrelas faiscantes: "Mulher imbecil... Mesmo admitindo que alguns presságios deem certo, que desgraça pode nos acontecer? As desgraças já experimentadas e as que sabemos nos ameaçarem já são tão grandes que será difícil imaginar algo pior. Que mal pode fazer ao peixe, já pescado, cozinhá-lo e temperá-lo?"

Um alto álamo, coberto de geada, avultava na vaporização azulada da neve, como um gigante envolvido em um sudário. Parecia olhar-me severamente, lugubremente, ele que, tanto quanto eu, deveria compreender a solidão. Fitei-o longamente, como faria com um amigo reencontrado. E continuei a pensar.

"Minha juventude, como uma ponta de cigarro rejeitada, perdeu-se no vazio de meu destino. Meus pais morreram quando eu ainda era criança. Expulsaram-me do liceu. Pertenço a uma família nobre, mas nada recebi dela: nem instrução, nem educação. Sou tão ignorante como um simples lubrificador de máquinas. Não tenho refúgio, nem parentes, nem amigos, nem trabalho que ame. Não adquiri qualquer capacidade e, na plenitude de minhas forças, sirvo apenas para ocupar um modesto emprego de chefe de estação. Em toda a minha existência só conheci má sorte e dissabores. O que ainda poderá me acontecer de mau?"

Luzes vermelhas surgiram ao longe: um trem avançava em minha direção, e seu ruído ressoava no vazio da estepe. Minhas reflexões eram tão amargas que eu tinha a impressão de estar pensando alto e transmitindo-as no gemido e nas vibrações dos fios telegráficos, no angustiado resfolegar do trem.

"O que poderá me acontecer de pior? A morte de minha mulher? Não será tão terrível: não devo mentir à minha consciência, escondendo-lhe que não amo minha mulher. Casei-me jovem demais. Ainda estou moço e forte, enquanto ela está gasta, envelhecida, embrutecida, carregada de preconceitos da cabeça aos pés. O que pode existir de bom em seu insípido amor? Suporto-a, mas não a amo. O que mais poderá me acontecer? Minha juventude perde-se, como se costuma dizer, em tênues nuvens de fumo, dispersas. As mulheres só passam diante de mim nas portas dos vagões, rápidas e fugidias, como estrelas cadentes. Nunca houve, nem haverá, amor para mim. No meu vazio de emoções e vivências humanas, perdem-se minha virilidade, minha ousadia, minha ternura... Perdem-se como poeira. Meu próprio dinheiro não vale um centavo nesta estepe."

O trem passou, ruidosamente, iluminando-me com a luz de suas janelas vermelhas. Vi-o deter-se perto das luzes verdes da estação, estacionar por um minuto e partir novamente, desaparecendo ao longe. Depois de ter caminhado uma extensão de duas verstas, voltei. Os pensamentos tristes não me abandonavam. Quanto mais triste eu me sentia, mais procurava que fossem amarguradas e sombrias minhas ideias. Há momentos, acreditem, em que a consciência da infelicidade dá certo prazer às pessoas pouco desenvolvidas e orgulhosas: namoram os próprios sofrimentos. Havia muita verdade no que eu pensava, mas também muito absurdo e presunção, qualquer coisa de puerilmente agressiva em minha pergunta: "O que mais pode me acontecer de pior?"

"Sim, o que pode acontecer?", perguntava-me de volta à casa. "Parece-me que já experimentei tudo: doença, falta de dinheiro, censuras diárias de meus chefes, fome... E até um lobo enraivecido aparecera no pátio da estação. O que mais ainda? Recebi insultos, humilhações... E, por minha vez, também insultei e humilhei. Só me falta praticar um crime... Mas isso creio que sou incapaz de cometer, embora não tema a justiça."

As duas pequenas nuvens já haviam se afastado da lua, mas conservavam-se próximas, como se cochichassem algum segredo que a lua não devesse ouvir. Um vento leve e apressado passou pela estepe, trazendo o resfolegar surdo do trem que se distanciava. À porta da casa, minha mulher me esperava: seus olhos riam, alegremente, e todo o seu rosto brilhava de satisfação...

– Há novidades aqui em casa – disse ela. – Vai depressa a teu quarto vestir tua túnica mais nova. Temos uma visita.

– Que visita?

– Minha tia Natalya Petrovna. Acaba de chegar.

– Natalya Petrovna? Quem é?

– A mulher de meu tio Semyon Fyodoritch. Não a conheces. É muito boa e muito distinta.

Acho que fiz uma careta, pois minha mulher ficou subitamente séria e balbuciou:

– Realmente, é estranho que tenha vindo... Mas não te zangues, Nikolay, tem paciência: ela disse que ficará apenas três dias, até que lhe chegue uma carta que espera do irmão. É uma pessoa muito infeliz: meu tio é um déspota, um homem mau, é difícil viver com ele.

Segredou, ainda, uma longa série de parvoíces sobre seu energúmeno tio, sobre a fraqueza humana, em geral, e das mulheres, em particular, sobre o dever que todos nós temos de acolher a todos, mesmo aos grandes pecadores etc. etc.

Sem qualquer compreensão do que acontecia, vesti minha túnica mais nova e fui conhecer minha "tia".

Encontrei-a à mesa, uma frágil mulherzinha de grandes olhos negros – e a mesa, as paredes cinzentas, o sofá rústico... até o menor grão de poeira... tudo parecia rejuvenescido, alegrado pela presença de um ser fresco e jovem, que espalhava um perfume complexo de beleza e de vício.

Que a nossa visitante era corrompida, compreendi logo, por seu sorriso, seu perfume, sua maneira particular de olhar e de baixar os cílios, pelo tom com que falava à minha mulher, pessoa tão honesta... Não teria sido preciso me contar que fugira de casa, que seu marido era velho e prepotente, enquanto ela era bondosa e alegre. Compreendi tudo de relance (não creio, mesmo, que exista em toda a Europa um só homem que não saiba distinguir, ao primeiro olhar, uma mulher dotada de certo temperamento...).

– Eu não sabia que tinha um sobrinho tão alto! – disse-me a "tia", sorrindo e estendendo-me a mão.

– E eu não sabia que tinha uma tia tão linda...

A ceia recomeçou. A rolha da segunda garrafa saltou, sem ruído, e minha tia bebeu, de um só trago, meio copo do champanhe. E quando minha mulher ausentou-se, por um instante, não fez mais cerimônia: bebeu um copo inteiro. Eu me sentia embriagado pelo vinho e pela presença da mulher. Lembram-se da romanza...?

Olhos negros, apaixonados,
olhos ardentes e magníficos,
por que será que eu vos amo?
Por que será que eu vos temo?

Não consigo recordar-me do que se passou em seguida. Quem quiser saber como o amor começa, que leia romances e histórias líricas. Eu direi pouca coisa e, assim mesmo, apenas com as palavras daquela romanza ingênua:

É que eu vos encontrei
em uma hora fatal...

Mandei tudo para o inferno... Tudo de pernas para o ar. Lembro-me de que me senti envolvido em um turbilhão terrível, alucinado, que me arrastou como se eu fosse uma pluma. Um turbilhão que me atordoou por muito tempo e varreu da face da Terra minha mulher, a própria tia e todo o meu vigor. E que, de uma estação de estepe, me atirou, como veem, nesse caminho sombrio...

Digam-me, agora, o que poderá, ainda, me acontecer de pior?

Mártires

1886

Lizotchka Kudrinsky, dama frágil e jovem, com muitos admiradores, caiu subitamente enferma. Tão seriamente que seu marido deixou de comparecer ao trabalho e sua mãe foi chamada, por telegrama, de Tver. Eis como a própria Lizotchka conta a história de sua doença:

"Eu havia passado uma semana de férias na casa de minha tia, em Lyesnoe. Partimos todos para visitar nossa prima Varya, cujo marido, como ninguém ignora, é um tirano, um urso... Se tivesse eu um marido igual, ele já estaria morto... Mas, mesmo assim, nos divertimos muito. Inicialmente, participei de um espetáculo de amadores, na peça *Escândalo em uma família nobre*, em que, aliás, Hrustalev foi surpreendente. No entreato bebi uma limonada gelada, tremendamente gelada, com algumas gotas de conhaque... A limonada com conhaque se assemelha muito ao champanhe seco. Bebi-a e não me aconteceu nada de especial. No dia seguinte, fiz um passeio a cavalo, em companhia de Hrustalev. A manhã estava úmida e havia forte ventania... Sem dúvida, foi nesse momento em que apanhei um resfriado.

"Três dias depois voltei à minha casa, para ver como estava o meu bom e querido Vassya, e, de passagem, apanhar um de meus vestidos de seda... aquele de florzinhas. Claro que Vassya não estava... Ainda não chegara do trabalho. Fui à cozinha dizer a Praskouya que preparasse o samovar e vi, sobre a mesa, lindos nabos e cenouras. Comi um nabo e uma cenoura... Muito pouco, como veem. O que não impediu que logo fosse tomada por fortes cólicas... Espasmos terríveis... Ah, quase morri!... Vassya veio prontamente do escritório. Claro, arrancou os cabelos e empalideceu de susto. Correram para chamar o médico... Compreendem, não? Eu estava, simplesmente, morrendo."

Os espasmos haviam começado ao meio-dia; o médico chegou entre as duas e as três da tarde. Às seis, Lizotchka dormia profundamente... Um sono que durou até as duas horas da madrugada...

O relógio soou. Uma tênue claridade filtrava-se através da proteção azul da lamparina. Lizotchka, em sua cama, o branco da touca contrastando com o vermelho-escuro do travesseiro... A luz projetando sombras trabalhadas sobre seu rosto pálido e seus roliços e apetitosos ombros... Vassya, o marido, sentado junto à cama... O pobre homem sentia-se, ao mesmo tempo, feliz, porque sua mulher voltara, e apavorado, por sua súbita doença. Percebendo que ela despertara, murmurou-lhe:

– Então, minha querida? Como estás te sentindo?

Lizotchka gemeu:

– Estou melhor... Os espasmos desapareceram... Mas não há meio de poder dormir... Não consigo ter sono...

– Já não será hora, meu anjo, de mudar tua compressa?

Lizotchka sentou-se, lentamente, com expressão de mártir, curvando graciosamente a cabeça. Vassya mudou-lhe a compressa, gestos de padre oficiante, mal tocando o corpo ardente da mulher, que se encolheu toda e riu, sentindo cócegas com a água fria, e voltou a deitar-se, gemendo:

– Meu pobre Vassya... Não dormiu nada...

– Achas que posso dormir, querida?

– É nervoso, Vassya. Ando muito nervosa. O médico receitou algo para o estômago, mas sei que não descobriu o que realmente tenho. São meus nervos e não o estômago... São os nervos, juro-te. Só receio uma coisa: que minha doença se complique.

– Nada disso, Lizotchka! Amanhã estarás curada.

– Duvido um pouco, Vassya. E não é por mim que tenho medo... não me importa morrer... Gostarei, até... É por ti. Fico com pena. Imagina se, de repente, ficas viúvo e sozinho?

Vassya raramente gozava da companhia da esposa e já havia muito se habituara a estar só. Mas as palavras de Lizotchka o inquietaram.

– Não digas tolices, queridinha! Por que essas ideias sombrias?

– O que tem isso? Sei que vais chorar, que sofrerás muito. Mas, depois, virá o consolo e te casarás novamente...

O marido apertou a cabeça entre as mãos. Para tranquilizá-lo, ela disse:

– Bom... Bom... Não falarei mais nisso. Mas é preciso que estejas preparado para tudo...

Fechando os olhos, pensava: "E se eu morrer de repente?"

Viu, então, a imagem da própria morte... Sua mãe, seu marido, a prima Varya e o marido, sua família, "os admiradores de seu talento", comprimindo-se em torno de seu leito... Enquanto ela murmuraria, em um sopro, o último adeus. Todos chorando. Depois, morta, a fascinante palidez de seu rosto emoldurado pelos cabelos negros... E ela toda vestida de rosa... O rosa sempre lhe caíra muito bem... Enfiada em um caixão dourado, repleto de flores... Um flutuante perfume de incenso... Os círios crepitando... Seu marido não se afastaria do caixão e "os admiradores de seu talento", sem tirar os olhos de seu rosto, pensariam: "Parece que está viva! É bela até na morte!" E a cidade inteira lamentaria sua vida prematuramente extinta... Seria levada à igreja, o caixão nos ombros de Ivan, de Hrustalev, do marido de Varya, de Nikolay, do estudante de olhos negros que lhe ensinara a beber limonada com conhaque... Pena, somente, que não houvesse música...

Terminado o serviço fúnebre, os adeuses... A igreja ressoante por causa dos soluços... a tampa do caixão e... Lizotchka diria o seu eterno adeus à vida... Os pregos sendo pregados ruidosamente... Pam, pam, pam!

Estremece. Abre os olhos e pergunta:

– Estás aí, Vassya? Estou com pensamentos tristes... Meu Deus! Será possível que eu seja tão infeliz a ponto de não poder dormir? Vassya, por favor, conta-me alguma coisa...

– O que posso contar-te?

– Uma história... história de amor – responde Lizotchka, lânguida. – Ou, então, uma história de judeu...

Vassya, disposto a tudo, com a condição de sua mulher se divertir e parar de falar em morte, puxou um pouco do cabelo para a orelha, assumiu uma atitude cômica e aproximou-se:

– Senhorra não tem relógio a reparrar?

– Sim, sim – disse Lizotchka, às gargalhadas, entregando-lhe seu relógio de ouro. – Pode consertá-lo.

Vassya recebeu o relógio, examinou longamente seu mecanismo e, todo encolhido, disse:

– Impossível reparrar... Faltam dois dentes na máquina...

Terminada a representação, Lizotchka ainda ria muito, aplaudindo:

– Muito bem! Espantoso! Sabes de uma coisa, Vassya? És um tolo, não participando desses espetáculos de amadores. Tens um talento extraordinário... Muito maior do que o de Sysunov... Aquele amador de "É a minha festa", um cômico de primeira classe. Imagine: um nariz grosso como um nabo, olhos verdes, andar de ave pernalta... Todos morriam de rir com ele. Olha: vou te mostrar como ele andava.

Lizotchka saltou da cama e pôs-se a andar, descalça e sem touca, dizendo com voz grave, quase masculina:

– Um ótimo dia! O que têm de novo, para contar? O que há de novo lá pela lua? – E ria ela própria: – Ha-ha-ha-ha!

– Ha-ha-ha-ha! – fez Vassya, em eco.

Então o casal começou a perseguir um ao outro, pelo quarto, às gargalhadas, sem mais se lembrarem da doença. A perseguição chegou ao fim quando Vassya agarrou a mulher pela camisola e cobriu-a de beijos ávidos. Depois de um abraço particularmente apaixonado, Lizotchka lembrou-se, de súbito, de que estava muito enferma...

– Que coisa idiota! Esqueceste que estou doente? Muito inteligente... – disse ela, muito solene, metendo-se sob as cobertas.

O marido murmurou, confuso:

– Desculpe-me.

– Se eu piorar, a culpa é tua. Mau! Perverso!

Fechou os olhos e calou-se. O langor e a expressão de mártir voltaram a seu rosto. Vassya mudou-lhe a compressa e, feliz porque sua mulher estava em casa e não escapando para a casa de sua tia, sentou-se humildemente a seus pés. E assim ficou, velando-a, até o amanhecer.

Às dez horas, chegou o médico.

– Então, como vamos?

Tomou-lhe o pulso:

– Dormiu bem?

O marido respondeu no lugar de Lizotchka:

– Mal. Muito mal.

O médico aproximou-se da janela e ficou olhando para fora, observando um limpador de chaminé que passava Lizotchka perguntou:

– Doutor, posso beber café?

– Pode.

– E posso me levantar?

– Bem, eu gostaria de dizer que sim... Mas será melhor que fique na cama por mais tempo...

Vassya soprou à orelha do médico.

– Está de péssimo humor... Cheia de ideias sombrias... Quase fazendo delas uma filosofia. Sinto-me terrivelmente preocupado.

O médico sentou-se e, depois de passar a palma da mão pela testa, receitou brometo de potássio. Cumprimentou-os e retirou-se, prometendo voltar à noite. Vassya não foi trabalhar e permaneceu o dia todo sentado ao pé da esposa.

Ao meio-dia chegaram "os admiradores de seu talento". Alarmados, assustadíssimos, presentearam-na com flores e livros franceses. A doente, de touca branca como a neve e uma bata leve, recebeu-os deitada, expressão enigmática de quem não acredita na própria cura. E "os admiradores de seu talento" perdoavam ao marido o incômodo de sua presença: a dor comum os reunia, junto ao mesmo leito.

Às seis horas Lizotchka adormeceu. Só despertou às duas horas da manhã. Como na noite precedente, Vassya ficou sentado aos pés da cama, lutando contra o sono, mudando as compressas, contando histórias de judeu. Mas já na manhã seguinte, após uma segunda noite de martírio, Lizotchka estava piruetando diante do espelho, arrumando seu chapéu.

– Aonde vais, querida? – perguntou Vassya, em tom suplicante.

Lizotchka teve uma expressão de espanto:

– Então não sabes? Hoje é dia de ensaio na casa de Marya Lvorna.

Após acompanhá-la, Vassya, disponível, morrendo de tédio, apanhou a pasta e dirigiu-se ao escritório. Sem dormir tantas noites, sentia uma dor de cabeça tão violenta que seu olho esquerdo recusou-se a obedecer-lhe e fechava-se por conta própria. Vendo-o assim, o chefe perguntou-lhe:

– O que lhe aconteceu, meu caro? O que houve?

Vassya acenou com a mão e sentou-se:

– Nem me pergunte, excelência. Que martírio o meu nestes dois dias! Que martírio! Lizotchka está doente!

O outro assustou-se:

– Meu Deus! Madame Kudrinsky? O que tem ela?

Kudrinsky só conseguia abrir os braços e levantar os olhos para o teto, como a dizer:

– Entrego tudo à divina providência!

Ao que seu superior, também suspirando e erguendo os olhos para cima, respondeu:

– Meu amigo, ninguém melhor do que eu pode compartilhar de seu sofrimento... Compartilho-o de todo o coração. Eu também, meu caro, perdi minha mulher... Ah! Como o compreendo! É uma perda... Uma grande perda. Terrível... Terrível... Espero que madame Kudrinsky se restabeleça. Quem a está tratando?

– Von Schterk.

– Von Schterk? Teria feito melhor se chamasse Magnus... Ou, então, Semandritsky. Mas como está pálido! Quem está doente, agora, é o senhor. Lamentável!

– Sim, excelência... Não tenho dormido... Nem imagina o que tenho sofrido... O que tenho presenciado!

– E ainda está aqui? Por que veio? Não compreendo... Será possível fazer a si próprio tal violência? Vir aqui tão doente! Vá para casa, meu amigo, e só volte a trabalhar quando estiver completamente recuperado. Descanse, é uma ordem. O zelo pelo serviço é uma das qualidades que mais prezo. Mas nunca se deve esquecer o que diziam os romanos: *Mens sana in corpore sano*, ou seja, mente sã em corpo são!

Vassya aquiesceu, repôs seus papéis na pasta. E, despedindo-se do chefe, foi para casa dormir.

O professor de literatura

I

1889-94

Os cascos dos cavalos ressoaram no pavimento de madeira. Em primeiro lugar, fizeram sair da cavalariça o cavalo negro, Conde Nulin; depois, Velikane,* todo branco, e por último sua irmã Maika. Eram esplêndidos cavalos de raça.

O velho Shelestov selou Velikane e disse à sua filha Masha:

– Vamos, Maria Godefroy, monte! Upa!

Masha Shelestov era a caçula da família. Embora já tivesse completado dezoito anos, continuavam a olhá-la como uma criança, e todos a tratavam ou por Manya ou Manyusa.** Depois da passagem de um circo, que ela frequentara assiduamente, passaram a chamá-la de Maria Godefroy, famosa amazona daquela época.

– Upa! – gritou ela, saltando à sela de Velikane.

Sua irmã Varya montou Maika; Nikitin, o Conde Nulin; os oficiais montaram os cavalos do regimento. E a extensa e bela cavalgata, com os oficiais em seus dólmãs brancos e as amazonas em suas vestimentas de equitação, deixou o pátio a trote lento.

Nikitin percebeu que, desde que montara, Masha lhe dispensava enorme atenção. Ela o observava, preocupada, da

---

Velikane: em russo, gigante, colosso. (*N. da T.*)
**Manya ou Manyusa: diminutivos infantis de Masha, que corresponde ao nome Maria. (*N. da T.*)

mesma maneira que ficava Conde Nulin, chegando a recomendar-lhe:

– Sergey Vassilich, segure bem as rédeas. Não o deixe saltar: repare que ele parece sempre assustado.

Talvez porque Velikane, que ela própria montava, fosse amigável com Conde Nulin, então, por simples acaso, mantinha-se o tempo todo ao lado de Nikitin, como fez na véspera e na antevéspera. Ele, por sua vez, não tirava os olhos do delicado corpo, flexível e elegante, instalado sobre o belo animal branco e rebelde, observava o fino perfil, prejudicado por um longo chapéu que a envelhecia. Fitava-a com alegria, ternura e encantamento. Escutava-a, sem compreender o que dizia, e pensava: "Juro a mim mesmo, por minha honra, que não serei tímido e falarei com ela hoje mesmo."

Eram quase sete horas, já beirando a noite, quando as acácias e os lilases se perfumam tão fortemente que o ar e as árvores parecem desfalecer por causa de sua própria fragrância. No jardim público, a banda de música começava a tocar. Os cavalos batiam os cascos, ruidosamente, nas pedras das ruas. Por toda parte ouviam-se risos, conversas e as batidas dos portões dos jardins. Os soldados, passando, saudavam os oficiais. Os estudantes cumprimentavam Nikitin, e todos os que se apressavam para ouvir o concerto pareciam felizes ao verem passar a cavalgata. Como estava bonita a tarde! Quantas nuvens, desordenadamente espalhadas, em sua macia flutuação! E como pareciam convidativas as sombras dos álamos e das acácias, estendendo-se ao longo de toda a rua e abraçando, no lado oposto, as casas, até as sacadas e os segundos andares!

A cavalgata, uma vez fora da cidade, apressou seu trote pela estrada maior. Já não mais se sentia o perfume das acácias e dos lilases, nem havia música: agora, tudo cheirava a campo, a centeio, a trigal verdejante. As marmotas guinchavam, as gralhas crocitavam. Em toda a extensão do olhar, só havia verde. Somente algumas melancias manchavam de escuro a paisagem, contrastando com a brancura das macieiras em flor, enfileiradas muito longe, à esquerda, em torno de um cemitério.

A cavalgata passou pelos matadouros, pela cervejaria, ultrapassou um grupo de músicos militares que se dirigia ao parque. Indicando com os olhos o oficial que cavalgava ao lado de Varya, Manyusa disse a Nikitin:

– O cavalo de Polyansky é um belo animal, não se pode negar. Mas tem defeitos. Por exemplo: aquela mancha branca na pata esquerda. E repare como sacode a cabeça. Jamais perderá esse hábito... Será assim até morrer.

Manyusa amava os cavalos tão apaixonadamente quanto seu pai. Sofria quando um belo cavalo pertencia a outra pessoa e descobria sempre defeitos nos animais alheios. Nikitin, ao contrário, nada entendia de cavalos: era-lhe de todo indiferente contê-los pelo freio de boca ou afrouxar as rédeas, que trotassem ou galopassem. Percebia apenas que sua postura era dura e sem estabilidade e que, em razão disso, os oficiais que sabiam montar deviam agradar muito mais a Manyusa. O que muito o enciumava.

Quando se aproximaram do parque do subúrbio, alguém propôs que parassem um pouco, para beberem água de Seltz. Entraram. No parque inteiro haviam plantado carvalhos cujas folhas começavam a brotar. Através delas viam-se, como cenário, as mesas, os balanços e os velhos ninhos de corvos, semelhantes a imensos chapéus. Os cavaleiros e as damas saltaram junto a uma mesa e pediram o que desejavam beber. Alguns amigos, que também se encontravam ali, foram saudá-los – entre eles, um major médico, portando altas botas, e o diretor da orquestra, que esperava a chegada de seus músicos. O major confundiu Nikitin com um estudante e perguntou-lhe:

Veio passar as férias aqui?

– Não, moro aqui. Sou professor do liceu – respondeu Nikitin.

O major espantou-se:

É? Tão jovem e já professor!

– Não tão jovem! Tenho vinte e seis anos!

– Apesar de sua barba e de seu bigode, à primeira vista, ninguém lhe dá mais de vinte e dois anos. Parece muito jovem mesmo!

Nikitin pensou: "Que coisa desagradável! Este também me toma por um menino inexperiente!"

Não gostava que falassem de sua juventude, sobretudo diante das mulheres e de seus alunos. Desde que chegara à cidade e assumira suas funções, detestava sua aparência jovem. Os estudantes não o temiam; os mais velhos tratavam-no sempre por "jovem"; as mulheres preferiam dançar com ele a ouvir suas longas dissertações. Daria tudo para tornar-se, subitamente, dez anos mais velho.

Saindo do parque, dirigiram-se à propriedade dos Shelestov. Pararam diante do portão, chamaram Praskovya, a mulher do intendente, e pediram-lhe que ordenhasse algumas vacas. Mas não beberam o leite: entreolharam-se, simplesmente, com expressão divertida, riram e retomaram a cavalgata. Quando passaram pelo parque, a banda de música já tocava. O sol desaparecera atrás do cemitério e metade do céu estava tingida do vermelho-púrpura do entardecer.

Masha continuava a cavalgar ao lado de Nikitin. O professor queria lhe dizer o quanto a amava apaixonadamente, porém se calava, temendo que os oficiais e Varya o ouvissem. Manyusa também permanecia silenciosa; e Nikitin compreendia por que ela estava calada e por que permanecia a seu lado. Sentia-se tão feliz que a terra, o céu, as luzes da cidade, a escura silhueta da cervejaria, tudo se transfigurava, transformando-se, a seus olhos, em algo muito belo e muito terno. Parecia-lhe que Conde Nulin trotava pelos ares, em voo de escalada ao céu purpúreo.

Chegaram à casa. Na mesa do jardim, o samovar fervia. O pai de Manya já estava ali sentado, em companhia de alguns magistrados, seus amigos. Como sempre, fazia críticas:

– É uma ignomínia! Simplesmente isto, senhores: uma ignomínia!

Em sua paixão por Manyusa, tudo agradava a Nikitin na casa dos Shelestov: o prédio, o jardim, as cadeiras empalhadas, a velha criada e até a palavra "ignomínia", que o velho homem repetia sempre. Apenas não podia suportar a grande quantidade de cães, de gatos e os pombos egípcios que arrulhavam tristemente em um viveiro sob a varanda. Havia tantos cães de guarda e tantos outros dentro da casa que, desde o seu conhecimento com os Shelestov, o professor só conseguira identificar dois deles: Mushka* e Som. Mushka, uma cadelinha de pelo duro, focinho peludo, agressiva e mimada, detestava Nikitin. Quando o via, virava invariavelmente a cabeça, mostrava os dentes e rosnava. Depois, instalava-se sob sua cadeira e, quando Nikitin tentava expulsá-la, soltava agudos latidos, a ponto de os donos da casa se sentirem no dever de tranquilizá-lo:

– Não tenha receio... Ela não morde... É muito boazinha...

Som era um grande cão negro, de patas fortes e cauda dura como um bastão. Durante o jantar ou o chá, andava silenciosamente sob a mesa, batendo com a cauda nas pernas dos comensais. Animal bondoso, mas pouco inteligente, tinha o mau hábito de colocar a cabeça nos joelhos das visitas, babando em suas calças. Nikitin não conseguia tolerá-lo, por isso, várias vezes tentara bater-lhe na cabeça com o cabo de uma faca. Em vão, procurava afastá-lo com piparotes, praguejando e lamentando-se – nada salvava suas calças da baba do cão.

Depois do passeio a cavalo, o chá, os biscoitos e a manteiga caíam deliciosamente. O primeiro copo foi bebido em silêncio, com avidez. Ao segundo, porém, as conversas se animaram.

---

*Mushka: mosquinha, em russo. (N. da T.)

Geralmente, ao chá ou ao jantar, Varya sempre iniciava uma discussão. Era uma jovem delicada, mais bela do que Manyusa e aparentava ser a pessoa mais instruída e mais inteligente da casa. Com muita seriedade, como convém à filha mais velha, ocupava o lugar da mãe falecida e na qualidade de dona de casa, portanto, apresentava-se austeramente de blusa a seus convidados, chamando os oficiais pelo próprio nome e tratando Manyusa como uma menina, a quem falava em tom professoral. Dizia-se uma solteirona, mas tinha certeza de que um dia se casaria.

Transformava em discussão toda e qualquer conversa, mesmo sobre o tempo. Tinha a paixão de apurar as palavras, de querer demonstrar as contradições de cada um, de se agarrar a uma simples frase. Se alguém começava um assunto, olhava fixamente o interlocutor nos olhos e interrompia:

– Perdão, perdão, Petrov! Anteontem o senhor dizia o contrário!

Ou, então, sorria ironicamente, dizendo:

– Vejamos: se não me engano, está começando a pregar os princípios da Terceira Seção...*

Se alguém dizia uma frase espirituosa, ou fazia um trocadilho, ouvia-se, imediatamente, sua voz:

– Muito velho... Muito sem graça...

E se um oficial gracejava, era fatal uma careta desdenhosa e o comentário, acentuando a pronúncia:

– Gracejo de caserrrrna!

E seu erre soava tão forte que Mushka reagia, em sua cadeira, rosnando...

No momento, a discussão versava a propósito dos exames do liceu, citados por Nikitin. Varya interrompera-o:

---

*A famosa Terceira Seção da Chancelaria imperial, a que estavam afetas as questões políticas. (*N. da T.*)

– Com licença, Sergey Vassilich. O senhor diz que são difíceis para os alunos. De quem é a culpa, permita-me perguntar. Por exemplo: o senhor deu, para os alunos da primeira classe,* este tema de redação: Pushkin psicólogo. Para começar, não é aconselhável referir-se a assuntos tão difíceis; depois, cabe indagar se Pushkin era um psicólogo. Se fosse Shchedrin ou, se preferir, Dostoievski, já seria diferente. Mas Pushkin é apenas um grande poeta, nada mais.

Aborrecido, Nikitin respondeu:

– Shchedrin é uma coisa e Pushkin, outra.

– Eu sei. No liceu não admitem Shchedrin, mas não é este o problema. Diga-me: o que existe de psicólogo em Pushkin?

– Não é psicólogo? Permita-me citar alguns exemplos.

E Nikitin declamou algumas passagens de *Eugene Onegin* e de *Boris Godunov.*

Varya replicou, suspirando:

– Não vejo qualquer psicologia nisso. Considera-se psicólogo o escritor que penetra os recônditos da alma humana. No caso, só vejo belos versos, nada além de belos versos.

Ofendido, Nikitin retrucou:

– Eu sei a que psicologia se refere. Se me serrarem o dedo com um serrote cego e eu gritar até me arrebentar, isso, do seu ponto de vista, será psicologia.

– É muito vulgar o que está dizendo. E não consegue provar que Pushkin seja um psicólogo.

Quando Nikitin tinha que combater o que lhe parecia uma opinião repetida, uma mesquinharia, ou qualquer outra atitude igualmente pequena, erguia-se continuamente da cadeira, apertava a cabeça com as mãos e punha-se a andar, com rapidez, de um lado a outro, gemendo. Foi o que fez. Depois, sentou-se, afastado da mesa.

---

*A primeira classe corresponde à classe final. Na Rússia, as classes eram numeradas na ordem inversa da usada na maioria dos outros países. (*N. da T.*)

Os oficiais tomaram seu partido. O capitão Polyansky procurou convencer Varya de que Pushkin era, de fato, um psicólogo e, para comprovar, citou dois versos de Lermontov. O tenente Gernet argumentou que se Pushkin não tivesse sido um psicólogo, não lhe teriam erguido um monumento em Moscou.

Do outro lado da mesa Shelestov gritava:

– É uma ignomínia! Eu disse ao governador: Excelência, é uma ignomínia!

Por sua vez, Nikitin exclamou:

– Não discutamos mais! É impossível ter esperança de que a eternidade finde... Basta!

Ergueu-se. E gritou com Som, que havia pousado a cabeça e uma pata em seus joelhos:

– Vai-te daqui, cão imundo!

Debaixo da mesa Mushka rosnou, enquanto Varya gritava:

– Confesse que não tem razão! Confesse!

Mas aconteceu a visita de algumas senhoritas e a discussão parou. Todos passaram para o salão. Varya foi para o piano e pôs-se a tocar música de dança. Primeiro, dançou-se uma valsa; depois, uma polca; em seguida, uma quadrilha, terminada por um *grand rond*,* que o capitão fez percorrer todas as peças da casa. Finalmente, dançou-se outra valsa.

Durante as danças as pessoas idosas permaneceram sentadas, fumando e olhando os jovens. Entre essas pessoas estava o diretor do banco municipal, Shebaldin, conhecido por seu amor à literatura e ao teatro. Fundara o clube de música e teatro da cidade e participava dos espetáculos, interpretando apenas os criados cômicos, ou declamando, em ritmo musical, "A pecadora".** Seus conterrâneos o haviam apelidado de Múmia, porque era alto, muito magro, tinha as veias salientes, sempre

---

Grand rond: nome que os russos davam às farândolas. (*N. da T.*)
**"A pecadora", poema de Alexis Tolstoi. (*N. da T.*)

com ar solene, olhos parados e sem brilho. Gostava tanto de teatro que raspava a barba e o bigode, como os atores, o que lhe aumentava a semelhança com uma múmia.

Depois do *grande rond* aproximou-se timidamente de Nikitin, tossiu e disse-lhe:

– Tive a honra de ouvir a discussão durante o chá. Estou inteiramente de acordo com sua opinião. Temos os mesmos pontos de vista e terei muito prazer em conversar com o senhor. Já leu *A dramaturgia de Hamburgo,* de Lessing?

– Não. Ainda não li.

Shebaldin, horrorizado, esfregou as mãos como se tivesse queimado os dedos e afastou-se, em silêncio.

O tipo de Shebaldin, sua pergunta, seu espanto e seu recuo pareceram cômicos a Nikitin. No entanto, pensou: "Com efeito, é chocante. Sou professor de literatura e ainda não li Lessing. Preciso ler."

Antes da ceia, todos, jovens e velhos, sentaram-se para jogar. Era uma espécie de jogo da sorte, em que se utilizavam dois baralhos. Dava-se, a cada pessoa, o mesmo número de cartas, tiradas de um dos baralhos. O outro era colocado sobre a mesa, intacto. Shelestov disse, tirando uma carta do segundo baralho:

– Quem estiver com esta carta deve ir imediatamente à cozinha e beijar a velha criada.

Coube a Shebaldin o prazer de beijar a velha criada. Todos o cercaram e o conduziram ao quarto das crianças: rindo e aplaudindo, forçaram-no a beijar a velha, sob uma algazarra de gritos e ruídos. Shelestov gritava, chorando de tanto rir:

– Menos apaixonadamente! Menos apaixonadamente!

A "sorte" de Nikitin foi ouvir a confissão das pessoas presentes. Sentaram-no em uma cadeira, ao centro do salão, o rosto coberto com um xale. Varya foi a primeira a confessar-se. Percebendo seu perfil severo, através do tecido, Nikitin começou:

– Conheço seus pecados. Diga-me, senhorita, por que passeia diariamente com Polyansky? *Ah! Não é por acaso que ela está com um hussardo...**

– Muito vulgar – disse Varya, retirando-se.

Em seguida, Nikitin pôde distinguir o brilho de dois lindos olhos e o desenho de um delicado perfil. Um perfume amado e já conhecido havia muito tempo flutuou, lembrando-lhe o quarto de Manyusa. Disse, então, sem reconhecer a própria voz, de tal maneira que soou doce e terna:

– Maria Godefroy, qual será seu pecado?

Manyusa piscou os olhos, fez-lhe uma careta, começou a rir e afastou-se. Pouco depois, estava de volta, batendo as mãos e gritando:

– Para a mesa! Para a mesa! Vamos cear!

E todos passaram à sala de jantar.

Na mesa, Varya provocou uma discussão, desta vez com o pai, enquanto Polyansky comia muito e bebia vinho tinto, contando a Nikitin como, na guerra, em pleno inverno, ficara, certa vez, uma noite inteira mergulhado até os joelhos em um charco. Era proibido falar... Uma noite negra... E um vento que cortava. Ouvindo-o, Nikitin lançava olhares a Manyusa. Ela o fitava, sem pestanejar, como se estivesse com o pensamento muito distante... Para Nikitin, era ao mesmo tempo um prazer e um suplício. Perguntava-se: "Por que me olha assim? Constrange-me... Podem reparar. Ah! Como ainda é jovem e como é ingênua!"

À meia-noite as visitas começaram a se despedir. Quando Nikitin ultrapassou o gradil, uma janela abriu-se no segundo andar e Manyusa apareceu.

– Sergey Vassilich! – chamou.

– O que deseja?

Masha balbuciou, evidentemente procurando o que dizer:

---

*Citação inexata de um epigrama de Lermontov (1831). (*N. da T.*)

– É que... É que... Polyansky prometeu vir, um desses dias, fotografar todos nós. Precisamos estar reunidos.

– Está bem.

Masha desapareceu. A janela fechou-se e, logo depois, lá dentro, alguém começou a tocar piano.

Atravessando a rua, Nikitin pensava: "Que casa! Uma casa em que apenas os pombos gemem, e isso só porque não sabem expressar sua alegria de outra maneira."

Mas não era somente na casa dos Shelestov que se vivia com felicidade. Mal deu alguns passos, Nikitin ouviu, saindo de outra casa, sons de piano. Caminhou mais um pouco. Em um portão, encontrou um mujique tocando balalaica* e, logo adiante, no jardim público, a banda tocava uma seleção de canções russas.

Nikitin morava a meia versta dos Shelestov, em um apartamento de oito peças, alugado por trezentos rublos anuais, que dividia com seu colega Ippolit Ippolitich, professor de história e de geografia. Quando entrou em casa, Ippolit Ippolitich, homem ainda jovem, de barba ruiva, nariz chato e curto, fisionomia grosseira e pouco inteligente, mas cordial, estava sentado à sua mesa de trabalho, corrigindo os mapas de seus alunos. Considerava mais importante, em geografia, a cópia dos mapas, e em história, as datas. Passava noites inteiras corrigindo com lápis azul os mapas, de seus alunos, moças e rapazes, ou então organizando quadros cronológicos.

– Está uma noite magnífica. Não compreendo como pôde ficar aqui trancado – disse-lhe Nikitin.

Ippolit Ippolitich era pouco loquaz. Calava-se ou falava de coisas sabidas por todos. Respondeu:

– Sim, a noite está magnífica. Agora estamos em maio, mas em breve chegará o verão. Verão não é inverno. No inverno,

---

*Balalaica: espécie de guitarra. (*N. da T.*)

é preciso acender a lareira. No verão, mesmo com as janelas abertas, à noite, sempre está quente. No inverno, mesmo com duplas janelas, faz frio.

Nikitin não podia ficar por mais de um minuto no quarto do colega: entediava-se. Disse-lhe, logo, erguendo-se e bocejando:

– Boa noite! Gostaria de lhe contar um fato romanesco a respeito de mim, mas só está interessado em geografia. Se eu começar a falar de amor, ouvirei logo sua pergunta: "Em que ano foi a batalha de Kalka?" Sabe o que mais? Vá para o diabo com suas batalhas e seus cabos na Sibéria!

– Por que está zangado?

– Porque é de morrer de tédio.

Envergonhado por não ter feito ainda sua declaração de amor a Masha e por não ter com quem falar sobre seus sentimentos, Nikitin dirigiu-se a seu escritório e estendeu-se em um divã. A sala estava escura e tranquila. Deitado, perscrutando as trevas, Nikitin pôs-se a pensar que dentro de dois ou três anos, iria, por qualquer motivo, a Petersburgo; que Masha o acompanharia à estação e choraria; que, em Petersburgo, receberia dela uma longa carta, suplicando-lhe que voltasse o mais depressa possível; e que sua resposta começaria assim: "Minha ratinha querida..."

Repetiu, rindo: "À minha ratinha querida."

Mal-acomodado, colocou os braços sob a nuca, espichou a perna esquerda sobre o espaldar do sofá: sentiu-se melhor. Logo a janela clareou, e os galos, sonolentos, começaram a cantar. Nikitin continuava a pensar: voltaria de Petersburgo, Masha o esperaria na estação e, com exclamações de alegria, se atiraria a seu pescoço. Ou, melhor ainda, ele usaria de astúcia, voltaria em segredo durante a noite. A cozinheira lhe abriria a porta, ele se dirigiria, na ponta dos pés, ao quarto de dormir, se despiria e cairia na cama. Manyusa acordaria assustada... E que alegria!

Lá fora o céu ficou todo branco com a claridade do dia, e o quarto e as janelas não mais desenharam apenas seus contornos. Sentada em um degrau da escada da cervejaria por onde haviam passado, na véspera, Manyusa contava uma história. Tomou Nikitin pela mão e o conduziu ao parque. Ele reviu os carvalhos e os ninhos de corvos, que se assemelhavam a chapéus. Um dos ninhos começou a balançar. Shebaldin surgiu e gritou:

– O senhor ainda não leu Lessing!

Nikitin estremeceu e abriu os olhos: diante dele, Ippolit Ippolitich, a cabeça jogada para trás, dava o nó em sua gravata. Advertiu-o:

– Levante-se, que já é hora de ir para o liceu. Não é bom dormir vestido: estraga a roupa. Deve-se dormir na cama, com roupas apropriadas.

E, como habitualmente, pôs-se a falar, arrastando as palavras, de assuntos que todo mundo conhecia.

A primeira aula de Nikitin era uma lição de russo aos alunos do sexto ano. Ao entrar na sala, pontualmente às nove da manhã, viu, no quadro-negro, duas grandes letras: M. S. Claro que queria dizer Masha Shelestov.

Pensou: "Já farejaram tudo, esses patifes. De onde terão sabido?"

A segunda aula consistia em uma lição de literatura no terceiro ano. Lá também, no quadro-negro, as duas letras: M. S. Quando saía da sala no final da aula, um grito semelhante aos que vêm das galerias dos teatros soou atrás dele:

– Hurra! Hurra, Masha Shelestov!

Por ter dormido vestido e desacomodado, a cabeça lhe doía e seu corpo estava amolecido de cansaço. Os alunos, esperando as despedidas que precedem os exames, nada faziam, afogavam-se no tédio ou, então, simplesmente brincavam. Nikitin também se entediava, não tomava conhecimento de suas brincadeiras e aproximava-se a todo instante da janela. Via a rua vivamente iluminada pelo sol e, sobre as casas, o céu azul, transparente. E o voo dos pássaros e, mais longe, além dos jardins, uma extensão infinita, com seus bosques verdejantes e a fumaça de um trem, passando...

Na rua, à sombra das acácias, perambulavam dois oficiais de túnica branca, agitando seus chicotes. Em uma *ligne** passou um grupo de judeus, barbas muito brancas e gorros. Uma governanta passeava com a neta do provedor do liceu. Som, em companhia de duas cadelas de guarda, atravessou a rua, correndo. Logo após, com um simples vestido cinzento e meias vermelhas, passou Varya, portando a *Viestnik Evropy*:** provavelmente, procedia da biblioteca.

As aulas de Nikitin, porém, não terminariam tão cedo... Só lá pelas três horas. Logo depois, não poderia ir, como era seu desejo, nem para a sua casa, nem para a casa dos Shelestov: teria uma aula a dar, na casa de Wolf, rico judeu convertido ao luteranismo, que não mandava seus filhos ao colégio, preferindo ensinar-lhes em casa, geralmente com professores do liceu, aos quais pagava cinco rublos por aula. Ah! Como era enfadonho, enfadonho!

Dirigiu-se à casa dos Wolf às três horas, e teve a impressão de que ali permanecera uma eternidade. Retirou-se às cinco. Às sete, deveria estar de volta ao liceu, para a sessão do conselho pedagógico: estavam organizando o quadro de perguntas orais para o quarto e o sexto anos.

Só muito tarde Nikitin pôde ir à casa dos Shelestov, o coração batendo apressado, o rosto em fogo. Cinco sema-

---

Ligne: ônibus bastante antigo, semelhante a um duplo banco posto sobre rodas, onde os passageiros sentavam-se de costas uns para os outros. (*N. da T.*)

**Viestnik Evropy* (O mensageiro da Europa). A revista russa mais austera da época. (*N. da T.*)

nas antes, desejoso de declarar seu amor, havia preparado um discurso, com preâmbulo e peroração. Mas já não se lembrava de uma única palavra, tudo embaralhado em sua cabeça, sabendo apenas uma coisa: naquele dia, iria declarar-se, sem falta, pois não tinha mais condições de esperar. E pensava: "Convido-a ao jardim, passearemos um pouco, eu me explicarei."

Ninguém na antessala. Nem na sala. Nem no salão. Ouviu a voz de Varya, que discutia com alguém no segundo andar, e um ruído de tesouras no quarto das crianças, onde trabalhavam as costureiras diaristas.

Havia na casa um pequeno quarto que chamavam de "quarto da passagem" ou "quarto escuro". Ali se encontrava um velho e grande armário, onde guardavam remédios, pólvora e provisões de caça. Uma estreita escadinha de madeira, onde sempre havia gatos dormindo, levava ao segundo andar. O quarto tinha duas portas: uma comunicando-o com o quarto das crianças; a outra, com o salão. Quando Nikitin entrou, para subir ao outro andar, a porta do quarto das crianças foi aberta e bateu tão fortemente que a escada e o armário trepidaram: Masha, de vestido escuro, com um pedaço de fazenda azul na mão, apareceu e, sem perceber a presença de Nikitin, dirigiu-se à escada.

Nikitin precipitou-se, detendo-a:

– Perdão... Boa noite, Godefroy... Espere...

Agitadíssimo, não sabia o que dizer: com uma das mãos, prendia a mão da moça; com a outra, a fazenda azul. Masha, entre assustada e surpresa, olhava-o fixamente.

– Permita-me... Preciso dizer-lhe algo muito importante... Mas aqui não é cômodo... Compreende, não, Godefroy? Não posso... Eis tudo...

A fazenda azul caiu ao chão e Nikitin tomou a outra mão de Manyusa. Ela empalideceu, moveu os lábios, contida entre a parede e o armário. Enquanto, com ternura, Nikitin prosseguia:

– Juro-lhe, Manyusa... Afirmo-lhe... Dou-lhe a minha palavra de honra...

Ela jogou a cabeça para trás e ele a beijou nos lábios. Para que o beijo se prolongasse, prendeu seu rosto com as mãos e, com isso, colocou-se, ele próprio, entre a parede e o armário. Com um dos braços, abraçou seu pescoço. Apoiou a cabeça em seu peito... Depois, ambos fugiram para o jardim.

O jardim dos Shelestov media quatro jeiras*. Além de uns vinte bordos, muito antigos, de alguns pés de tília e de um pinheiro, viam-se, em sua maioria, árvores frutíferas: pereiras, macieiras, castanheiros selvagens, oliveiras prateadas... E, ainda, muitas flores. Nikitin e Manyusa corriam por suas alamedas, sem falar quase, rindo e fazendo-se rápidas perguntas, às quais não respondiam. A lua, em crescente, brilhava sobre o jardim e, na relva escura, surgiam, tenuemente iluminadas por sua luz, íris e tulipas adormecidas, que também pareciam pedir amor.

Quando Nikitin e Manyusa voltaram, os oficiais e as moças já haviam chegado e dançavam uma mazurca. Polyansky conduzia o *grande rond* por todos os cômodos da casa. E houve, também, o jogo da sorte.

Antes da ceia. quando os convidados passavam à sala de jantar, Manyusa, ao ficar a sós com Nikitin, abraçou-o, dizendo:

– Fala tu mesmo com papai e Varya... Eu tenho vergonha...

Terminada a ceia, Nikitin falou com Shelestov. Depois de ouvi-lo, o pai refletiu um pouco e respondeu:

– Agradeço a honra que nos dá, a minha filha e a mim. Mas permita-me falar-lhe como amigo, e não como um pai, de cavalheiro para cavalheiro. Diga-me: que ideia é essa de se casar tão cedo? Somente os mujiques o fazem... Mas eles são gente... Como hei de dizer? São uns primários... O senhor, porém, não tem razão para isso. Que prazer pode ter em se acorrentar tão jovem?

---

*Medida agrária que equivale, no Brasil, a 2 mil metros quadrados. (*N. do E.*)

Nikitin protestou:

– Não sou tão jovem assim. Vou fazer vinte e sete anos.

Ouviu-se a voz de Varya do cômodo vizinho:

– Papai, o veterinário chegou!

O diálogo foi interrompido. Mais tarde Varya, Manyusa e Polyansky reconduziram Nikitin à casa. Na cancela, Varya perguntou-lhe:

– Por que seu misterioso Metropolit Metropolitich* não aparece em lugar algum? Se ao menos quisesse ir à nossa casa...

O misterioso Ippolit Ippolitich, quando Nikitin chegou à casa, estava sentado à beira da cama, tirando as calças. Nikitin disse-lhe, ofegante:

– Não se deite, meu caro. Espere... Não se deite!

Ippolit Ippolitich repôs rapidamente as calças e perguntou, emocionado:

– O que aconteceu?

– Vou me casar.

Sentando-se ao lado do colega, fixando-o, como se ele próprio se surpreendesse, disse-lhe:

– Imagine: vou me casar! Com Masha Shelestov. Fiz-lhe hoje minha declaração de amor.

– Muito bem. Parece-me uma moça muito distinta. Só um pouco jovem.

Nikitin suspirou, com expressão preocupada.

– Sim, é jovem. Muito, muito jovem.

– Foi minha aluna. Conheço-a bem. Era muito boa em geografia, não em história. E não muito atenta às aulas.

Nikitin, inexplicavelmente, foi tomado de súbita piedade por seu colega e quis lhe dizer uma palavra terna, ou consoladora:

– Meu irmão, por que não se casa? Por que não se casa com Varya, por exemplo? É uma excelente moça, encantadora... Gosta um pouco de discutir, é verdade. Mas, em compensação,

---

*Varya deturpa os nomes, para brincar, à maneira de pessoas ignorantes. (*N. da T.*)

que bela alma! Acaba de perguntar-me a seu respeito. Case-se com ela... O que acha?

Sabia muito bem que Varya não estava interessada em um indivíduo tão insípido. No entanto, aconselhava-o a desposá-la. Por quê?

Depois de refletir, Ippolit Ippolitich responde:

– O casamento é um compromisso muito sério. Para assumi-lo é preciso pesar tudo muito bem, refletir muito. Não pode ser de outra maneira. Nunca é demais fazer funcionar a razão, sobretudo quando se trata de casamento, quando o homem deixa de ser celibatário e inicia uma vida nova.

E pôs-se a falar, como sempre, de tudo que havia muito tempo era de conhecimento de todos. Nikitin, não querendo ouvi-lo, despediu-se e dirigiu-se a seu quarto.

Despiu-se rapidamente e, com a mesma pressa, deitou-se, para poder pensar em sua felicidade, em Manyusa, no futuro. Sorria. De repente, porém, lembrou-se de que ainda não havia lido Lessing. Murmurou:

– Preciso lê-lo... Aliás, para sermos francos, por quê? Que ele vá para o diabo!

Cansado de felicidade, adormeceu logo, sorrindo até o amanhecer. Era sonho, ouvia o som dos cascos dos cavalos sobre o assoalho da cavalariça. E via trotar o Conde Nulin, depois Velikane, o branco, depois sua irmã Maika...

II

"Na igreja a confusão foi tanta e tão ruidosa que houve mesmo quem gritasse. O sacerdote que me casou e a Manyusa olhou a multidão através de suas lentes e disse, severamente:

"– Parem de se movimentar pela igreja, terminem com esse barulho: fiquem tranquilos e rezem. É preciso não perder o respeito a Deus.

"Meus padrinhos foram dois de meus colegas; os de Masha, o capitão Polyansky e o tenente Gernet. Os chantres do bispado cantaram magnificamente. O crepitar dos círios, o brilho da festa, as vestes, as fardas dos oficiais, os rostos felizes dos inúmeros convidados, o ar muito particular, quase etéreo, de Masha, todo o ambiente e, sobretudo, as palavras rituais comoveram-me às lágrimas, envolvendo-me em doce serenidade. Minha vida realizava-se, linda e poeticamente nos últimos tempos. Dois anos antes, eu era ainda um simples estudante e morava em um quarto alugado, sem dinheiro, sem família e, me parecia, sem futuro. Agora, era um professor de liceu, em uma das melhores sedes administrativas do país. Meu futuro estava garantido. Era amado e mimado. E pensava: era para mim que toda aquela multidão se reunia; para mim que brilhavam os lampadários, que o arquidiácono cantava, que se esmeravam os chantres. E era para mim, também, que ali estava aquela jovem mulher, bela e radiante, que dali a pouco seria minha esposa.

"Então, lembrei-me de nossos primeiros encontros, de nossos passeios a cavalo, de minha declaração de amor... E do tempo que, como se o fizesse delicadamente, fora tão belo todo o verão. A felicidade que, antes, somente me parecia possível nos romances e nas novelas, estava ali; e eu a experimentava de verdade, como se a tivesse nas mãos.

"Depois da cerimônia, todos se reuniram em torno de Masha e de mim, cada qual querendo expressar melhor sua alegria, nos parabenizando e nos desejando felicidade. O general de brigada, já perto dos sessenta anos, limitou-se a cumprimentar Masha, com voz rouca e tão forte que ecoou por toda a igreja:

"– Espero, minha querida, que, mesmo casada, continue a ser a rosa bela e fresca que tem sido até hoje.

"Os oficiais, o provedor e todos os professores sorriam formalmente; e eu próprio senti em meu rosto um sorriso factício.

O excelente Ippolit Ippolitich, o professor de história e geografia que exprime sempre o que todos já sabem há muitíssimo tempo, apertou-me com força a mão e disse, comovido:

"– Até agora, não era casado e vivia só; agora, está casado e viverá a dois.

"Da igreja dirigimo-nos a uma casa de dois andares cujos estuques ainda não estavam terminados e que eu recebera como parte do dote. Além dessa casa, Masha me daria vinte mil rublos em dinheiro e um terreno inculto com uma casinha, em que diziam existir uma quantidade de galinhas e de patos que, abandonados à própria sorte, haviam voltado ao estado selvagem.

"Mal chegamos estendi-me, fumando, em uma poltrona de meu escritório. Era aconchegante, confortável... Nunca em minha vida eu me sentira tão bem. Enquanto isso, os convidados gritavam 'hurra!'. E na antecâmara uma péssima orquestra tocava uma série de velharias, muito insípidas. Varya, a irmã de Masha, irrompeu pelo meu escritório, uma taça na mão, ar estranho e tão concentrado que se diria ter a boca cheia de água. Com certeza, desejava dizer algo, mas, subitamente, pôs-se a rir e a soluçar. A taça caiu e quebrou-se. Tomamos Varya pelo braço e a levamos dali para o quarto da velha criada, nos fundos da casa. Ela murmurava:

"– Ninguém pode compreender... Ninguém, nesta casa... Senhor! Ninguém pode compreender!

"Mas todos compreenderam que, mais velha quatro anos do que Masha e ainda solteira, ela chorava, não por inveja... mas por sentir que seu momento passava... Ou, talvez, já tivesse passado.

"Quando chegou a hora da quadrilha, voltou ao salão, o rosto muito empoado para disfarçar que havia chorado. Diante dela, o capitão Polyansky segurava uma taça com sorvete, que ela tomava com uma colherinha.

"Já são seis horas da manhã. Comecei a escrever no meu diário para retratar minha felicidade, assim bem completa e bem variada. Pensava escrever seis páginas, para lê-las amanhã a Masha. Mas, coisa estranha, tudo se embaralha em minha cabeça, torna-se vago, como um sonho. Somente o episódio de Varya me volta com nitidez e eu quase escrevi: pobre Varya! Ah! Ficar sempre assim, sentado, e escrever: pobre Varya!

"As árvores começam a agitar-se: vai chover. Os corvos começam a grasnar. E minha Masha, que acaba de adormecer, não sei por que tem uma expressão de tanta tristeza."

Por muito tempo Nikitin não voltou a seu diário. Nos primeiros dias de agosto começaram os exames de admissão, os de segunda época e, logo depois dos festejos da Assunção, as aulas reiniciaram. Habitualmente, ele saía para o liceu às nove horas da manhã e, a partir das dez, começava a pensar em Masha, em sua nova casa... e a olhar a todo instante o relógio. Nas classes mais atrasadas, confiava o ditado a um dos alunos e, enquanto as crianças escreviam, permanecia junto à janela, os olhos fechados e sonhando.

Sonhando com o futuro, recordava o passado; e tudo lhe parecia esplêndido, igual a um belo conto. Nas classes adiantadas, Gogol e Pushkin faziam parte do programa. E isso também o fazia sonhar. Em sua imaginação surgiam gentes, árvores, campos, corcéis, e ele dizia, suspirando: "Como tudo é belo!"

Na hora do recreio, Masha enviava-lhe o almoço, envolto em um guardanapo branco como neve; e ele o saboreava devagar, para prolongar seu prazer. Enquanto Ippolit Ippolitich, que geralmente almoçava um simples pãozinho, o observava com veneração, quase com inveja, e fazia algum comentário muito sabido, como, "os homens não podem viver sem comer".

Do liceu Nikitin dirigia-se às suas lições particulares e quando, enfim, às seis horas, voltava para casa, sentia um misto de alegria e inquietação, como se tivesse estado ausente por muito tempo. Subia a escada, correndo, encontrava Masha, beijava-a, abraçava-a, jurando que a amava e não podia viver sem ela, que se entediara terrivelmente o dia todo, e perguntava-lhe, com medo, se ela não estava doente e por que parecia tão triste. Depois, jantavam muito juntos. Terminado o jantar, estirava-se na otomana, fumando – Masha sentada a seu lado, contando-lhe, em voz baixa, os acontecimentos do dia.

Suas horas mais felizes aconteciam aos domingos e feriados, quando podia ficar em casa, da manhã à noite. Nesses dias, participava de uma vida ingênua, infinitamente agradável, que lhe lembrava idílios e pastorais. Observava, sem se cansar, sua serena e expedita Masha, arrumando seu ninho. Querendo provar que sabia fazer tudo, empreendia trabalhos inúteis, como o da restauração da carruagem inglesa, que examinava com cuidado. Manyusa, embora possuísse apenas três vacas, montara em casa uma verdadeira leiteria, e guardava, na adega e na despensa, muitos potes de leite, além de creme para fazer manteiga. Às vezes, Nikitin, por brincadeira, pedia-lhe um copo de leite. Ela se sobressaltava porque não estava na ordem prevista, mas logo ele a beijava, risonho, dizendo:

– É brincadeira, meu amor... Estou brincando...

Ou, então, troçava de seu excesso de ordem quando descobria, no armário, um pedaço de salsichão, ou de queijo, duro como pedra. Então, ela dizia, gravemente: "Os criados comerão."

Ele, porém, argumentava que o pedaço, muito pequeno, só serviria para ser posto em uma ratoeira. Manyusa replicava, demonstrando-lhe que os homens nada entendem de direção de casa e que os criados não se assustariam se recebessem cem libras de comida para a cozinha. Ele concordava, beijando-a com enlevo. O que ela dizia de justo lhe parecia sempre extraordinário; o que não se harmonizava com sua opinião, era ingênuo e enternecedor.

Algumas vezes, em clima filosófico, punha-se a raciocinar sobre um tema abstrato: ela o ouvia, olhando-o com curiosidade nos olhos.

Acariciando seus delicados dedos, ou enrolando e desenrolando suas tranças, ele dizia:

– Minha querida, sinto-me infinitamente feliz. Mas não recebo essa felicidade como uma dádiva caída do céu e sim como um fenômeno natural, consequente, lógico. Acredito que o homem é o arquiteto do próprio destino, da própria felicidade: estou colhendo o que semeei. Sim, digo-lhe sem falsa modéstia, com toda a simplicidade de meu coração: é justo que me tenha chegado essa felicidade, que eu mesmo construí. Conheces meu passado: orfandade, pobreza, infância infeliz, juventude triste, tudo isso foi a minha luta... a estrada que trilhei em direção à felicidade.

Em outubro o liceu sofreu uma dolorosa perda: Ippolit Ippolitich morreu de uma erisipela que teve na cabeça. Nos dois últimos dias de sua vida, já inconsciente, delirou, mas mesmo em delírio só dizia coisas conhecidas por todo mundo: "O Volga desemboca no mar Cáspio... Os cavalos nutrem-se de aveia e de feno..."

No dia de seu enterro não houve aula no liceu. Colegas e alunos transportaram seu caixão; e por todo o percurso até o cemitério o coro do liceu cantou o *Miserere*.

Três padres, dois diáconos, todo o liceu e os chantres da catedral, em seus cafetãs iguais, tomaram parte no cortejo. Vendo passar enterro tão pomposo, os transeuntes se benziam e diziam:

– Que Deus dê a todos uma morte assim!

De volta do cemitério, Nikitin, comovido, retirou da gaveta seu diário e escreveu:

"Acabam de sepultar Ippolit Ippolitich Ryzhitsky*. Paz à tua alma, modesto e devotado trabalhador! Masha, Varya, todas as mulheres que assistiam às exéquias choravam sinceramente,

---

*Forma mais respeitosa do que Ippolit Ippolitich. (*N. da T.*)

talvez porque nenhuma delas pudera amar a esse homem sem encantos, batido pelo destino. Eu gostaria de dizer, à sepultura de meu colega, algumas palavras de saudade, contudo me preveniram de que isso poderia desagradar ao provedor, que não gostava do morto. Depois do meu casamento, é a primeira vez que sinto o coração apertado."

E não aconteceu mais nada de notório no decorrer do ano escolar. O inverno surgia indeciso, sem fortes geadas, apenas neve derretida. Na véspera do Dia de Reis, o vento, como se fosse outono, gemeu tristemente a noite toda e a água escorreu do telhado. Pela manhã, durante a bênção das águas,* a polícia interditou o acesso ao rio, receosa de o gelo se romper. Mas, a despeito do mau tempo, Nikitin sentia-se tão feliz como no verão. Interessou-se, mesmo, por uma nova distração: aprendeu a jogar *vinnte*.**

Somente uma coisa o aborrecia, o irritava e, sem dúvida, o impedia de ser feliz por completo: os cães e os gatos, que Masha carregara de sua antiga casa. Pairava sempre pelos quartos, sobretudo pela manhã, um forte cheiro de estábulo, quase impossível de dissipar. Os gatos brigavam constantemente com os cães. Duas vezes por dia, davam comida à antipática Mushka, que, como sempre, fingia não conhecer Nikitin e vivia latindo atrás dele.

Durante a quaresma, Nikitin chegou à casa perto da meia-noite, vindo do clube. Chovia e estava muito escuro. Nikitin não estava de bom humor, talvez porque houvesse perdido doze rublos, ou porque seu parceiro lhe dissera, aludindo ao dote de sua mulher, que ele nadava em ouro. Não lamentava os rublos perdidos, nem houvera ofensa nas palavras do companheiro; a verdade, porém, é que achara aquilo muito

---

*Bênção das águas: cerimônia oficial que comemora o batismo de Cristo. (*N. da T.*)

**Vinnte*: espécie de uíste. (*N. da T.*)

desagradável, a ponto de perder a vontade de voltar para casa. Detendo-se, perto de um lampião, murmurou:

– Puxa! A situação não vai bem...

Pôs-se a refletir e concluiu que não lamentava os perdidos porque eles nada lhe haviam custado. Se fosse um operário, sentiria o valor de cada copeque e não ficaria indiferente a perdas e lucros. Sim, pensava, sua felicidade nada lhe havia custado; caíra-lhe nas mãos, gratuitamente, e na realidade era para ele um luxo, assim como os remédios o eram para um homem de boa saúde. Se, como a maioria das pessoas, tivesse sido fustigado pela necessidade de ganhar o pão, se tivesse sido forçado a lutar pela própria sobrevivência, se tivesse sentido a espinha e o peito doídos pelo trabalho... então, sim: a casa aquecida e agradável, a vida de família, tudo quanto possuía teria sido, para seu coração, a recompensa, o prêmio, a glória de sua vida. No momento, porém, todas essas coisas assumiam um sentido incompreensível e estranho. Repetiu:

– Puxa! A situação não vai bem...

E compreendeu que, pelo simples fato de se terem colocado, tais reflexões não pressagiavam nada de bom.

Encontrou Masha já deitada: respirava com tranquilidade, sorria, dormia com expressão feliz. A seu lado, enroscado, um gato branco. Enquanto Nikitin acendia uma vela e um cigarro, Masha despertou. Bebeu com avidez um copo d'água. Explicou, rindo:

– Comi muita compota de fruta... – E, após uma pausa, perguntou: – Esteve em nossa casa?

– Não?

Nikitin sabia que o capitão Polyansky, com quem Varya contava muito nos últimos tempos, fora nomeado para uma guarnição do Oeste e estava fazendo suas visitas de despedida. Havia tristeza, por isso, em casa de seu sogro.

Manyusa continuou, sentando-se na cama:

– Varya esteve aqui à tarde. Não diz nada, mas por sua fisionomia está sofrendo muito. Coitada! Detesto esse Polyansky. É grosso, balofo e suas bochechas tremem quando anda ou dança... Não é o meu tipo. Não obstante, eu o considerava um cavalheiro.

– Ainda o considero um cavalheiro.

– Então, por que agiu tão mal com Varya?

– Mal em quê? – perguntou Nikitin, começando a irritar-se com o gato branco que se espreguiçava, fazendo-se de importante. – Pelo que sei, não me consta que fizesse qualquer declaração, ou promessa, a Varya...

– Então, por que a visitava tão assiduamente? Se não tinha intenções de se casar com ela, não devia fazê-lo.

Nikitin soprou a vela e deitou-se. Mas não sentia vontade de dormir, nem de ficar deitado. Parecia-lhe que sua cabeça crescera, uma espécie de hangar por onde erravam, em forma de sombras alongadas, ideias novas, singulares. Pensava que, fora da doce claridade da lâmpada, e da tranquila felicidade familiar, fora desse mundo em que vivia, despreocupado e mimado como o gato branco, havia um mundo diferente. E, de súbito, apaixonadamente, com desesperada angústia, desejou viver nesse outro mundo, trabalhando em uma fábrica, ou em uma grande oficina, falando do alto de uma cátedra, escrevendo, imprimindo, fazendo ruído, fatigando-se, sofrendo...

Ansiava por qualquer coisa que o empolgasse até o esquecimento de si próprio, que o tornasse indiferente à sua felicidade, que o libertasse de tanta monotonia. E, em sua imaginação, ergueu-se Shebaldin, com seu rosto escanhoado, gritando-lhe:

– Nem mesmo leu Lessing! Como é mal-informado! Meu Deus, como o senhor é inculto!

Mais uma vez, Masha bebeu água. Nikitin lançou-lhe um olhar... a seu pescoço, a seus ombros roliços, a seus seios firmes. E lembrou-se do que dissera o general de brigada na igreja:

– Uma rosa – murmurou, rindo.

Como se estivesse respondendo, muito sonolenta, Mushka roncou, debaixo da cama.

Uma grande irritação martelava-lhe a alma, vontade de dizer a Masha uma palavra rude, de bater-lhe mesmo. Seu coração começou a palpitar fortemente. Perguntou, então, contendo-se:

– Então quando eu ia à tua casa estava me comprometendo a casar contigo?

– Naturalmente. Sabes muito bem que sim.

– Encantador.

Repetiu:

– Encantador.

Para não dizer o que não devia e para que seu coração serenasse, Nikitin retirou-se para seu gabinete de trabalho, deitando-se, sem travesseiro, na otomana. Depois, estendeu-se no chão, sobre o tapete. Procurava tranquilizar-se:

– Que absurdo! És professor, trabalhas em uma das mais nobres profissões... De que outro mundo precisas? O que estás buscando?

Mas logo se respondeu, com segurança, que não era um professor, mas um funcionário, tão destituído de personalidade e de talento como o tcheco, professor de grego. Jamais tivera vocação para o magistério. Nada entendia de pedagogia, nem se interessava em entender. Não sabia como agir com as crianças. Desconhecia o sentido do que ensinava... talvez mesmo ensinasse o que não era certo. O falecido Ippolit Ippolitich era honestamente limitado: não o ocultava a seus colegas e alunos, que sabiam o que podiam esperar de sua inteligência. Ele, porém, sentia-se igual ao tcheco: ambos mascaravam sua ignorância, mistificavam com habilidade, fingindo que, com a graça de Deus, tudo ia bem. Esses pensamentos o assustavam. Repelia-os, qualificava-os de estúpidos e pensava que tudo provinha de seus nervos... ele próprio riria deles, quando se acalmasse...

De fato, pela manhã, ria-se de seu nervosismo e se tratava de mulherzinha. Entretanto, sentia claramente que sua tranquilidade estava perdida, talvez para sempre, e que, naquela casa de dois andares, não era mais possível a felicidade. Adivinhou que a ilusão passara, que uma nova vida, consciente e vibrante, começava, sem qualquer possibilidade de harmonia com seu repouso e sua felicidade pessoal.

No dia seguinte, domingo, na capela do liceu, encontrou o provedor e seus colegas. Pareceu-lhe que estavam apenas ocupados em esconder sua ignorância e seu descontentamento com o fato de viverem. Para não revelar sua inquietação, sorria de forma amável e conversava futilidades. Depois, dirigiu-se à estação, assistiu à chegada e à partida de um trem-correio. Sentiu-se bem em estar só e não ser obrigado a conversar.

Em casa, encontrou o sogro e Varya, que haviam ido jantar. Varya tinha os olhos vermelhos e queixava-se de dor de cabeça. Shelestov comia muito e criticava os jovens modernos, com os quais não se podia contar, por sua falta de cavalheirismo:

– Uma ignomínia! Digo-o cruamente: uma ignomínia!

Nikitin sorria com gentileza e ajudava Masha a receber suas visitas. Depois do jantar, porém, fechou-se no escritório.

O sol de março brilhava e, através das vidraças, seus raios quentes chegavam até sua mesa. Era dia 20, mas já as carruagens haviam substituído os trenós. Os estorninhos gorjeavam no jardim. Parecia a Nikitin que Masha iria entrar a qualquer momento, abraçá-lo, dizer-lhe que os cavalos, ou a carruagem, esperavam à porta e perguntar-lhe o que deveria vestir para não sentir frio.

A primavera anunciava-se tão maravilhosa como no ano precedente e prometia as mesmas alegrias. Mas Nikitin pensava que seria bom, no momento, pedir uma licença, partir para Moscou e lá se instalar no *Neglinnyi-prospekt,* no hotel que tão bem conhecia.

No compartimento vizinho bebiam café e falavam sobre o capitão Polyansky. Nikitin escreveu, em seu diário:

"Onde estou, meu Deus? Em torno de mim, a vulgaridade, nada além da vulgaridade. Pessoas insípidas, gentes que nada são. E potes de leite, potes de creme, baratas, mulheres tolas... Não existe nada mais assustador, mais ultrajante, mais angustiante, do que a vulgaridade. Preciso fugir daqui, fugir hoje mesmo, para não enlouquecer!"

O bispo

I

1902

Na véspera do Domingo de Ramos celebraram-se os últimos ofícios divinos no mosteiro de Staro-Petrovski. Quando distribuíam os ramos, já eram quase dez horas, as luzes baixavam, os pavios queimavam – e tudo parecia envolto em bruma. Na penumbra da igreja a multidão ondulava como um mar, e monsenhor Pyotr, doente há três ou quatro dias, tinha a impressão de que todos os rostos – dos velhos, dos jovens, dos homens, das mulheres – se assemelhavam; de que os olhos de todos quantos se aproximavam para receber o ramo eram iguais em expressão. A semiescuridão impedia-o de distinguir a porta, a multidão continuava a desfilar, dir-se-ia que interminavelmente. Um coro de mulheres cantava. Uma religiosa lia os cânones.

Sufocava-se. Que calor! E como fora longo o ofício! Monsenhor Pyotr estava fatigado, respiração ofegante, curta, seca, ombros doendo de cansaço, as pernas trêmulas. Enervava-se com as exclamações dos homens simples. Subitamente, como em sonho, ou em delírio, pareceu-lhe ver sua mãe, que não via há nove anos, destacar-se da multidão e aproximar-se... sua mãe, ou uma mulher parecida com ela, que, depois de receber o ramo de suas mãos, afastou-se, não sem olhá-lo alegremente com seu bom e radioso sorriso... até perder-se no meio do povo. E, sem poder conter-se, lágrimas correram pelo seu rosto.

Sua alma estava em paz, tudo corria bem, mas ele olhava fixamente o coro da esquerda, onde liam os cânones, sem poder reconhecer ninguém na penumbra, e chorava – as lágrimas brilhando em sua barba e em todo o seu rosto. Alguém começou a chorar não muito longe, depois mais alguém: pouco a pouco, a igreja encheu-se de soluços contidos... até que, minutos depois, o coro do convento entoou um hino! Os prantos cessaram e tudo voltou ao normal.

O ofício terminou. Enquanto o bispo tomava assento em seu carro para voltar para casa, por todo o jardim iluminado pelo luar ressoaram o belo e sonoro carrilhão e os pesados e preciosos sinos. As paredes brancas, as cruzes brancas sobre os túmulos, as bétulas brancas projetando sombras negras, a lua longínqua no céu, bem sobre o mosteiro, tudo parecia viver, no momento, uma vida singular, misteriosa – mais próxima, porém, do homem.

Abril começava, o dia fora tépido e primaveril, começava a esfriar, levemente, embora se sentisse, na atmosfera doce e fresca, o sopro da primavera. A estrada que levava à cidade era arenosa, precisava-se andar lentamente, os peregrinos ladeando a carruagem, sob a claridade e a maciez do luar. Todos calados, recolhidos; tudo, em torno, acolhedor, jovem, fraterno – árvores, céu, a própria lua. E era bom sonhar que seria sempre assim.

A carruagem chegou, enfim, à cidade e tomou a rua principal. As lojas já estavam fechadas, salvo a de Erakin, o milionário, onde se experimentava a iluminação elétrica, muito tremulante ainda, em torno da qual as pessoas se agrupavam. Em seguida, atravessou ruas longas e sombrias ruas desertas; depois, a estrada construída pelo *zemstvo* – alcançando, enfim, o campo, de onde emanava o odor dos pinheiros. Subitamente, erguida diante de seus olhos, uma muralha branca, ameada, fazendo fundo para um alto campanário, inundado de luz, e para cinco cúpulas douradas, resplandecentes: o mosteiro de Pankratievshi, morada de monsenhor Pyotr, sobre o qual, também muito alta e dominando o convento, pairava a lua, tranquila e sonhadora. A carruagem transpôs o portão, fazendo ranger a areia. Aqui e ali, ao luar, passavam fugitivas silhuetas negras de monges, os passos ressoando nas lajes de pedra.

– Monsenhor, sua mãe chegou durante sua ausência – anunciou um irmão leigo, quando o bispo entrou.

– Mamãe? Quando?

– Antes dos últimos ofícios. Perguntou logo onde estava o senhor. Depois, foi para o convento das freiras.

– Então, foi ela mesmo que vi na igreja. Ah! Senhor!

E o bispo riu de alegria. Enquanto o irmão leigo continuava:

– Madame mandou dizer que voltará amanhã. Trouxe com ela uma menina... deve ser sua neta. Desceu no albergue de Ovsianikov.

– Que horas são?

– Mais de onze.

– Que pena!

O bispo ficou um instante no salão, meditativo, como se duvidasse de que fosse tão tarde. Sentou-se, as pernas e os braços cansados, a nuca dolorida. Sentia calor, certo mal-estar. Após curto repouso, retirou-se para o quarto, onde ainda ficou sentado um instante, pensando na mãe. Ouviu distanciarem-se os passos do irmão leigo e a tosse do padre Sisoi, atrás do tabique. O relógio soou meia hora.

O bispo mudou de roupa e pôs-se a dizer as velhas preces que conhecia há muito tempo, pensando em sua mãe. Nove filhos e quase quarenta netos. Em outros tempos, morava com o marido, diácono de seu distrito, uma pobre aldeia onde vivera durante muito tempo, dos dezessete aos sessenta anos. Lembrava-se dela desde a sua mais remota infância, desde os três anos. Amava-a muito. Doce, querida, inolvidável infância!

130

Por que esse tempo se fora para sempre? Assim distante, sem retorno, parecia mais radiosa, mais bela e mais rica do que na realidade. Quando, menino ou adolescente, adoecia, como sua mãe sabia ser terna, sensível! E, agora, suas preces misturavam-se às recordações que se reacendiam, como uma chama cada vez mais viva, que não o impedia de pensar em sua mãe.

Terminada a oração, deitou-se: no escuro, reviu seu pai e sua mãe, Lyesopolye e sua cidade natal. O rangido das rodas, os balidos dos carneiros, o carrilhão da igreja nas claras manhãs de verão, os ciganos mendigando às janelas... Ah! Como era doce recordar! Lembrou-se do padre de Lyesopolye, padre Simyon, um homem terno, tranquilo, benevolente. Era baixo, magro, mas seu filho seminarista era corpulento, voz forte de baixo. Um dia, o filho do pope irritou-se com a cozinheira e injuriou-a: "Jumenta de Zegouldil!" O padre Simyon nada disse, mas corou de confusão, porque não conseguia recordar-se da passagem da Sagrada Escritura que falava nessa jumenta. Seu sucessor, em Lyesopolye, o padre Demyan, bebia até o delírio, quando via "a serpente verde" – o que lhe valeu o apelido de Demyan da Serpente. O professor de Lyesopolye era o antigo seminarista Matvey Nikolaich, homem excelente, nada tolo, mas bêbado também. Não batia nos alunos, mas pendurava, diariamente, na parede da sala de aula, um apanhado de varas de bétula, sobre o qual lia-se uma inscrição em latim, realmente assombrosa: *Betula kinderbalsamica secuta*. Possuía um cão negro e crespo, chamado Syntaxe. E o bispo ria, à recordação disso tudo.

A oito verstas de Lyesopolye situava-se a aldeia de Obnino, onde existia um ícone miraculoso. No verão, levavam-no em procissão pelos lugarejos vizinhos – e a sua passagem os sinos repicavam. Monsenhor tinha a impressão de que o ar palpitava de alegria e seguia o ícone de cabeça e pés nus, com ingênua fé, sorriso devoto, infinitamente feliz. Em Obnino, lembrava-se, havia sempre muita gente e o padre do lugar, padre Sieixo, para ter tempo de chegar ao ofertório, fazia ler por seu sobrinho Hilarion, que era surdo, os papeizinhos e os nomes escritos nos pães de consagração... "pela saúde de...", "pelo repouso de...". Para lê-los Hilarion recebia de cinco a dez copeques por missa. Já era um homem grisalho e calvo, sua juventude já passara, quando descobriu um papel em que haviam escrito: "Como podes ser tão tolo, Hilarion?" Pelo menos até os quinze anos monsenhor, a quem, então, chamavam Popaul, era muito atrasado e saía-se muito mal nas aulas. Tão mal que haviam pensado em retirá-lo do seminário e colocá-lo para trabalhar em uma loja. E havia, ainda, aquele dia em que, indo buscar as cartas no correio, observara longamente os empregados e lhes perguntara: "Permitam-me indagar como são pagos... Por mês, ou por dia?"

Monsenhor benzeu-se e, voltando-se para outro lado, fugindo das recordações, adormeceu. Ainda teve tempo de pensar e de sorrir: "Minha mãe chegou!"

A lua entrava pela janela, iluminando o assoalho e povoando-o de sombras. Um grilo cantava. Atrás do tabique, no compartimento vizinho, padre Sisoi roncava, e seu roncar de velho tinha algo de solitário, de repousado, talvez mesmo de vagabundo. Em outros tempos, Sisoi havia sido ecônomo da diocese – e era agora chamado de "ex-padre ecônomo". Tinha setenta anos, morava em um convento a dezesseis verstas da cidade. Três dias antes chegara ao convento de Pankratievski, onde monsenhor o retivera para, nas horas possíveis, conversar com ele sobre seu tempo perdido, sobre negócios e hábitos locais.

À uma e meia soaram as matinas. Ouviu-se o padre Sisoi tossir, resmungar, erguer-se e passear descalço de um quarto a outro. Monsenhor chamou:

– Padre Sisoi!

Sisoi voltou a seu quarto e apareceu, pouco depois, já de botas calçadas, com uma vela na mão. Vestira a batina sobre a camisola e trazia, à cabeça, um velho solidéu desbotado. Sentando-se na cama, monsenhor disse:

– Não consigo dormir. Devo estar doente. Sei lá o que tenho. Estou com febre.

– Deve ter sido a friagem, monsenhor. Precisa fazer uma fricção com sebo.

Esperou ainda um instante. Bocejou.

– Senhor, perdoai a este pobre pecador!

Acrescentou:

– Instalaram eletricidade, hoje, em casa de Erakin. Isso não me agrada.

Padre Sisoi já era idoso. Muito magro, curvado, sempre descontente, olhar colérico, olhos proeminentes como os dos caranguejos. Repetiu, retirando-se:

– Não me agrada, mesmo. Não me agrada, absolutamente!

II

No dia seguinte, Domingo de Ramos, monsenhor celebrou a missa na catedral, dirigindo-se, depois, à casa do bispo da diocese e, em seguida, à de uma velha generala, muito doente. Voltou à casa e, à uma da tarde, estava sentado à mesa, em companhia de duas visitantes muito caras a seu coração: sua velha mãe e sua sobrinha Katya, menina de uns oito anos. Durante a refeição, um sol primaveril iluminou a janela, resplandeceu sobre a toalha branca e sobre os cabelos ruivos de Katya. Através dos duplos caixilhos ouvia-se o crocitar dos corvos e o canto dos estorninhos no jardim. A velha senhora dizia:

– Há exatamente nove anos que não nos vemos. Ontem, no convento, o que senti quando o vi, meu Deus! Não mudou em nada, apenas emagreceu um pouco e sua barba está mais longa. Rainha do Céu, Mãe Nossa! Não pude deixar de chorar. Ninguém pôde deixar de chorar quando oficiou as completas.

Não sei por que, bruscamente, pus-me a chorar. Nem eu mesma sei o porquê. É a vontade divina!

A despeito do tom carinhoso com que falava, não estava à vontade, não sabendo se deveria dizer-lhe tu ou vós, rir ou não. Sentia-se muito mais esposa de diácono do que mãe de bispo. Sem pestanejar, Katya fixava monsenhor seu tio como se procurasse adivinhar que homem era ele. Cabelos penteados em forma de auréola, presos por uma travessa e por uma fita de veludo, nariz arrebitado, olhos astuciosos – e tão inquieta que, antes de sentar-se à mesa, quebrara um copo. Agora, enquanto falava, sua avó ia afastando dela ora um copo de vinho, ora um pequeno cálice. Monsenhor ouvia sua mãe e lembrava-se de que, outrora, há muitos anos, ela levava a ele e a seus irmãos à casa dos parentes que considerava ricos. Naquele tempo, preocupava-se por seus filhos. Hoje, por seus netos. E havia trazido Katya.

– Sua irmã Varya tem quatro filhos. Katya é a mais velha. Ivan, meu genro, caiu doente antes da Assunção, só Deus sabe de quê, e morreu em três dias. Agora, minha Varya é obrigada a mendigar pelas ruas.

– E Nikanor? – perguntou monsenhor, referindo-se a seu irmão mais velho.

– Não vai mal, graças a Deus. Digo que não vai mal e agradeço a Deus porque tem do que viver. Somente meu neto Nikolasha não quis ser padre: está na faculdade, estudando medicina. Acha que será melhor... mas quem sabe? É a vontade de Deus.

– Nikolasha corta cadáveres – disse Katya, derramando água sobre os joelhos.

Calmamente, a avó disse, tirando-lhe o copo das mãos:

– Fica quieta, pequena. Reza, enquanto comes.

Acariciando ternamente o ombro e o braço da mãe, monsenhor disse:

– Há quanto tempo não nos vemos! Senti muitas saudades suas, mamãe. Muitas mesmo.

– Obrigada.

– À noite, sentava-me junto à janela sozinho, ouvindo a música lá fora. Então, subitamente, a nostalgia me tomava de assalto... e eu creio que teria dado tudo para poder voltar e vê-la...

Ela sorriu, seu rosto iluminou-se. Mas logo retomou seu ar sério e disse:

– Obrigada.

Repentinamente, o humor do bispo transformou-se. Olhava sua mãe sem poder compreender de onde vinha aquela expressão respeitosa, tímida, em seu rosto e em sua voz. Não a reconhecia. Sentiu-se triste. Depois, como no dia anterior, sua cabeça tornou-se pesada, suas pernas começaram a doer. o peixe pareceu-lhe insípido. Não conseguia acalmar a sede.

Após o jantar, recebeu a visita de duas senhoras, ricas proprietárias, que se demoraram mais de uma hora, em silêncio, pesando no ambiente, com seus rostos alongados. Então, um arquimandrita, homem taciturno e surdo, chegou para tratar de negócios. As vésperas soaram, o sol escondeu-se atrás da floresta e o dia terminou. Regressando da igreja, monsenhor fez apressadamente suas orações e meteu-se na cama, agasalhando-se muito.

O peixe do almoço lhe deixara uma sensação desagradável. O luar o incomodava. Ouviu vozes em um outro compartimento; no salão, provavelmente, padre Sisoi conversava sobre política.

– Os japoneses estão em guerra. Estão se batendo. Os japoneses, minha cara senhora, são como os montenegrinos, são da mesma raça. Estiveram juntos sob o jugo turco.

Ouviu a voz de sua mãe:

– Então, depois de termos feito nossas orações, depois de bebermos chá, fomos à casa do padre Yegor...

E a cada cinco minutos repetia: "depois de tomarmos chá."
Dir-se-ia que, em toda a sua vida, ela só aprendera a tomar chá.
Lentamente, vagamente, voltavam à memória de monsenhor
o pequeno e o grande seminário. Por mais de três anos fora
professor de grego. já não podia ler sem óculos. Quando recebeu a tonsura, foi nomeado inspetor. Em seguida, defendeu
tese. Aos trinta e dois anos era diretor do seminário, já sagrado
arquimandrita. A vida, então, tornou-se de tal maneira fácil e
agradável, tão longa que parecia não ter fim. Foi quando caiu
doente. Emagreceu muito, ficou quase cego e, a conselho médico, abandonou tudo e partiu para o estrangeiro.

Na sala vizinha, Sisoi perguntou:

– E depois?

– Depois, bebemos chá – respondeu sua mãe.

– Meu Pai, sua barba é verde! – disse, subitamente, Katya.

Lembrando-se de que, realmente, a barba grisalha de padre
Sisoi tinha reflexos verdes, monsenhor pôs-se a rir.

Ouviu a voz colérica do padre:

– Meu Deus, que maldição de criança! Como é mal-educa-
da! Fica quieta!

Monsenhor reviu a igreja branca, novinha, onde oficiava
no estrangeiro... Recordou o ruído do mar tranquilo. Seu
apartamento constituía-se de cinco peças, altas e claras. Em
seu gabinete de trabalho havia uma escrivaninha nova e uma
biblioteca: ele escrevia e lia muito. Lembrou-se de sua nostalgia
de então; de um mendigo cego que, diariamente, cantava sob
suas janelas canções de amor, acompanhadas de guitarra, e de
que, cada vez que o ouvia, pensava no passado. Mas oito anos
haviam decorrido, ele fora chamado à Rússia e, agora, era bispo
sufragâneo – todo o seu passado desaparecido muito longe, na
bruma, como um sonho...

Com uma vela na mão, padre Sisoi entrou no quarto.
Espantou-se:

– Já está dormindo, monsenhor?

– O que tem isso?

– É muito cedo ainda. Comprei uma vela de sebo e gostaria de friccionar suas costas.

– Estou com febre. E muita dor de cabeça. Evidentemente, é preciso fazer algo – disse monsenhor, sentando-se.

Sisoi tirou-lhe a camisa e fez-lhe a fricção com sebo no peito e nas costas.

– Assim... assim... Senhor Jesus! Assim. Hoje estive na cidade, em casa de... como se chama mesmo ele...? Em casa do arquiprior Sidonski... Tomei chá com ele... Não simpatizo com ele. Senhor Jesus... Assim... Assim... Pois é: não simpatizo com ele...

III

O bispo da diocese, homem idoso e obeso, vencido pelo reumatismo, ou pela gota, não se levantava da cama há mais de um mês. Monsenhor Pyotr visitava-o diariamente e dava audiência em seu lugar. Agora, que também sofria, pensava, chocado, no vazio e na pequenez de tudo quanto lhe pediam, de tudo por que se lamuriavam os que iam procurá-lo. A timidez e o atraso dessas pessoas o irritavam. Todas as frivolidades, todas as coisas ociosas o esmagavam: tinha a impressão de que, enfim, compreendia o bispo titular que, outrora, em sua juventude, escrevera um *Tratado do livre-arbítrio*. Parecia-lhe que, agora, sua personalidade se constituía apenas de detalhes, que tudo esquecera, que não pensava mais em Deus. No estrangeiro, desacostumara-se da vida russa – e agora sentia muito seu peso. Chocava-se com a grosseria do povo, com os pedidos tolos dos que apelavam a seu auxílio, com a incultura dos seminaristas e professores, autênticos selvagens, na maioria das vezes. O correio que enviava, ou recebia, existia na proporção de dez para mil – e que correio! Os deãos de todas as dioceses davam notas à conduta dos padres, jovens e velhos, a suas mulheres, a suas crianças, e era preciso comentar tudo isso, escrever cartas sérias a respeito, ler. Não lhe restava, positivamente, um só minuto de liberdade, seu espírito sempre inquieto, só sentindo tranquilidade na igreja.

Também não conseguia acostumar-se ao medo que inspirava, involuntariamente, apesar de sua doçura e de sua discrição. Todos os habitantes da paróquia ficavam intimidados, contritos em sua presença – humildes e assustados. Mesmo os velhos arquimandritas anulavam-se diante dele – e, bem recentemente, uma solicitante, a velha esposa de um pope de província, sentira tanto medo ao defrontá-lo que não pudera articular uma só palavra e partira sem nada lhe solicitar. E ele que, em seus sermões, jamais pudera ser severo, que jamais dirigira, a quem quer que fosse, uma censura, pois sentia piedade, perdia a linha, encolerizava-se e atirava todos os pedidos no chão. Desde que chegara, ninguém lhe havia falado de forma sincera, humana, simples. Sua própria mãe não era a mesma. Por que falava sem cessar e ria tanto com Sisoi, enquanto com ele, seu filho, era tão grave, tão taciturna, tolhida por um constrangimento que não combinava com ela? A única pessoa que se sentia à vontade em sua presença, dizendo tudo que queria dizer, era o velho Sisoi, que durante toda a vida servira a bispos, dos quais já enterrara onze. E também ele, monsenhor, sentia-se à vontade com ele, embora fosse, incontestavelmente, um homem difícil e ardiloso.

Na terça-feira, depois da missa, ao receber os solicitantes no bispado, monsenhor agitou-se, exaltou-se. Ao entrar em casa, sempre indisposto, desejava deitar-se. Mal chegou, porém, anunciaram-lhe o jovem negociante Erakin, generoso benfeitor das boas obras, que lhe pedia audiência para tratar de um assunto muito importante. Não pôde recusar-se. Erakin demorou aproximadamente uma hora: falava alto, quase aos gritos – e monsenhor custara a entender o que dizia.

Ao sair, disse:

– Deus permita que assim seja! É absolutamente necessário! De acordo com as circunstâncias, Reverendíssima excelência! Desejo ardentemente que assim seja!

Após Erakin, recebeu a madre superiora de um longínquo convento. E quando ela se retirou soaram as vésperas: teve que voltar à igreja.

À noite os monges entoaram um canto harmonioso e inspirado. Um jovem monge, de barba negra, oficiava. E monsenhor, ouvindo os versos sobre o esposo que veio à meia-noite e, encontrando a casa enfeitada, não sentia arrependimentos de seus pecados, nem aflição, mas sim calma e paz interior, deixou seu pensamento voar para um distante passado – sua infância e sua juventude, quando se cantava também esse esposo que chega à meia-noite a essa casa adornada. Agora, esse passado parecia-lhe vivo, magnífico, radioso, como talvez nunca o tivesse sido. Quem sabe, em outro mundo, em outra vida, também recordemos nosso longínquo passado e nossa vida terrena, sentindo-os, assim, vivos e próximos... quem sabe?

Estava escuro. Sentado perto do altar, monsenhor deixava correr suas lágrimas, sonhando que atingira tudo que era acessível a um homem de sua posição. Tinha fé. Mas nem tudo estava claro, faltava-lhe qualquer coisa, não queria morrer: essa qualquer coisa que lhe faltava era, talvez, o essencial de sua vida, com o que confusamente sonhara outrora. No presente, a mesma esperança do que viria, a mesma esperança em um futuro, acompanhando-o, desde o seminário, desde que estivera fora de seu país.

E pensava, ouvindo atentamente os cânticos: "Como estão cantando bem, hoje! Como cantam bem!"

IV

Na quinta-feira oficiou na catedral e também na cerimônia do Lava-pés. Quando o serviço terminou e os fiéis se retiraram, fazia sol, o tempo estava quente, alegre, a água murmurava nos riachos – e nos arredores, vindo do campo, soava o canto ininterrupto das andorinhas, um canto pleno de ternura, convidando ao repouso. As árvores, despertas, pareciam sorrir gentilmente, e o céu insondável, ilimitado, perdia-se muito longe, só Deus saberia onde.

Em casa, monsenhor Pyotr tomou chá, mudou de roupa e deitou-se, pedindo ao irmão leigo que fechasse as janelas. A escuridão invadiu o quarto. Mas que cansaço, que dor nas pernas e nas costas, que sensação de peso, de frio, que zoada nos ouvidos! Fazia muito tempo que não dormia longamente. Tinha a impressão de que o que lhe impedia de adormecer era um quase nada que se erguia em seu cérebro, logo que fechava os olhos. Como na véspera, chegavam-lhe, dos compartimentos vizinhos, através dos tabiques, vozes, ruídos de copos, de colheres. Sua mãe contava, alegremente, uma história pitoresca, semeada de provérbios. Padre Sisoi respondia, com voz sombria e descontente:

– Ah! Que gente! Ah! Que coisa! Ainda esta!

E monsenhor sentia-se novamente contrariado, mortificado, porque sua velha mãe se mostrava natural e simples com os estranhos, enquanto diante dele, seu filho, intimidava-se, pronunciando raras palavras, que não correspondiam a seus pensamentos. Até mesmo, pelo menos lhe parecera, até mesmo procurava pretextos para se levantar, quando ele estava no local, constrangida, evitando ficar sentada em sua presença. E seu pai? Sem dúvida, se fosse vivo, também não poderia falar, diante dele.

No quarto vizinho, um objeto caiu ao chão e quebrou-se. Teria sido obra de Katya, deixando cair uma xícara, ou um pires, pois logo se ouviu a voz do padre Sisoi, irritado:

140

– Maldita menina! Senhor, perdoe-me estas palavras de pecador! Que flagelo!

Depois, fez-se silêncio. Ouviam-se, apenas, os ruídos vindos de fora. Quando monsenhor reabriu os olhos, viu Katya observando-o, imóvel. Com seus cabelos ruivos, levantados por uma travessa em forma de auréola, como sempre. Perguntou-lhe:

– És tu, Katya? Quem está a todo instante abrindo e fechando portas lá embaixo?

– Não ouço nada – respondeu Katya.

– Alguém acaba de passar.

– É em tua barriga, tio.

Ele riu e acariciou-lhe a cabeça.

– Então, teu primo Nikolasha corta cadáveres? – perguntou, depois de um curto silêncio.

– Sim. Está estudando.

– Ele é gentil?

– Muito. Só que tem que beber. É terrível.

– E teu pai? De que morreu?

– Papai era muito fraco... magro, magro... De repente, ficou atacado da garganta. Eu e meu irmão também adoecemos... meu irmão Fyodor, sabe? Todos ficaram doentes da garganta. O pai morreu, tio, mas nós todos ficamos bons.

Seu queixo começou a tremer, lágrimas brotaram de seus olhos, rolaram por seu rosto. Disse, com voz fraca, chorando agora amargamente:

– Monsenhor, mamãe e eu somos tão desgraçadas... Dê-nos um pouco de dinheiro... Faça-nos esta caridade, querido tio!

Monsenhor sentiu, também, lágrimas brotando em seus olhos. A emoção o impediu, por um instante, de falar. Depois, acariciou, mais uma vez, a cabeça da menina, bateu-lhe carinhosamente nas costas e respondeu:

– Bem... bem... minha querida. Está chegando o dia da Páscoa... Voltaremos a falar neste assunto. Vou ajudá-las, sim... vou ajudá-las...

Viu sua mãe entrar, timidamente, para uma oração diante do ícone. Notando que ele não dormia, perguntou-lhe:

– Quer tomar uma sopinha?

– Não, obrigado. Estou sem fome.

– Vejo que está muito abatido, mas também como não ficar doente? Passa os dias inteiros sem repousar, meu Deus, só de olhá-lo sinto pena! Felizmente, a Semana Santa está próxima e, se Deus quiser, poderá descansar e conversaremos. Agora, não quero incomodá-lo com as minhas tagarelices. Vem, Katya... Deixa monsenhor dormir mais um pouco.

Lembrou-se de que, quando era pequeno, há muitos anos, sua mãe falava ao deão no mesmo tom, ao mesmo tempo brincalhão e respeitoso. Somente seu olhar, extraordinariamente bondoso, tímido, preocupado, que ela lhe lançara ao sair, deixava transparecer que era sua mãe. Fechou os olhos. Mas não adormeceu. Ouviu, por duas vezes, o relógio soar – e a tosse do padre Sisoi, atrás do tabique. Uma carroça, ou uma caleça, a se julgar pelo ruído, aproximou-se da escadaria. Uma pancada súbita, uma porta batendo... O irmão leigo entrou:

– Monsenhor!

– Sim?

– Os cavalos estão prontos: já é hora do ofício da Paixão.

– Que horas são?

– Sete e quinze.

Vestiu-se e dirigiu-se à catedral. Durante a leitura dos evangelhos era obrigado a ficar de pé, imóvel, no meio da igreja. O primeiro evangelho, o mais belo e o mais longo, ele próprio o lia. Sentiu-se novamente forte e bem-disposto.

Esse primeiro evangelho – "Glória a ti, ó Filho do Homem" –, ele sabia de cor. Às vezes, enquanto o recitava, olhava em torno e via um mar de olhos. E ouvia o crepitar dos círios. Mas não lhe pareciam os mesmos fiéis dos anos precedentes, nem mesmo os reconhecia... Eram as mesmas gentes dos tempos de sua infância e de sua juventude, que seriam sempre as mesmas a cada ano que passasse... Até quando? Só Deus o sabia.

Seu pai era diácono, seu avô, padre, seu bisavô, diácono... toda a sua ascendência, talvez, depois da evangelização da Rússia, pertencera ao clero – e o amor de seu ministério, do sacerdócio, do carrilhão, era, nele, inato, profundo, desenraizável. Era na igreja, sobretudo quando oficiava, que se sentia mais ativo, disposto, feliz. E era o que lhe acontecia naquele instante.

Somente depois da leitura do oitavo evangelho sentiu que sua voz enfraquecera, nem mesmo sua tosse se ouvia, a cabeça doendo-lhe terrivelmente: teve medo de cair. Com efeito, suas pernas estavam completamente entorpecidas, a ponto de, pouco a pouco, não mais as sentir. Não compreendia como e sobre que se sustentava, por que não caía...

Terminado o ofício, faltavam quinze para meia-noite. Voltando à casa, trocou de roupa e deitou-se imediatamente, sem mesmo dizer suas orações. Não podia falar, sentia-se incapaz de manter-se em pé. E foi exatamente enquanto se cobria que um súbito desejo de partir o dominou... partir para o estrangeiro, uma irresistível vontade... Parecia-lhe que teria dado sua vida para não mais ver aqueles horríveis postigos, aqueles tetos baixos – e não mais sentir o pesado cheiro do convento. Se ao menos existisse um homem a quem pudesse falar, abrir sua alma!

Ouviu por muito tempo passos no quarto vizinho, sem conseguir lembrar-se de quem eram. Por fim, a porta abriu-se e padre Sisoi entrou com uma vela, trazendo-lhe uma xícara de chá.

– Já está deitado, monsenhor? Vim fazer-lhe uma fricção, com vodca e vinagre. Uma boa fricção sempre faz bem. Senhor Jesus! Estou acabando de chegar de nosso convento. Ele não me agrada, não me agrada! Vou-me embora amanhã, excelência. Não desejo ficar nem mais um dia. Senhor Jesus... Pronto!

Padre Sisoi não gostava de permanecer por muito tempo em um lugar e já estava com a impressão de que passara o ano inteiro em Pankratievski. Além disso, ouvindo-o, era difícil saber onde ficava sua casa, se ele amava alguém, ou qualquer coisa, se acreditava em Deus... Ele próprio não compreendia por que era monge... Aliás, ele não pensava mais nisso, há muito se apagara, em sua memória, qualquer recordação da época em que recebera a tonsura... parecia-lhe que já nascera monge.

– Parto amanhã. Estou me despedindo de tudo isso.

– Gostaria de conversar com o senhor... Mas nunca houve ocasião – disse monsenhor, em voz baixa, penosamente. – Não conheço ninguém aqui... não estou a par de nada...

– Pois ficarei até domingo, se quiser. Mas não além de domingo... Ah! Não!

Monsenhor prosseguiu, em voz baixa:

– Que espécie de bispo sou eu? Deveria ter sido pope, de aldeia, diácono ou simples monge... Tudo isso me acabrunha, me acabrunha...

– Como? Senhor Jesus, que ideia! Vamos, durma, monsenhor... Que estranha ideia! Boa noite!

Durante a noite toda monsenhor não dormiu. Pela manhã, às oito horas, teve uma hemorragia intestinal. O irmão leigo teve medo e correu logo à casa do arquimandrita, que morava na cidade. O médico, um velho gordo, de longas barbas grisalhas, examinou longamente monsenhor. Balançando a cabeça, com a fisionomia carregada, disse:

– Saiba, monsenhor, que está com tifo.

No curto espaço de uma hora, consequência da hemorragia, monsenhor empalidecera e emagrecera muito: estava enrugado, os olhos parecendo maiores – tão envelhecido, tão encolhido, que ele próprio tinha a impressão de ser mais frágil, mais insignificante do que qualquer outra pessoa – todo o seu passado, tudo quanto fora perdido, muito longe, para não mais voltar. E pensava: "Como é bom! Como é bom!"

144

Sua velha mãe entrou. Diante de seu rosto enrugado, de seus imensos olhos, teve medo e caiu de joelhos junto ao leito, beijando suas faces, seus ombros, suas mãos. Também ela teve a impressão de que ele estava mais magro, mais frágil, mais insignificante do que qualquer outra pessoa, não se lembrava mais de que era um bispo, abraçando-o como o seu menino, o filho de sua carne.

– Pyotr, meu querido, meu filho! Meu menino! Por que ficaste assim? Responde-me!

Katya, pálida e grave, colocou-se a seu lado, não compreendendo bem o que acontecera a seu tio, por que havia tal expressão de dor no rosto de sua avó, por que ela dizia palavras tão tocantes, tão tristes.

Monsenhor não podia articular palavra, já não compreendia mais nada. No entanto, sentia-se como um homem simples, vulgar, andando alegre e com passos rápidos pelos campos, batendo forte com sua bengala, sob um vasto céu banhado de sol, livre como um pássaro que pode voar para onde quer.

A velha mãe soluçava:

– Pyotr, meu filho, responde-me! O que tens? Meu filho!

Padre Sisoi interveio, irritado:

– Não incomode monsenhor. Deixe-o dormir... Não há mais nada a fazer... Para que chorar?

Três médicos vieram, conferenciaram e partiram. O dia foi longo, incrivelmente longo. E veio a noite, que durou muito, muito... Na manhã de sábado o irmão aproximou-se da velha mulher, deitada no sofá do salão e chamou-a ao quarto: monsenhor cessara de viver.

O dia seguinte foi Domingo de Páscoa. A cidade possuía quarenta e duas igrejas e seis conventos: continuamente fazendo vibrar o ar primaveril, o carrilhão alegre de tantos sinos soou, da manhã à noite. Os pássaros cantavam e o sol brilhava. A grande praça do mercado, muito ruidosa, apresentava-se festiva, os balanços indo e vindo, a ressonância dos órgãos, um acordeão engrenando suas notas agudas, vozes ressoantes de ébrios. À tarde, na rua principal, organizaram-se passeios de carro. Logo, a alegria começou a reinar, tudo corria bem, exatamente como no ano anterior, e tudo, como era de se esperar, como no ano a vir.

Um mês depois, um novo bispo foi nomeado. Quanto a monsenhor Pyotr, ninguém mais falou seu nome. Acabou por ser completamente esquecido. Somente sua velha mãe, que vivia em casa do genro diácono, em uma pequena cidade perdida no distrito, lembrava-se dele: quando saía, à tarde, para reconduzir sua vaca, falava sobre seus filhos e sobre seus netos às outras mulheres que encontrava na pastagem comunal. Então, contava-lhes que um de seus filhos havia sido bispo – muito timidamente, temendo que não acreditassem nela.

E, na verdade, havia gente que não acreditava.

O duelo

I

1891

Eram oito horas da manhã – hora em que, depois de quente e sufocante noite, os oficiais, os funcionários e os turistas tinham o hábito de tomar seu banho de mar, antes de irem beber, no Pavillon, café ou chá. Ivan Andreich Laevsky, vinte e cinco anos, louro, magro, portando seu boné do Ministério das Finanças e calçado com chinelos, encontrou, na praia, entre muitos outros conhecidos, seu amigo, o médico militar Samoilenko.

Com a grande cabeça tosquiada e vermelha, enterrada nos ombros, grosso nariz, sobrancelhas negras, barba grisalha, separada em dois espessos tufos, obeso, atarracado e voz rouca de oficial provinciano, Samoilenko, inicialmente, causava impressão desagradável de caserneiro de brônquios entupidos. Mas depois de dois ou três dias de convivência seu rosto passava a interessar, como algo extraordinariamente bondoso, agradável e até belo. Apesar de seu acanhamento e de seu tom rude, era um homem sereno, excelente e infinitamente solícito. Tratava a todos por tu na cidade, emprestava dinheiro a quem o solicitasse, cuidava dos doentes, promovia noivados, casamentos, reconciliações, organizava piqueniques, em que ele próprio grelhava o *chachlik*,* e preparava uma deliciosa caldeirada de

---

Chachlik: carneiro aos pedaços, grelhado à caucasiana. (*N. da T.*)

rascasso. Além disso, estava sempre intercedendo por alguém e rejubilava-se, constantemente, por todos os acontecimentos felizes. No conceito geral, era irrepreensível. Só lhe apontavam duas fraquezas: a da própria bondade, que procurava dissimular, sob um olhar severo e uma falsa rudeza, e a de gostar de que enfermeiros e soldados o tratassem por "Vossa Excelência", embora fosse apenas conselheiro de Estado.

Quando ambos já se encontravam dentro d'água, mergulhados até os ombros, Laevsky começou:

– Responde-me, Alexander Davidych: suponhamos que tenhas amado uma mulher e mantido com ela uma ligação durante dois anos. De repente, como é comum acontecer, começas a sentir que não a amas mais, que ela se tornou uma estranha em tua vida. O que farias, num caso desses?

– Muito simplesmente, lhe diria: "Vai, mãezinha, para onde quiseres." Só isso.

– Fácil de dizer. E se ela não sabe para onde ir? Se é sozinha, sem família, sem dinheiro e sem qualquer capacidade de trabalho...?

– Metia-lhe quinhentos rublos na mão, ou estabelecia-lhe uma pensão de vinte e cinco rublos por mês... Muito simples.

– Imaginamos que tenhas os quinhentos rublos, ou possas despender vinte e cinco rublos mensais, mas a mulher em questão é instruída e altiva. Terias coragem de lhe oferecer dinheiro? E de que modo?

Samoilenko quis responder, mas no momento uma forte onda o envolveu, foi quebrar-se na praia e refluiu, ruidosamente, sobre a areia. Então, os dois amigos saíram da água e vestiram-se.

– Evidentemente, é muito difícil viver com uma mulher que não amamos – disse Samoilenko, sacudindo a areia das botas. – Mas é preciso raciocinar, Vanya. Raciocinar e ser humano. Eu, numa situação dessas, não deixaria transparecer que não a amava mais e continuaria com ela, até a morte.

Subitamente, porém, envergonhou-se do que dizia e acrescentou:

– O melhor mesmo seria que as mulheres não existissem. Que fossem todas para o inferno!

Já vestidos, os dois amigos dirigiram-se ao Pavillon. Samoilenko sentia-se ali como na própria casa. Tinha, até, uma mesa reservada. Todas as manhãs, serviam-lhe uma xícara de café, um grande copo trabalhado, cheio de água, sorvete e um pequeno cálice de conhaque. Primeiro, bebia o conhaque, depois o café muito quente e, por fim, a água gelada. Deveria ser delicioso, a julgar pelo efeito: seus olhos ficavam brilhantes. E, então, acariciando a barba com as mãos, dizia, olhando o mar:

– Extraordinariamente bela esta vista!

Fora longa a noite, perdida em tristes e inúteis pensamentos que o impediram de dormir e pareciam aumentar o calor e as trevas: Laevsky sentia-se quebrado, prostrado. Nem mesmo o banho e o café o haviam reanimado.

– Voltemos a nosso assunto, Alexander Davidych. Não pretendo ocultar-te... quero mesmo dizer-te, com sinceridade, como a um amigo, que minhas relações com Nadezhda Fyodorovna andam mal... muito mal, realmente. Perdoa-me iniciar-te em meus segredos, mas tenho necessidade de falar.

Samoilenko, pressentindo o assunto, baixou os olhos e pôs-se a tamborilar na mesa. Enquanto Laevsky continuava:

– Vivi dois anos com ela, mas não a amo mais... ou, para ser mais exato, compreendi que nunca a amei. Esses dois anos foram um equívoco.

Laevsky tinha o hábito de, quando conversava, examinar atentamente as palmas rosadas das mãos, roer as unhas, ou amarrotar suas mangas. Era o que estava fazendo.

– Sei muito bem que não me podes ajudar. Estou me abrindo contigo porque, para os fracassados e para os inúteis, a única salvação é o desabafo. Devo pesar cada um de meus atos, achar uma explicação e uma justificativa para a minha vida absurda, nas teorias de alguém, em algum tipo da literatura, no fato de que nós, gente da nobreza, degeneramos... e assim por diante. A noite passada, por exemplo, consolava-me, dizendo a mim mesmo, sem cessar: "Ah! Como Tolstoi tem razão, cruelmente razão!" E isso me aliviava. É de fato um grande escritor, irmão!

Samoilenko, que jamais lera Tolstoi, embora se propusesse, todos os dias, lê-lo, perturbou-se e disse:

– Sim, todos os escritores escrevem de imaginação, enquanto ele escreve diretamente do natural...

Laevsky suspirou:

– Meu Deus, a que ponto a civilização nos deforma! Amei uma mulher casada... ela me amou também... A princípio, beijos, noites tranquilas, juramentos, promessas e Spencer: ideais e interesses partilhados. Que mentira! Na realidade, fugíamos do marido mas mentíamos a nós mesmos, pensando fugir do vazio de nossa vida intelectual. Imaginávamos assim o futuro: de início, o Cáucaso, onde, para nos acostumarmos aos lugares e às pessoas, eu seria funcionário público. Depois, adquiriríamos um pedaço de terra, trabalharíamos nela e a semearíamos, com o suor de nosso rosto: teríamos vinhedos, um campo. Se estivesses em meu lugar, tu ou teu amigo, o zoólogo Von Koren, talvez tivesses passado trinta anos com Nadezhda Fyodorovna e deixado aos vossos herdeiros uma bela vinha e umas três mil jeiras de trigo. Eu, porém, desde o primeiro dia, senti-me falido. Na cidade, um insuportável calor, o tédio, a solidão. Nos campos, esperando encontrar, sob cada pedra, sob cada moita, lacraias, escorpiões, serpentes. Além dos campos, o deserto e as montanhas. Tudo estranho, em uma natureza também estranha, uma cultura lamentável. Tudo isso, irmão, não é tão simples como passear de peliça ao lado de Nadezhda Fyodorovna, ou sonhar com regiões quentes. Aqui, impõe-se uma luta, não de vida, de morte, e que espécie de lutador sou eu? Apenas um pobre neurastênico, um homem que nada sabe fazer com suas mãos inúteis. Desde os primeiros dias compreendi que meus sonhos de vida laboriosa, com vinhedos em perspectiva, não tinham consistência. Quanto ao amor, devo dizer-te que viver com uma mulher que leu Spencer e que tudo abandonou por nós é tão pouco interessante como viver com qualquer Anfisa ou com qualquer Akulina. O mesmo cheiro de ferro quente, de pó de arroz e de remédios, os mesmos papelotes, pela manhã, a mesma deliberada mistificação...

– Em uma casa não se pode dispensar o ferro de passar roupa – disse Samoilenko, corando: constrangia-se por ouvir Laevsky falar-lhe tão abertamente de uma senhora sua conhecida.

E acrescentou:

– Estás de mau humor, Vanya... Nadezhda Fyodorovna é uma senhora muito distinta, muito instruída.... tu és um homem de cultura e de espírito. Evidentemente, não são casados. Mas isso não é culpa de nenhum dos dois... Aliás, não devemos ter preconceitos... precisamos nos colocar à altura das ideias modernas. Eu, particularmente, sou partidário da união livre... E, do meu ponto de vista, quando duas pessoas se unem, devem permanecer unidas até a morte.

– Sem amor?

– Vou explicar-te. Há oito anos vivia aqui, como agente de segurança, um velhinho... um desses sujeitos de muito espírito... Sabes o que ele dizia? Que na vida conjugal o essencial é a paciência. Compreendes, não, Vanya? Não amor: paciência. O amor dura pouco. Viveste durante dois anos com amor. Agora, tua vida conjugal atingiu, visivelmente, esse estágio em que, para ser conservado o equilíbrio, deve ser utilizada, antes de tudo, a paciência...

– Acreditas nesse velho? A meu ver, seu conselho é idiota. Teu velhinho podia ser hipócrita, exercitar a paciência e olhar a pessoa a quem não amava como objeto indispensável a seus exercícios. Eu, porém, ainda não caí tanto. Se quisesse exercitar minha paciência, compraria halteres ou um cavalo teimoso e deixaria as pessoas em paz.

Samoilenko pediu vinho branco e gelo. Depois de terem bebido o primeiro copo, Laevsky perguntou, de repente:

– Dize-me, por favor: que é amolecimento cerebral?

– É uma doença que amolece o cérebro... como se o tornasse líquido...

– Cura-se?

– Sim, se não negligenciarmos o tratamento. Duchas frias, vesicatórios e, depois, alguns remédios internos.

– Bem... Estás vendo qual é a minha posição. Não posso viver com ela... ultrapassa minhas forças... Enquanto estou aqui contigo, ainda consigo filosofar, sorrir. Em casa, porém, perco todo o meu entusiasmo. É uma agonia tão grande que, se me disserem que devo ainda viver um mês com ela, acho que vou meter uma bala na cabeça. No entanto, não é possível abandoná-la, sem família, sem qualquer hábito de trabalho... E ambos sem dinheiro... ela e eu. Para onde poderá ir? Quem a acolheria? Não, realmente não há saída... O que fazer?

Sem saber o que responder, Samoilenko resmungou:

– Hum... E ela? Ama-te?

– Sim... na medida em que um homem é necessário a uma mulher de sua idade e de seu temperamento. Renunciar a mim será, para ela, o mesmo que renunciar a seu pó de arroz e a seus papelotes. Sou parte integrante de seus enfeites.

Samoilenko sentia-se constrangido.

– Estás de mau humor, Vanya... Dormiste mal...

– Sim, dormi mal. De um modo geral, não me sinto bem... A cabeça vazia, o coração prestes a parar, uma fraqueza indefinível... Preciso fugir deste lugar...

– Para onde?

– Para o Norte... bem longe. Para as regiões dos pinheiros, dos cogumelos, onde existam gentes e ideias. Daria a metade de minha vida para voltar a banhar-me em um riozinho de Moscou, ou de Tula, para sentir frio, para passar horas tagarelando com um estudante qualquer... falando... falando... E que

152

bom o cheiro do feno! Lembras-te dessas tardes em que, passeando no jardim, ouvimos o som de um piano, ou um trem que passa...?

Laevsky riu a essas recordações. Riu de prazer... Lágrimas lhe subiram aos olhos. Para ocultá-las, curvou-se para apanhar fósforos, em uma mesa vizinha. Samoilenko replicou:

– Há dezoito anos não vou à Rússia. Já me esqueci, até, de como é. Para mim, não existe região mais linda que o Cáucaso...

– Um quadro de Vereshchagin representa um profundo poço, no fundo do qual definham condenados à morte. Teu esplêndido Cáucaso parece-me igual a esse poço. Se me propusessem ser limpador de chaminés, em Petersburgo, ou ser príncipe, aqui, eu escolheria ser limpador de chaminés.

Laevsky refletiu. Observando seu corpo curvado, seus olhos fixos, seu rosto pálido e suarento, suas têmporas cavadas, suas unhas roídas e o calcanhar de um de seus pés saindo por sobre o chinelo, deixando ver a meia malcerzida, Samoilenko sentiu piedade. E talvez porque Laevsky desse a impressão de uma criança inocente, perguntou-lhe:

– Tens mãe, ainda?

– Sim. Mas nunca nos vemos: ela jamais perdoou minha ligação com Nadezhda.

Samoilenko gostava de Laevsky. Considerava-o um excelente rapaz, bom estudante e esplêndido companheiro, com o qual podia beber, rir e conversar de coração aberto. Seu comportamento, porém, chocava-o extremamente: Laevsky andava bebendo demais e com constância, vivia jogando cartas, desprezava o próprio trabalho, gastava além de seus recursos, empregava com frequência expressões inconvenientes, passeava de chinelos pelas ruas e discutia em público com Nadezhda Fyodorovna. Tudo isso desagradava a Samoilenko. Não compreendia que Laevsky tivesse cursado filologia, que assinasse duas grandes revistas, que falasse com tanto gênio que só uma minoria o entendesse, que tivesse uma mulher instruída. Não compreendia, mas tudo isso o agradava. Considerava Laevsky superior a ele, e o estimava.

– Mais um detalhe – disse Laevsky, balançando a cabeça. – Ainda não conversei sobre isso com Nadezhda Fyodorovna; nada comentes diante dela. Anteontem recebi uma carta, comunicando-me a morte de seu marido... uma embolia cerebral...

Samoilenko suspirou:

– Que Deus receba sua alma! Mas por que razão ocultas a notícia?

– Mostrar-lhe a carta equivaleria a dizer: vamos à igreja, casar-nos. É necessário, antes de qualquer coisa, precisar nossas relações. Quando ela se convencer de que não podemos continuar juntos, mostrar-lhe-ei a carta. Então, não haverá mais perigo.

Com expressão triste e suplicante, como se fosse pedir algo muito importante, que receava lhe fosse recusado, Samoilenko disse:

– Sabes, Vanya, devias casar-te com ela...

– Por quê?

– Cumpre teu dever para com essa excelente mulher. Seu marido morreu... é a própria Providência que te indica o que tens a fazer.

– Por mais original que sejas, procura compreender: é impossível. Casar sem amor é tão indigno de um homem como dizer missa sem fé.

– Mas é teu dever!

Laevsky irritou-se:

– Meu dever por quê?

– Quando a tiraste do marido, assumiste um compromisso,

– Mas se estou te dizendo... será que não estou falando russo? Não a amo.

– Se não a amas, pelo menos respeita-a, considera-a...

154

– Respeitá-la... Considerá-la... Como se fosse a superiora de um convento! És um péssimo psicólogo e ainda pior fisiologista, se acreditas que, quando se vive com uma mulher, a estima e o respeito possam bastar. Existe, em primeiro lugar, um quarto de dormir...

– Vanya... Vanya... – disse Samoilenko, constrangido.

– És uma criança grande, um teórico, e eu um jovem-velho com prática... Jamais nos entenderemos. Vamos dar um basta nesta conversa...

Gritou ao garçom:

– Mustafa! Quanto devemos?

O médico interrompeu-o, assustado, contendo-o.

– Não... Não... O convite foi meu. Põe na minha conta, Mustafa!

Os amigos levantaram-se e, em silêncio, encaminharam-se ao cais. Ao chegarem ao bulevar, detiveram-se. Separaram-se, apertando-se as mãos.

Samoilenko ainda disse, suspirando:

– Foste muito bem-dotado, meu bom amigo, a vida deu-te uma mulher jovem, bela, culta... e não a queres. No entanto, eu, se Deus me tivesse dado até uma velhinha, mesmo disforme, mas carinhosa, boa, como eu estaria feliz! Viveria com ela em minhas vinhas...

Recuperou-se e disse:

– Que a velha feiticeira me prepare o chá!

Afastando-se de Laevsky, perdeu-se pelo bulevar. Sempre se sentia feliz em atravessá-lo. Pesado e majestoso, expressão severa, túnica branca como neve, botas admiravelmente bem-engraxadas, peito arqueado, condecorado com a Cruz de São Vladimir, parecia-lhe que todo o universo o fitava satisfeito. Sem voltar a cabeça, olhava para todos os lados, o bulevar rico em ciprestes recentemente plantados, em eucaliptos, em palmeiras, tudo muito belo, prometendo, a seu tempo, uma amplidão de sombras. Achava os circassianos gente honesta e hospitaleira. "É estranho que o Cáucaso não agrade a Laevsky... muito estranho...", pensou ele. De passagem, viu cinco soldados que lhe apresentaram armas. À direita do bulevar, a mulher de um funcionário passou pela calçada, acompanhada de um jovem do liceu, seu filho. Gritou-lhe, sorrindo amavelmente:

– Bom dia, Marya Konstantinovna! Estás vindo da praia? Muito bem! Minhas homenagens a teu marido!

Prosseguiu caminho, sempre sorrindo. Mas ao ver um assistente de cirurgia, vindo a seu encontro, franziu a testa e perguntou-lhe:

– Há alguém na enfermaria?

– Ninguém, excelência.

– Como?

– Não há ninguém.

– Está bem. Podes ir...

Majestoso, pavoneando-se, dirigiu-se a um quiosque de refrescos, onde se encontrava uma gorda e velha judia, que se fazia passar por georgiana. Com voz forte, como no comando de um regimento, ordenou:

– Por favor, uma água gaseificada!

II

O desamor de Laevsky por Nadezhda Fyodorovna traduzia-se por lhe parecer sempre mentira, ou qualquer coisa semelhante, tudo quanto ela dizia ou fazia. Tudo que lia, contra as mulheres e contra o amor, lhe parecia ajustar-se a ele próprio, a Nadezhda Fyodorovna e a seu marido.

Quando entrou em casa, Nadezhda Fyodorovna, já vestida e penteada, sentada junto à janela, bebia café com expressão preocupada, folheando uma revista. Não pôde deixar de pensar que beber café não era acontecimento tão importante que justificasse a preocupação expressa em seu rosto e que ela errara em perder seu tempo fazendo um penteado moderno, uma vez que não havia ninguém ali para agradar, ou para tentar agradar. Também viu mentira na atenção que dava à revista: pensou que Nadezhda Fyodorovna se vestia e penteava para parecer bela, e que lia para parecer culta.

– Será que poderei tomar um banho de mar hoje? – perguntou Nadezhda.

– Por que não? Que vás ou não vás à praia, tanto faz. O mundo não vai acabar por causa disso, acho eu...

– Estou perguntando para evitar que o doutor se zangue.

– Pergunta-lhe, então. Não sou médico.

O que no momento mais desagradou a Laevsky foi o pescoço branco de Nadezhda e seus cachinhos na nuca. Lembrou-se de que, quando Anna Karenin deixou de amar o marido, detestou suas orelhas. Pensou: "Muito bem-observado! Muito bem-observado!" Sentindo a cabeça vazia, dirigiu-se ao escritório e deitou-se em um sofá, cobrindo o rosto com um lenço, para não ser importunado pelas moscas. Lentas, vagas, monótonas ideias arrastavam-se em seu cérebro, como, no outono, um longo comboio de carruagem, em noite de mau tempo. Caiu em um estado de entorpecida sonolência. Teve a impressão de estar em falta com Nadezhda Fyodorovna e de ter causado a morte de seu marido. Sentia-se culpado diante da vida e da própria consciência, frustrado diante do mundo, das grandes ideias, do saber, do trabalho... esse maravilhoso mundo tornado impossível, naquelas plagas infestadas de turcos famintos, de caucasianos preguiçosos. Esse mundo só realizável bem longe, no Norte, onde existem óperas, teatros, jornais e todas as modalidades de trabalho intelectual. Somente lá e não onde estava podia-se ser honesto, culto, superior e puro. Acusava-se de não ter ideal, nem diretrizes, se bem que confusamente compreendesse agora o que isso significava. Quando, dois anos antes, começara a amar Nadezhda Fyodorovna, pensou que bastaria unir-se a ela e partir para o Cáucaso, para escapar à banalidade e ao vazio da vida. E agora estava certo de que, para isso, a solução seria deixá-la e voltar a Petersburgo, à conquista de tudo quanto lhe era necessário.

Sentando-se, roendo as unhas, murmurava:

– Partir! Partir!

Viu-se, em imaginação, tomar o barco, almoçar, beber cerveja gelada, conversar na ponte com as damas, depois subir ao trem para Sebastopol... e partir! Bom dia, liberdade! As estacas desfilando, uma após outra, o ar esfriando, tornando-se cada vez mais áspero, os pinheirais... E, enfim, Kursk; enfim, Moscou! Nos restaurantes, sopa de repolho, carneiro, esturjão, cerveja... Em uma palavra: não mais a Ásia e sim a Rússia, a verdadeira Rússia. No trem, os viajantes conversando sobre comércio, cantores novos, as boas relações franco-russas. Em tudo, a vida culta, intelectual, alerta... Depressa, depressa, fugir! Por fim, Nevsky, a grande Morskaya... E a pequena rua de Kovensky, onde morava com alguns colegas, quando estudante. E o céu cinzento, a garoa, os cocheiros encharcados...

Ouviu uma voz no compartimento vizinho:

– Ivan Andreich, onde estás?

– O que desejas?

– São os papéis.

Laevsky ergueu-se molemente, sentindo a cabeça rodar. Bocejando e arrastando os pés, dirigiu-se ao outro compartimento. Perto da janela aberta, na rua, um de seus jovens colegas colocava alguns papéis no parapeito. Laevsky disse, docemente:

– Um instante, meu caro.

Apanhou um tinteiro, voltou à janela, assinou os papéis, sem lê-los. Comentou:

– Como está quente!

– Muito. Vais trabalhar hoje?

– Não sei... Estou me sentindo mal. Diga a Sheshkovsky que irei vê-lo depois do jantar.

O funcionário retirou-se. Laevsky deitou-se novamente e retomou o fio de seus pensamentos.

– Tudo precisa ser pesado, combinado. Antes de partir, pagar minhas dívidas... devo perto de dois mil rublos e não tenho dinheiro... Evidentemente, não é muito grave: pagarei como puder... parte agora... o resto enviarei depois, de Petersburgo. O mais importante é entender-me com Nadezhda Fyodorovna... definir nossas relações... Sim, é isso o que mais importa...

Pouco depois perguntou-se se não seria bom aconselhar-se com Samoilenko... "Posso fazê-lo, mas para quê? Vou falar-lhe novamente sobre *boudoirs* e mulheres, do que é honesto e do que não é honesto. Que vão para o diabo essas conversas sobre honestidade e desonestidade, quando se trata de salvar minha vida o mais rapidamente possível, quando sufoco e me deixo morrer nesta maldita escravidão! É preciso compreender, afinal, que continuar uma vida igual à minha é covarde e cruel... Diante disso, todos os outros problemas são mesquinhos, inexistentes, talvez..."

Murmurou: "Partir! Partir!"

A costa deserta, o calor opressivo, a monotonia das montanhas nebulosas e da cor da malva, eternamente silenciosas e semelhantes, inspiravam-lhe tédio; parecia-lhe que lhe davam sono e o frustravam. Pensava que talvez fosse muito inteligente, um excepcional talento, uma extraordinária honestidade e que, se o mar e a montanha não o limitassem, poderia tornar-se um excelente agente de *zemstvo,* um homem de Estado, um orador, um publicista, um asceta... quem sabe? Nesse caso, era estúpido discutir se é honesto ou não que um homem válido e de talento, um músico ou um pintor, por exemplo, derrube uma muralha para fugir da prisão, enganando seus carcereiros. Em tal situação, tudo é honesto.

Às duas horas Laevsky e Nadezhda Fyodorovna sentaram-se à mesa. Quando a cozinheira lhes serviu uma sopa de arroz, Laevsky exclamou:

– Todos os dias a mesma coisa! Por que não fazer sopa de repolho?

– Não há repolho

– É estranho. Há repolho em casa de Samoilenko e em casa de Marya Konstantinovna. Só eu, não sei por que, sou obrigado a comer esta insípida mistura. É impossível, minha querida!

Antes, como acontece com a maioria dos casais, não havia refeição sem reclamações e cenas. Do momento, porém, em que descobrira que não mais amava Nadezhda, Laevsky procurava ceder-lhe em tudo, falando-lhe com terna polidez, sorrindo, tratando-a por "querida", beijando-a na testa ao terminar as refeições. Disse-lhe, então, sorrindo:

– Esta sopa está com gosto de suco de alcaçuz.

Fazia esforço para ser amável, mas, não o conseguindo, continuou:

– Ninguém aqui cuida da casa. Se estás doente, cuidarei da cozinha...

Em outros tempos, Nadezhda Fyodorovna teria respondido:

– Pois cuide!

Ou então:

– Pretendes fazer de mim uma cozinheira?

Agora, porém, limitou-se a fitá-lo timidamente e a enrubescer.

– Como te sentes hoje? – perguntou-lhe Laevsky, gentilmente.

– Mais ou menos bem. Apenas um pouco cansada.

– Precisas tomar cuidado, querida. Estou muito preocupado contigo.

Todos ignoravam o que tinha Nadezhda Fyodorovna. Samoilenko, diagnosticando febre intermitente, enchia-a de quinino. Um outro médico, Ustimovich – homem alto, magro, insociável, que permanecia em casa durante o dia e à noite passeava tranquilamente pelo cais, mãos às costas, bengala erguida e tossindo, sempre –, achava que se tratava de uma doença feminina e prescreveu-lhe compressas. Outrora, quando Laevsky amava Nadezhda Fyodorovna, sua doença inspirava-lhe piedade e medo. Agora, só via nela a mentira. O rosto amarelo, apático, da jovem mulher, seu olhar cansado, sonolento, seus bocejos, depois das crises de febre, o fato de ficar deitada, encolhida, durante essas crises, parecendo mais um rapaz do que uma mulher, agravado pelo ar abafado e viciado pairante no quarto, tudo isso, em sua sensibilidade, destruía a ilusão e se tornava obstáculo ao amor, ao casamento.

Como segundo prato, servira-lhe ovos com espinafres e, para Nadezhda, um mingau de fécula e leite. Quando, com seu ar preocupado, ela tocou o mingau com a ponta da colher e, indolentemente, pôs-se a comer, bebendo leite, Laevsky, ouvindo-a engolir, foi tomado de um ódio tão forte que chegou a sentir distúrbios na cabeça. Reconhecia que um ódio assim teria sido ultrajante, mesmo dirigido a um cão. No entanto, não se censurava: odiava Nadezhda Fyodorovna, por lhe inspirar semelhante sentimento, e compreendia por que os homens às vezes matam suas amantes. Claro que ele não seria capaz de matar, mas se fosse jurado, num caso desses, absolveria o assassino.

– Obrigado, querida – disse a Nadezhda Fyodorovna depois do jantar. E beijou-a na testa.*

Voltando ao escritório, pôs-se a andar de um lado para outro, durante uns cinco minutos, olhando as botas. Depois, sentou-se no sofá e murmurou:

– Partir! Partir! Enfrentar uma explicação e partir!

Estendeu-se no sofá e novamente pensou que o marido de Nadezhda Fyodorovna talvez tivesse morrido por sua causa.

"É uma tolice imputar-se a alguém, como um crime, amar ou não amar", procurava convencer-se enquanto se calçava. "Amor e ódio independem de nossa vontade. Talvez eu tenha

---

*Havia um costume, na Rússia, que consistia em agradecer à dona da casa ao fim da refeição. (*N. da T.*)

sido, de certa forma, uma das causas da morte de seu marido. Mas serei culpado de ter amado sua esposa, serei culpado de ter sido amado por ela?"

Apanhou o gorro e dirigiu-se à casa de seu colega Sheshkovsky, onde os funcionários se reuniam todas as noites para jogar *vinnte* e tomar cerveja gelada.

Caminhando, pensava: "Minha indecisão assemelha-se à de Hamlet. Como Shakespeare observou bem! Como foi exato!"

III

Para preservar-se do tédio e ajudar-se, diante da inexistência de qualquer hotel na cidade que atendesse à extrema necessidade dos recém-chegados e dos celibatários, que não sabiam onde fazer refeições, Samoilenko mantinha, em sua casa, uma espécie de restaurante.

Nessa época ele só contava com dois pensionistas: o jovem zoólogo Von Koren, que tinha ido no verão para o litoral do mar Negro estudar a embriologia das medusas, e o diácono Pobedov, recém-saído do seminário e enviado àquela pequena cidade em substituição ao velho diácono, que se ausentara para tratamento da saúde. Esses dois pensionistas pagavam, por almoço e jantar, doze rublos mensais, e Samoilenko os havia obrigado a dar a palavra de honra de que iriam almoçar exatamente às duas horas.

Von Koren era sempre o primeiro a chegar. Sentava-se em silêncio no salão, apanhava de sobre a mesa um álbum e ficava a olhar, atentamente, as fotografias já esmaecidas de senhores desconhecidos, suas largas calças, seus chapéus de copa alta, e de senhoras de crinolinas e toucas. Samoilenko lembrava-se de muito poucos nomes e dizia, suspirando, dos que esquecera: "Um excelente homem, de muito talento."

Quando terminava de ver o álbum, Von Koren pegava uma pistola e, fechando o olho esquerdo, visava longamente o retrato do príncipe Vorontsov;* ou, então, colocando-se diante do espelho, examinava seu rosto moreno, sua larga testa, seus cabelos pretos, crespos como o dos negros, sua camisa de chita escura, estampada de grande flores, mais parecendo um tapete persa, e o largo cinto de couro, que usava como colete. A autocontemplação proporcionava-lhe um prazer tão vivo como o do exame das fotografias ou o da pistola ricamente trabalhada. Von Koren sentia-se muito satisfeito com o próprio rosto, com sua barba bem-cuidada, seus ombros largos, provas evidentes de robusta constituição e boa saúde. Do mesmo modo sentia-se com sua maneira de vestir, elegante, a começar pela gravata, combinando com a cor da camisa, e terminando pelos sapatos amarelos.

Enquanto ele olhava o álbum, ou se contemplava ao espelho, Samoilenko, na cozinha e no corredor, em mangas de camisa, peito descoberto, molhado de suor, afobava-se, preparando ora uma salada, ora um molho, cuidando da carne, dos pepinos e da cebola para as sopas geladas. Sempre arregalando furiosamente os olhos para seu ordenança, que o ajudava, brandindo uma faca ou uma colher.

– Passa-me o vinagre! – dizia, comandando.

E gritava, batendo os pés:

– Não é o vinagre: quero o azeite! Aonde vais, animal?

– Procuro o azeite, excelência – respondia o ordenança, assustado, com voz aguda.

– Depressa! Está no armário. E vai dizer a Daria que não esqueça de colocar funcho no vidro dos pepinos. Funcho, entendes? Cobre o pote de creme, imbecil! As moscas vão cair dentro dele!

---

*Um dos antigos governadores do Cáucaso. Na região existiam, por toda parte, muitos retratos oficiais dele. (*N. da T.*)

Sua voz ressoava por toda a casa. Uns dez minutos antes das duas horas chegava o diácono, jovem de vinte e dois anos, magro, cabelos longos, sem barba, usando apenas bigode. Entrando no salão, benzia-se diante das imagens e, sorrindo, estendia a mão a Von Koren.

– Bom dia – murmurava friamente o zoólogo. – Por onde andava?

– Na ponte, pescando.

– Ah! Naturalmente! O evidente, diácono, é que o senhor nunca trabalha!

– Por quê? – perguntava o diácono, sorrindo e metendo as mãos nos bolsos muito profundos de sua batina branca. – O trabalho não é um urso: não se esconde na floresta.*

– E não haver ninguém para lhe dar uns açoites! – dizia o zoólogo, suspirando...

Passavam-se ainda uns quinze ou vinte minutos sem que chamassem os hóspedes para o almoço... Enquanto o ordenança corria da cozinha à copa e vice-versa, fazendo ressoar suas botas, Samoilenko gritava:

– Põe em cima da mesa! Onde estás metendo as coisas? Lava tudo antes!

O diácono e Von Koren, esfaimados, manifestavam sua impaciência batendo com os pés, como costumam fazer os espectadores das torrinhas dos teatros. Por fim, a porta se abria e o ordenança, extenuado, anunciava: "O almoço está na mesa!" Samoilenko, escarlate, afogueado pela proximidade do fogão, irritado, esperava-os na sala de jantar. Olhava-os sem bondade e não respondia às suas perguntas. Com expressão de terror, erguia a tampa da sopeira e enchia o prato de cada um dos hóspedes. Só quando se convencia de que eles comiam com apetite e de que a sopa lhes estava agradando, suspirava aliviado

---

*Provérbio russo muito usado. (*N. da T.*)

e sentava-se em sua cômoda poltrona. Então, seu rosto suavizava-se... Servia-se, sem pressa, de um copo de vodca e dizia:

– À saúde da nova geração!

Depois de conversar com Laevsky, Samoilenko, apesar de seu bom humor, sentia-se triste. Tinha pena do amigo e gostaria de ajudá-lo. Esvaziou o copo e disse, suspirando:

– Estive hoje com Vanya Laevsky... sua vida é dura. Já o lado material de sua existência nada tem de brilhante, mas é sobretudo o lado moral que o oprime. Esse rapaz me comove...

Von Koren interrompeu-o:

– Eis aí um que não lamento! Se esse amável homem caísse dentro d'água, eu o empurraria com uma bengala e lhe diria: Afunda! Afunda, meu velho!

– Estás mentindo. Não terias coragem.

– Por quê? Sou tão capaz, como tu, de uma boa ação.

– Consideras uma boa ação deixar que um homem se afogue? – perguntou o diácono, rindo.

– Afogar Laevsky? Sim!

– Parece que está faltando algum ingrediente a esta sopa de *kvass*... algum ingrediente – disse Samoilenko, tentando brincar.

– Laevsky é incontestavelmente nocivo – falou Von Koren –, tão perigoso à sociedade como o micróbio da cólera. Afogá-lo será uma boa ação.

– Não te fica bem falar assim de teu próximo. Por que o detestas?

– Não digas tolices, doutor. É idiota odiar e desprezar um micróbio, ou olhar como seu próximo o primeiro que chegue. Perdoa-me dizer-te: é não refletir e recusar-se a uma justa apreciação das pessoas, isto é, lavar as mãos. Considero esse Laevsky um patife. Não o oculto, e comporto-me, em relação a ele, em plena consciência de sua patifaria. Tu, não; tu o olhas como o teu próximo, o que significa que ages com ele como ages comigo, ou com o diácono: o que quer simplesmente dizer que nos consideras um zero. Tens a mesma indiferença por todos...

– Um patife! – murmurou Samoilenko, com expressão de nojo. – És tão injusto que não encontro o que te dizer...

– Devemos julgar as pessoas por suas ações – Von Koren continuou. – Apelo para o seu julgamento, diácono... É ao senhor que desejo falar. O comportamento de Laevsky vai ser desenrolado a seus olhos, como um imenso cartaz chinês, que poderá decifrar do princípio ao fim. Que fez ele durante esses dois anos, desde que vive aqui? Contemos pelos dedos. Inicialmente, ensinou os habitantes da cidade a jogarem *vinnte*. Há dois anos o jogo, aqui, era desconhecido. Agora, quase toda a população, até as mulheres e os jovens, joga da manhã à noite. Em segundo lugar, ensinou a nossa gente a beber cerveja, que também não era conhecida por estas paragens. Além disso, todos aqui devem a ele o fato de serem informados sobre as diferentes espécies de vodca, a ponto de poderem distinguir, de olhos vendados, a vodca de Koshelevm da de Smirnov, n° 21. Finalmente: aqui, não era costume viver-se com as mulheres alheias às claras, se acontecia era segredo, pela mesma razão por que os ladrões roubam furtivamente e não abertamente. O adultério era algo que se tinha vergonha de anunciar. Laevsky comportou-se nisso tudo como pioneiro. Vive, às escâncaras, com a mulher de outro homem. E há mais...

Von Koren terminou rapidamente seu almoço, estendeu seu prato ao ordenança e prosseguiu, dirigindo-se ao diácono:

– Compreendi Laevsky desde o primeiro dia que nos conhecemos. Os homens de seu tipo apreciam muito a amizade, a intimidade, a solidariedade, porque sentem uma imperativa necessidade de companheiros, para jogar, comer e beber. Além disso, são, por natureza, tagarelas e precisam de auditório. Tornamo-nos amigos... quero dizer: ele vinha diariamente à minha casa, impedia-me de trabalhar e falava-me indiscretamente sobre sua amante. Logo aos primeiros contatos, choquei-me com sua extrema falsidade, de que eu sentia náusea. Na qualidade de seu amigo, eu o censurava por beber tanto, gastar além de suas posses, fazer dívidas, viver na ociosidade, não ler, ser tão pouco culto, tão pouco informado. A tudo isso ele sorria amargamente, suspirava e tinha uma única resposta: "Sou um fracassado, um homem que está sobrando." Ou, então: "O que se pode exigir de nós, meu caro, nós, os remanescentes da servidão?" Ou, ainda: "Degeneramos..." Ou, então, punha-se a desenrolar uma longa e inútil oratória a propósito de Onegin, de Pechorin, do *Caim,* de Byron, de Bazarov,* sobre os quais dizia: "São nossos pais, pela carne e pelo espírito." Como veem, a culpa não é propriamente sua. Mas com isso os envelopes oficiais arrastam-se semanas sem serem abertos. Se ele bebe e estimula os outros a beberem, os culpados são Onegin, Pechorin, Turgueniev, que inventaram o fracassado, o homem que sobra. A causa de sua extrema falta de vergonha e de sua vida escandalosa não está nele próprio: está perdida por aí, distante, em algum lugar no espaço... E, com isso – que grande derrota! –, ele não é o único a ser depravado, mentiroso e vil. Nós o somos, também. *Nós,* quer dizer: as gentes da década de 1880; *nós,* o produto preguiçoso e neurótico da época da servidão; *nós,* os que a civilização mutilou... Em suma, devemos compreender que um homem tão grande como Laevsky é grande até em sua decadência; devemos aceitar que sua depravação, sua ignorância e sua sordidez física sejam fenômenos da história natural, santificados pela necessidade; que suas causas são universais, elementares e que devemos erguer, diante de Laevsky, uma lâmpada votiva, uma vez que ele é vítima fatal da época, das influências, da hereditariedade e tudo mais. Todos os funcionários, todas as mulheres entusiasmavam-se, ouvindo-o. Durante muito tempo não consegui

---

*Onegin, Pechorin e Bazarov: heróis, respectivamente, de Pushkin, Lermontov e Turgueniev. (*N. da T.*)

definir o homem com que me defrontava: se era um cínico ou se um hábil trapaceiro. Gentes iguais a ele, aparentemente intelectuais, razoavelmente instruídas, falando bastante de sua nobreza pessoal, sabem fazer-se passar por naturezas extremamente complicadas.

– Cala-te! – disse, cortando, Samoilenko. – Não permitirei mais que fales, diante de mim, tais coisas de um homem de bem.

Von Koren replicou, friamente:

– Não me interrompas, Alexander Davidych. Já estou terminando. Laevsky é uma personalidade bem pouco complicada. Eis sua estrutura moral: pela manhã, chinelos, banho, café; depois, até o jantar, chinelos, passeio e conversa; às duas horas, chinelos, jantar e vinho; às cinco horas, banho, chá e vinho; em seguida, *vinnte* e mentiras; às dez horas, ceia e vinho; depois da meia-noite, sono e *la femme*. Sua existência está encerrada nesse estrito programa, como um ovo em sua casca: andando, sentado, zangado, escrevendo, rejubilando-se, tudo converge para o vinho, as cartas, os chinelos, a mulher. A mulher representa em sua vida um papel fatal, esmagador. Ele próprio conta que já aos treze anos estava apaixonado. Estudante do primeiro ano, vivia com uma dama que teve sobre ele benéfica influência e à qual deve sua educação musical. No segundo ano, resgata uma prostituta de bordel e eleva-a até ele, quer dizer, torna-a sua amante: ela viveu seis meses com ele e voltou à sua *madame*. Esse abandono causou-lhe muitos sofrimentos morais. Pobre dele! Sofreu tanto que deixou a universidade e recolheu-se à casa, durante dois anos, em completa ociosidade. Mas foi o melhor que lhe aconteceu. Logo, ligou-se a uma viúva, que o aconselhou a deixar os estudos de direito e estudar filologia. Concordou. O curso terminado, apaixonou-se loucamente por essa mulher de agora... como se chama mesmo? Essa mulher casada...? Foi obrigado a fugir com ela para o Cáucaso, em busca disso, essa coisa, a que chamara ideal... Hoje, ou amanhã, deixará de amá-la e voltará a Petersburgo, perseguindo esse mesmo ideal.

Samoilenko grunhiu, olhando colérico o zoólogo:

– O que sabes tu disso? Farias melhor se comesses.

Serviram peixe cozido com molho polonês. Samoilenko colocou um inteiro em cada prato e ele próprio os cobriu de molho. Houve uns dois minutos de silêncio. Depois, o diácono falou:

– A mulher tem papel essencial na vida do homem. Nada há a fazer.

– Sim, mas depende do grau de influência, da espécie de cada relação. Todos possuem uma mulher: mãe, irmã, esposa, amiga. Para Laevsky, porém, a mulher é, sob qualquer aspecto, a amante. Ela, ou melhor, o concubinato é a felicidade e o objetivo de sua vida. Só pela mulher fica alegre, melancólico, entediado, ousado. Se a vida lhe pesa, a mulher é a culpada. Se a aurora de uma nova vida resplandece, para ele, encontrou-se o ideal... procure-se aí também a mulher. Nossa época é, em sua opinião, má e muito pior do que a dos anos 1840 e 1860, unicamente porque não sabemos nos entregar, até o esquecimento de nós mesmos, ao êxtase amoroso, à paixão. Esses tipos sensuais provavelmente devem ter no cérebro qualquer excrescência, uma espécie de sarcoma, que o comprime e domina todas as suas reações. Observem Laevsky em sociedade: observem-no. Quando se fala, diante dele, sobre qualquer assunto especial, como, por exemplo, o da célula ou o do instinto, ele fica à parte, calado, sem ouvir, ar lânguido, displicente. Nada interessa a ele, tudo deve parecer-lhe banal, sem valor. Mas falem-lhe de fêmeas e de machos! Digam-lhe que a aranha devora o macho, depois que ele a fecunda: seus olhos brilham de felicidade, seu rosto se ilumina. Em uma palavra: o homem renasce. Todos os seus sentimentos, nobres ou egoístas, têm sempre o mesmo ponto de partida. Por exemplo: vai-se com ele pela rua e encontra-se um asno... Logo ele pergunta: "Qual seria o produto do cruzamento de uma jumenta com um camelo?" E seus sonhos, então! Ele já lhe contou seus sonhos? São maravilhosos! Ora sonha que o casam com a lua; ora que a polícia lhe ordena que vá viver com uma guitarra...

O diácono pôs-se a rir ruidosamente. Samoilenko, para não rir, franziu as sobrancelhas e fechou o rosto. Mas acabou não resistindo e riu também, às gargalhadas. Enxugando os olhos, disse:

– Tudo isso é mentira! Juro que ele está mentindo!

IV

Muito bem-humorado, o diácono ria por qualquer coisa, de forma exagerada, até não poder mais. Parecia que as companhias só lhe causavam prazer pelos seus ridículos e pela oportunidade que lhe ofereciam para apelidos. Apelidara Samoilenko de Tarântula, seu ordenança de Pato Bravo e chegou ao auge do encantamento quando Von Koren qualificou Laevsky e Nadezhda Fyodorovna de macacos. Observava avidamente as fisionomias, ficava imóvel, à escuta, seus olhos brilhavam de alegria e seu rosto contraía-se à espera do momento em que pudesse divertir-se e soltar uma gargalhada.

– É um ser depravado, anormal! – comentou, em continuação, o zoólogo, enquanto o diácono, na expectativa de palavras engraçadas, bebia seus tragos. – É raro encontrar tão completa nulidade. Fisicamente, é frouxo, débil e envelhecido; intelectualmente, em nada se diferencia de uma mercadora, que não faz nada além de empanturrar-se, beber, dormir em colchões macios e que tem por amante o próprio cocheiro.

O diácono recomeçou a rir, Von Koren protestou:

– Não ria, diácono... parece que estou dizendo tolices... Mas eu não teria observado sua nulidade – falou, quando o diácono cessou de rir –, não me deteria nisso, se ele não fosse tão nocivo, tão perigoso. Nocivo, sobretudo, pelo sucesso que tem junto às mulheres e pela ameaça que representa, no sentido de ter descendentes, mais precisamente, pela ameaça de gratificar o mundo com uma dúzia de Laevsky tão débeis e pervertidos quanto ele. Além disso, seu exemplo é, no máximo, contagiante. Já lhe falei sobre o jogo e a cerveja: mais uns dois ou três anos e ele terá conquistado toda a costa caucasiana. E todos sabem o quanto a massa, em especial a de nível médio, acredita na inteligência, na cultura universitária, na nobreza de maneiras e na elegância dos eloquentes. Qualquer abominação, partida de Laevsky, repercute como apreciação correta, que deve ser assim mesmo, porque ele é um intelectual, um liberal, egresso de uma universidade. No entanto, não passa de um fracassado, um homem sobrando, um neurastênico, uma vítima da época. Tudo lhe é permitido. É um bom rapaz, a nata dos homens. Acomodado, maleável, nada orgulhoso... Perdoa tão sinceramente todas as fraquezas! Com ele, tudo pode ser feito: beber um copo de vinho, dizer obscenidades, mexericar. A massa, no que se refere à religião e à moral, está sempre inclinada ao antropomorfismo: ama, sobretudo, os pequenos ídolos, que tenham as mesmas fraquezas humanas. Imagine, portanto, o grande campo aberto ao contágio! Laevsky, diante disso, porta-se como bom ator, pois é um primoroso hipócrita. Sabe muito bem arranjar-se. Repare um pouco em suas contorções e em seus malabarismos, em sua maneira, se podemos dizer assim, de entender a civilização. Está a mil léguas dela, mas ouçamo-lo: "Ah! Como a civilização nos deforma! Ah! Como invejo esses selvagens, essas crianças da natureza, desconhecedores de toda civilização!" Mas é preciso saber que, preste atenção, houve um tempo, um certo tempo, em que Laevsky esteve, de todo o coração, conquistado pela civilização, servindo-a e conhecendo-a, a fundo. Ela, porém, cansou-o, traiu-o. Como vê, ele é um Fausto, um segundo Tolstoi... Trata Schopenhauer e Spencer como meninos, bate-lhes paternalmente nas costas:

"Muito bem, que há, irmão Spencer?" Claro que ele jamais leu Spencer, mas como é encantador, quando diz, de sua dama, com leve e negligente ironia: "Ela leu Spencer!" Todos o escutam e ninguém procura compreender que esse charlatão não somente não tem o direito de falar nesse tom sobre Spencer, como ainda não tem o de beijar as marcas de seus passos. Soterrar a civilização, as autoridades morais, a religião alheia, cobri-las de lama, ridicularizá-las, com comentários chocarreiros, apenas para ocultar sua fraqueza e sua enfermidade moral, e para desculpá-las, qualquer animal cheio de amor-próprio, baixo e ignóbil, pode fazê-lo, sozinho.

Samoilenko observou, olhando o zoólogo não mais com cólera, mas com constrangimento:

– Não sei o que tens contra ele, Kolya. É um homem como qualquer outro. É um funcionário útil a seu país. Existiu aqui, há uns dez anos, um velho funcionário, homem de elevado espírito, que gostava de dizer...

O zoólogo interrompeu-o:

– Basta, basta! É funcionário, dizes. Mas que espécie de funcionário! Terão as coisas melhorado, depois que chegou aqui? Os outros funcionários tornaram-se mais pontuais, mais honestos, mais polidos? Ao contrário: com sua autoridade de intelectual e de universitário, ele nada mais fez do que consolidar a negligência deles e acrescentar-lhes a própria lama. Só é pontual no dia 20, quando se trata de receber os vencimentos. Nos outros dias, fica em casa, arrastando seus chinelos, e esforça-se por dar a impressão de que, permanecendo no Cáucaso, presta um grande serviço ao governo russo. Não, Alexander Davidych, não o defendas! Não estás sendo totalmente, sincero. Se realmente o estimasses, se o olhasses como um amigo, não serias indiferente às suas fraquezas, nem tão condescendente com ele. Tratarias de impedir que se destruísse.

– Como?

– Impedir que se destruísse... Como é incorrigível, só há uma maneira de consegui-lo. – E Von Koren fez o gesto, passando o dedo pelo pescoço. – Ou então, afogá-lo. No interesse da humanidade, um indivíduo desses deve ser suprimido. Urgentemente!

Samoilenko ergueu-se e olhou, com espanto, o rosto calmo e frio do zoólogo. Exclamou:

– O que estás dizendo? Diácono, que diz ele? Há algum bom-senso?

– Não insisto sobre a pena de morte – disse Von Koren. – Se está provado que é nociva, inventem qualquer outro meio. Se não é possível suprimir Laevsky, que o isolem. Privem-no de sua cidadania, enviem-no aos trabalhos forçados.

Desesperado, Samoilenko interrompeu:

– O que estás dizendo?

Com voz alterada, gritou, vendo o diácono comer, sem pimenta, a abóbora recheada:

– Põe pimenta, pimenta! – Voltou-se para Von Koren: – Tu, um homem de espírito, dizendo uma coisa dessas! Enviar a trabalhos forçados um amigo nosso, um intelectual, um homem que tem altivez!

– Se é altivo, que trate de protestar, ou aceitar ser posto a ferros!

Samoilenko não conseguia pronunciar uma só palavra. Apertava os dedos, nervoso. O diácono vendo sua fisionomia aturdida, realmente engraçada, deu uma gargalhada.

– Não falemos mais nisso – disse o zoólogo. – Lembra-te, somente, Alexander Davidych, de que a luta pela existência e a seleção protegiam a humanidade primitiva de gentes como Laevsky. Nossa cultura enfraqueceu muito, nos dias que correm, a luta e a seleção: cabe-nos, portanto, cuidar, por nossa conta, da supressão dos fracos e dos inúteis. O que equivale dizer: se permitimos que os Laevsky se multipliquem, a civilização perecerá, a humanidade degenerará por completo. E a culpa será nossa.

Samoilenko interveio:

– Se é preciso afogar e enforcar, que vão para o inferno tua civilização e tua humanidade. Para o diabo! Eis o que posso dizer: és um homem de muita sabedoria, do mais elevado espírito, o orgulho da pátria. Mas os alemães te deformaram. Sim, os alemães! Os alemães!

Depois de ter deixado Dorpat, onde estudara medicina, Samoilenko raramente via alemães e não possuía um só livro em alemão. Mas, na sua opinião, todo o mal, na política e na ciência, vinha dos alemães. De onde lhe viera tal convicção não poderia dizer. No entanto, sustentava-a vigorosamente.

– Sim, os alemães – repetia. – Vamos tomar chá.

Os três homens ergueram-se e após colocarem seus chapéus saíram para o jardim. Sentaram-se à sombra dos finos bordos, das macieiras, do castanheiro. Von Koren e o diácono tomaram o banco perto da mesa. Samoilenko deixou-se cair em uma poltrona de vime, de largo espaldar inclinado. O ordenança levou o chá, doces e uma garrafa de xarope.

Fazia calor: uns trinta graus à sombra. O ar abrasador parecia condensado e uma longa teia de aranha pendia, molemente, do castanheiro ao chão, sem se mexer. O diácono apanhou a guitarra que ficava, sempre, no chão, perto da mesa, afinou-a e pôs-se a cantar suavemente, com sua pequena voz aguda: "Os jovens seminaristas estão perto de um cabaré..." Logo, porém, o calor silenciou-o. Enxugou o suor da testa e olhou o céu, de um azul violento. Samoilenko amansara. Depois do almoço, um doce torpor invadira seus membros: sentia-se sem forças e nervoso, os braços caídos, os olhos apequenados, a cabeça curvada sobre o peito. Fitou o diácono e Von Koren com uma ternura lamuriosa e murmurou:

– Ah! A jovem geração... o astro da ciência e a luz da Igreja... Vejam esta *aleluia* de batina, que pode se tornar bispo... Então, vai ser preciso beijar-lhe a mão... Que Deus o permita!

Logo, ouviram-no roncar. Von Koren e o diácono terminaram de tomar chá e saíram.

– Ainda pretende ir até o cais, pescar? – perguntou o zoólogo.

– Não. Está fazendo muito calor.

– Vamos até lá em casa. Poderá ajudar-me em uma encomenda e copiar-me alguma coisa. Falaremos um pouco sobre o que poderia fazer. É necessário trabalhar, diácono. Não é possível continuar assim.

O diácono respondeu:

– Suas palavras são justas e lógicas. Minha preguiça, porém, tem uma desculpa, nas atuais circunstâncias de minha vida. Sabe muito bem que a incerteza das situações torna as pessoas apáticas. Terei sido enviado aqui por algum tempo ou para sempre? Só Deus sabe. Vivo na incerteza, minha mulher vegeta na casa do pai e se aborrece. Além disso, devemos convir que o calor nos liquida.

– Tudo isso é absurdo – disse o zoólogo. – Pode muito bem habituar-se ao calor e passar sem a diaconisa. O importante é não se deixar vencer. Continuar senhor de sua própria vontade.

V

Nadezhda Fyodorovna ia banhar-se, naquela manhã, e sua cozinheira, Olga, a seguia, portando um jarro, uma bacia de cobre, uma toalha e uma esponja. Ancorados, viam-se dois navios estrangeiros, com suas brancas chaminés sujas. Homens vestidos de branco, calçados de branco, seguiam pelo cais, gritando muito alto, em francês. Respondiam-lhes dos navios. Na igrejinha da cidade os sinos soavam alegremente.

"Hoje é domingo", pensou, lembrando-se com prazer, Nadezhda Fyodorovna.

Sentia-se muito bem-disposta e estava com humor de dia de festa. Considerava-se muito elegante, em seu amplo vestido novo, de tussor grosso, igual ao que os homens usam, com seu largo chapéu de palha, profundamente enterrado até as orelhas, dentro do qual seu rosto parecia guardado em uma caixinha. Pensava que só existia, em toda a cidade, uma mulher ao mesmo tempo jovem, bela e intelectual: ela. Somente ela sabia vestir-se barato, com elegância e bom gosto. Seu vestido, por exemplo, não custara mais do que vinte e dois rublos. No entanto, como estava linda! Somente ela, em toda a cidade, sabia agradar: ali existiam muitos homens que, querendo ou não, deviam invejar Laevsky. Rejubilava-se com o fato de que Laevsky, nos últimos tempos, se mantivesse frio, reservado e, mesmo algumas vezes, rude e grosseiro. Pouco tempo atrás teria respondido às suas saídas, aos seus olhares de desprezo, frios e incompreensíveis, com lágrimas de censura, com a ameaça de deixá-lo ou de deixar-se morrer de fome. No momento, porém, a qualquer resposta corava, olhava-o com expressão culpada e sentia-se feliz por ele não procurar ser amável. Se a censurasse, a ameaçasse, teria sido melhor ainda e mais agradável a seu sentimento de culpa em relação a ele.

Inicialmente, sentia-se culpada por não participar dos sonhos de vida de trabalho, pelos quais ele deixara Petersburgo e se instalara no Cáucaso. Estava certa de que ele andava irritado contra ela, nos últimos tempos, precisamente por essa razão. Transferindo-se para o Cáucaso, ela pensara ali encontrar, desde o primeiro dia, um canto tranquilo à beira-mar, com um jardinzinho cheio de sombras, de pássaros, de riachos, onde pudesse cultivar flores e legumes, criar patos e galinhas, receber seus vizinhos, dar assistência aos mujiques pobres e distribuir livros para eles. Acontecia, porém, que só existiam, no Cáucaso, montanhas despovoadas, florestas e vales imensos, onde era preciso escolher cuidadosamente um local, tomar coragem e construir; onde não havia vizinhos e fazia muito calor; onde os indígenas estavam sempre prontos a atacar, a pilhar. Laevsky não se apressava para comprar um terreno. Nadezhda

Fyodorovna sentia-se feliz por isso: ambos pareciam ter combinado jamais aludir a seus planos de vida laboriosa. E ela pensava que ele se calava, zangado, porque ela se mantinha calada.

Em segundo lugar, ela havia comprado, sem que ele o soubesse, durante esses dois anos, uns trezentos rublos de futilidades, na loja de Atchmianov. Dia a dia, sem pensar no futuro, ia comprando, ora um corte de seda, ora uma sombrinha; e sua dívida, de modo imperceptível, subia.

"Hoje mesmo vou contar-lhe tudo...", decidira, mas logo percebeu que, na disposição em que se achava Laevsky, era bem difícil falar-lhe de dívidas.

Em terceiro lugar: ela havia recebido, por duas vezes, já, em sua própria casa, na ausência de Laevsky, o oficial de polícia Kirilin – uma ocasião, pela manhã, quando Laevsky havia ido banhar-se, e uma outra, à meia-noite, enquanto ele jogava em casa dos amigos. Lembrando-se disso, Nadezhda Fyodorovna corou e voltou-se para a cozinheira, como se temesse que a mulher adivinhasse seus pensamentos. Os longos dias, insuportavelmente quentes, insípidos; as belas noites, lânguidas e sufocantes; toda essa vida em que, da manhã à noite, não se sabe o que fazer do tempo; a obsessiva convicção de que era a mais bela mulher da cidade, de que sua juventude passava sem sentido, de que Laevsky, apesar de ser um homem honesto, um homem de ideias, era monótono, sempre de chinelos, roendo as unhas, e de caprichos irritantes; tudo isso, pouco a pouco, a transformara em presa do desejo, perturbada, dia e noite, pela mesma ideia. Como uma louca. Em sua respiração, em seus olhares, no timbre de sua voz, em seu andar, ela só transmitia desejo. O ruído do mar lhe dizia que era preciso amar, e, assim, o crepúsculo, e as montanhas também... Quando Kirilin começou a cortejá-la, não teve forças para resistir, não o quis mesmo: entregou-se inteiramente a ele.

Os navios estrangeiros e os homens de branco levavam-lhe à memória, não sabia por que, um salão de baile. Com palavras francesas, os compassos de uma valsa soaram a seus ouvidos. Seu coração estremeceu a uma alegria sem razão de ser e ela, subitamente, desejou dançar e falar francês.

Considerava, com alegria, que nada havia de horrível em sua traição: sua alma não participara. Continuava a amar Laevsky, e a prova estava em que sentia ciúmes dele, lamentava-o, e entediava-se quando ele estava ausente. Kirilin mostrara-se tão grosseiro que, embora fosse um belo rapaz, rompera com ele, tudo estava terminado. O que existira não existia mais. Era algo que só a ela dizia respeito; e se Laevsky o soubesse, não acreditaria.

Na praia só havia uma cabine para as mulheres. Os homens banhavam-se ao ar livre. Na cabine, Nadezhda Fyodorovna encontrou uma senhora de certa idade, Marya Konstantinovna Bitiugov, mulher de um funcionário, acompanhada de sua filha Katya, ginasiana de quinze anos. Ambas, sentadas em um banco, despiam-se. Marya Konstantinovna, boa, sentimental, exaltada, delicada, falava lentamente, com ênfase. Até os trinta e dois anos, fora governanta. Depois, casara-se com Bitiugov, homenzinho calvo, muito calmo, cabelos puxados para o lado. Ela continuava apaixonada e ciumenta, enrubescia à palavra *amor* e afirmava a todos que era feliz.

– Minha querida! – disse, efusivamente, a Nadezhda Fyodorovna, dando à fisionomia a expressão que todos classificavam de açucarada. – Querida, que prazer vê-la aqui! Vamos banhar-nos juntas. É maravilhoso!

Olga despiu-se com rapidez e começou a despir sua patroa.

– Hoje – disse Nadezhda Fyodorovna, arrepiando-se ao grosseiro contato da cozinheira nua –, hoje está menos quente do que ontem, não acha? Ontem quase morri de calor.

– Eu também, querida, quase morri de calor, sufoquei. Basta dizer que tomei três banhos. Três banhos, querida, imagine! Meu marido chegou a ficar preocupado...

Nadezhda pensava, olhando a cozinheira e madame Bitiugov: "Como é possível serem tão feias!" Observando Katya, reconsiderou: "A menina não é malfeita..."

Dirigiu-se a Marya Konstantinovna:

– Seu marido é muito simpático, muito gentil. Estou literalmente encantada com ele...

Marya Konstantinovna riu, um riso forçado:

– Ah! Ah! Ah! É um homem fascinante.

Já despida, Nadezhda observou que a cozinheira olhava com repugnância seu corpo branco. Olga, casada com um soldado, vivendo com o marido, considerava-se, por isso, melhor do que a patroa e muito superior a ela. Percebeu, também, que Marya Konstantinovna e Katya não a estimavam e a temiam. Era desagradável e, para impor-se à sua estima, disse:

– Em minha terra, Petersburgo, todos agora estão de férias no campo. Meu marido e eu temos amigos! Seria bom poder ir ao encontro deles...

Marya Konstantinovna perguntou timidamente:

– Seu marido é engenheiro, parece-me...

– Estou falando de Laevsky. Ele é muito bem-relacionado. Mas, por desgraça, sua mãe é uma aristocrata orgulhosa e não muito inteligente...

Nadezhda Fyodorovna não terminou a frase e atirou-se no mar. Marya Konstantinovna e Katya a seguiram.

– Há, em nosso mundo, excesso de preconceitos: não é muito fácil viver nele – disse Nadezhda Fyodorovna, em prosseguimento.

Marya Konstantinovna, que fora governanta de famílias aristocratas e tinha conhecimento da alta sociedade, disse:

– Certamente! Acredite, querida, que em casa dos Garatynsky trocava-se roupa para o almoço e para o jantar, de maneira que, além de meus salários, eu recebia uma ajuda de custo para minhas roupas, como uma atriz.

Colocou-se entre Nadezhda Fyodorovna e sua filha, como se quisesse separar Katya da água que banhava Nadezhda Fyodorovna. Pela porta aberta, dando em pleno mar, via-se alguém nadar, a uns cem passos da cabine. Katya exclamou:

– Mamãe! É o nosso Kostya!

Marya Konstantinovna pôs-se a cacarejar, assustada:

– Ai! Ai! Kostya, volta! Volta, Kostya!

Kostya, ginasiano de quatorze anos, para exibir sua coragem, diante da mãe e da irmã, mergulhou e afastou-se, nadando. Mas, fatigado, apressou-se em voltar; e por sua fisionomia séria e tensa via-se que ele duvidava de suas forças.

Marya Konstantinovna disse, acalmando-se:

– Os meninos causam muitas preocupações, minha querida. A gente está sempre pensando que vão quebrar o pescoço. Ah, minha querida!, é muito agradável ser mãe, mas, ao mesmo tempo, como preocupa! Tem-se medo de tudo.

Nadezhda Fyodorovna pôs seu chapéu de palha e saiu para o mar. Nadou algumas braçadas. Continuou a nadar, de costas, contemplando o horizonte do mar, os barcos, as pessoas na praia, a cidade. E tudo isso, somado ao calor, às ondas doces e transparentes, a enervava e lhe segredava que era preciso viver, viver... Perto dela passou um barco à vela, cortando energicamente as águas e o ar. O homem sentado à barra olhou-a; e foi-lhe agradável sentir-se olhada...

Terminado o banho, as mulheres vestiram-se e retiraram-se juntas. Nadezhda Fyodorovna dizia, passando a língua nos lábios salgados e respondendo com um sorriso aos cumprimentos de seus conhecidos:

– Tenho febre diariamente e, no entanto, não emagreço. Sempre fui gorda e parece que engordei mais ainda.

– Isso depende de cada temperamento, querida. Se, como eu, por exemplo, não se é predisposto à gordura, não há comida que adiante. Repare que molhou seu chapéu, querida...

– Não faz mal: secará.

Nadezhda Fyodorovna reviu os homens de branco que caminhavam pelo cais e falavam francês: mais uma vez, sem motivo, a alegria agitou seu coração. Lembrou-se de um salão onde, em outros tempos, dançara... ou que talvez só houvesse visto em sonho. E algo nas profundezas de sua alma sussurrou-lhe vagamente que ela era uma mulher mesquinha, banal, inútil, sem valor...

Marya Konstantinovna, ao chegar à sua porta, convidou-a a entrar, suplicando-lhe:

– Entre, querida.

E, ao mesmo tempo, olhava-a com angústia, na secreta esperança de que a outra recusasse.

Mas Nadezhda Fyodorovna aceitou:

– Com muito prazer. Bem sabe como gosto de estar em sua casa.

E entrou. Marya Konstantinovna convidou-a a sentar-se, ofereceu-lhe café e pãezinhos de leite. Depois, mostrou-lhe fotografias de suas antigas alunas, as irmãs Garatynsky, já casadas. Mostrou-lhe, também, o boletim de notas de Katya e Kostya. As notas eram excelentes, mas, para valorizá-las ainda mais, suspirava, falando da dificuldade dos estudos nos liceus... Multiplicava-se em gentilezas junto à sua convidada, ao mesmo tempo em que a lamentava e sofria à ideia de que sua presença pudesse ter um mau efeito moral junto a Katya e Kostya. E rejubilava-se por seu marido não estar em casa. Em sua opinião, todos os homens gostam de mulheres "daquele gênero", e a verdade é que Nadezhda Fyodorovna podia exercer má influência sobre Nikodim Alexandrych.

Marya Konstantinovna, enquanto conversava, pensava, sem cessar, que naquela tarde haveria um piquenique e que Von Koren lhe pedira, insistentemente, que não o comunicasse aos "macacos", isto é, a Laevsky e a Nadezhda Fyodorovna. Mas, de repente, traiu-se, ficou muito vermelha e disse, perturbada:

– Espero que estejam lá também!

VI

A combinação fora fazer-se uma sopa de peixe a sete verstas da cidade, perto de um cabaré caucasiano, na confluência de dois pequenos rios, o Negro e o Amarelo. Partiram todos às seis horas. À frente, em um cabriolé, Laevsky e Samoilenko. Em uma carruagem, atrelada a três cavalos, seguiam Nadezhda Fyodorovna, Marya Konstantinovna, Katya e Kostya; e com elas iam o cesto de provisões e a louça. No carro seguinte tomaram assento o jovem Atchmianov, filho do negociante a quem Nadezhda Fyodorovna devia trezentos rublos, Kirilin e, diante deles, apertado, as pernas encolhidas, Nikodim Alexandrych, pequeno, limpinho, os cabelos penteados para a frente. Em seguida o carro de Von Koren e do diácono, a cujos pés estava o cesto de peixes.

– Para a direita! – gritava, com o máximo de sua voz, Samoilenko, quando um caminhão de feno, ou um representante dos abcázios, montado em seu burrico, surgia na direção deles.

Von Koren conversava com o diácono:

– Daqui a dois anos, quando eu tiver dinheiro e companhia, organizarei uma expedição. Irei da costa de Vladivostok até o estreito de Behring e, de lá, até a embocadura do Ienissei. Levantaremos um mapa, estudaremos a fauna e a flora dessas regiões e nos ocuparemos, a fundo, com geologia, com antropologia, com etnografia. Dependerá do senhor acompanhar-me ou ficar.

– Para mim será impossível – respondeu o diácono.

– Por quê?

– Não sou livre: sou um homem casado.

– Sua mulher permitirá. Inicialmente, asseguraremos sua vida material. Seria ainda melhor se o senhor pudesse convencê-la, no interesse geral, a tomar o véu. O que, do seu lado, resultará na possibilidade de o senhor se fazer monge e partir, com a expedição, na qualidade de sacerdote. Posso lhe arranjar isso.

O diácono calava-se. O zoólogo continuou:

– Conhece bem teologia?

– Não muito bem.

– Hum... Não posso lhe dar qualquer auxílio nesse assunto, porque também sou pouco versado na matéria. Dê-me uma lista de livros que lhe sejam necessários: eu os enviarei este inverno, de Petersburgo. Além disso, deve começar a ler as memórias dos missionários. Existem, entre eles, bons etnólogos e conhecedores de línguas orientais. Quando estiver familiarizado com essas atividades, ficará muito mais fácil começar a trabalhar. Mas enquanto não tiver livros não perca seu tempo. Venha me ver. Estudaremos o uso da bússola, meteorologia... São artefatos indispensáveis.

– Sim, sim, muito bem... – murmurou o diácono rindo. – Mas é que solicitei uma paróquia na Rússia Central, e meu tio, o arcediago, prometeu me ajudar. Se eu o acompanhar, terei incomodado meu tio inutilmente.

– Não compreendo suas hesitações. Se continuar a ser um diácono comum, obrigado a só oficiar nos dias festivos e repousando nos outros, não estará, nem daqui a dez anos, mais adiantado do que hoje. Só terá mais bigode, mais barba... enquanto, de volta da expedição, seria um outro homem. Rico pela consciência de suas realizações.

Da carruagem das mulheres partiram gritos de medo e de entusiasmo. Os carros seguiam por um caminho escavado em um paredão rochoso, íngreme; e todos tinham a impressão de estar passando a galope por uma prateleira pregada no alto de uma muralha, prestes a cair em um vazio. À direita, espalhava-se o mar; à esquerda, alongava-se uma muralha amarelada, áspera, manchada de negro, com veios vermelhos e raízes trepadeiras. No alto, curvados, como por medo ou curiosidade, pesados ramos de árvores coníferas, espiando o abismo. Pouco depois, gritos e risos ressoaram, ainda: iam passar sob um enorme rochedo suspenso.

Laevsky observou:

– Não compreendo por que vou nesta companhia. Como tudo é tolo e banal! Urge que eu parta para o Norte, que fuja, que me salve. Não sei por que vim a este estúpido piquenique.

– Olha um pouco este panorama! – disse-lhe Samoilenko, quando os cavalos entraram à esquerda e o vale do rio Amarelo se descortinou, enquanto o próprio rio cintilava inteiro, amarelo, louco, as águas revoltas...

– Não vejo beleza alguma nisso, Sasha. – respondeu Laevsky. – Extasiar-se constantemente diante da natureza é exibir pobreza de imaginação. Todos esses rochedos e rios são ninharias, nada mais.

Os carros costeavam o rio. Pouco a pouco as altas ribanceiras montanhosas se encontravam, o vale estreitava-se e formava uma garganta. A montanha junto à qual se estava passando era constituída de enormes rochas, pesando uma sobre a outra com tal força que Samoilenko, olhando-as, soltava involuntários gemidos. A montanha, morna e bela, era, de quando em quando, cortada por estreitas fendas e por desfiladeiros, de onde subia a umidade e onde se escondia o mistério. Entre os desfiladeiros avistavam-se outras montanhas, escuras, rosas, lilases, veladas pela bruma ou inundadas de luz. Junto a eles ouvia-se o ruído da água tombando e indo quebrar-se nas pedras.

– Ah! Como estas malditas montanhas me entediam! – suspirou Laevsky.

No local em que o rio Negro se atira no rio Amarelo e onde a água negra como tinta confunde-se com a água amarela e luta com ela, havia, à beira da estrada, o cabaré do tártaro Kerbalai, com uma bandeira russa no telhado. Sobre uma tabuleta escrita a giz, as seguintes palavras: "A Agradável Doukhane." Em um pequeno jardim, ao lado, cercado por uma grade, havia mesas e bancos. Entre escassas moitas erguia-se um único cipreste, belo e negro.

Kerbalai, pequeno tártaro muito esperto, de camisa azul e avental branco, mãos nas cadeiras, em pé à beira da estrada, saudava, em voz baixa, a chegada dos carros, descobrindo, em um sorriso, seus dentes brancos e brilhantes.

– Bom dia, meu caro Kerbalai! – gritou Samoilenko. – Vamos um pouco mais longe. Leve-nos um samovar e cadeiras. Depressa!

Kerbalai, sacudindo a cabeça raspada, murmurou algumas palavras que somente os que estavam no último carro puderam ouvir:

– Temos trutas, excelência.

– Que venham, que venham! – disse Von Koren.

A quinhentos passos do cabaré os carros pararam. Samoilenko escolheu um pequeno prado, semeado de blocos intermitentes, que podiam servir de bancos e onde jazia uma árvore, derrubada pelas tempestades, as raízes arrancadas, esguedelhadas, os ramos amarelecidos e ressecados. Uma estreita ponte, feita de troncos de árvores, estendia-se sobre o rio. Na outra margem erguia-se, sobre quatro estacas curtas, uma casinhola que funcionava como secadouro para o milho, lembrando a "isbá de patas de galinha" dos contos de fada. De sua porta descia uma escadinha.

A primeira impressão geral foi de que ninguém jamais sairia dali. De todos os lados para os quais se olhasse avançavam, reunidas, as montanhas, e rapidamente, do lado do cabaré e do cipreste negro, começavam a baixar as sombras da noite, fazendo com que o vale estreito e sinuoso do rio Negro parecesse ainda mais estreito e as montanhas ainda mais altas. Ouvia-se o rio murmurar, unindo-se ao incessante cricrilar dos grilos.

Marya Konstantinovna exclamou, com profundos suspiros de entusiasmo:

– É arrebatador! Olhem, meu filhos, como é belo! Que calma!

– Sim, de fato, é belo – disse, concordando, Laevsky, a quem o local agradava e que, não sabia por que, sentiu-se subitamente triste, olhando o céu, depois a fumaça azul que saía da chaminé do cabaré... – Sim, é muito belo! – repetiu.

Marya Konstantinovna continuou, com voz chorosa:

– Ivan Andreich, precisa descrever esta vista!

– Para quê? – perguntou Laevsky. – A realidade ultrapassa qualquer descrição! A riqueza de cores e de tons que a natureza oferece a cada um de nós é diluída pelos escritores de uma maneira terrível, eles a tornam irreconhecível...

– Tem certeza? – perguntou friamente Von Koren que, tendo escolhido uma grande pedra à margem da água, preparava-se para atirá-la à sua superfície. E, olhando fixamente Laevsky, repetiu: – Tem certeza? E *Romeu e Julieta*? E *Noite na Ucrânia*, de Pushkin? A natureza devia ajoelhar-se diante dessas obras.

– Talvez... – disse Laevsky, concordando, com preguiça de refletir e responder. – Mas, afinal, o que é *Romeu e Julieta*? A história de um lindo amor, um poético e santo amor. Querem atirar rosas sobre sua podridão. Romeu é um animal como outro qualquer.

– Fale-se o que se falar, o senhor leva logo o assunto a...

Percebendo Katya, Von Koren calou-se.

– Levo a quê? – perguntou Laevsky.

– Por exemplo... se lhe dizem que um cacho de uvas é belo, logo o senhor responde: "Sim, mas é horrível para mastigar e digerir." Por quê? Não é novidade... e não deixa de ser uma estranha maneira de agir.

Laevsky não ignorava a antipatia de Von Koren. Por isso o temia e sentia-se mal em sua presença, como sob um mal-estar geral, ou como se tivesse alguém às costas. Nada respondeu e colocou-se à parte, lamentando ter comparecido.

– Senhores e senhoras! – disse, comandando, Samoilenko. – Procurem lenha para fazer fogo!

Todos se espalharam pelo prado. Somente Kirilin, Atchmianov e Nikodim Alexandrych permaneceram em seus lugares. Kerbalai levou cadeiras, estendeu um tapete no chão e enfileirou algumas garrafas de vinho. Kirilin, um belo homem, portando sempre seu casaco de ordenança, sobre uma túnica de linho branco, lembrava, por sua atitude altiva, seu andar orgulhoso, sua voz um pouco rouca, um jovem chefe de polícia de província. Tinha uma expressão triste e sonolenta, como se acabassem de despertá-lo contra a sua vontade.

– O que trazes aí, animal? – perguntou a Kerbalai. – Encomendei-te *kvareli* e, afinal, que nos trouxeste, cabeça de tártaro? Vamos! Diz!

– Trouxemos muito vinho, Egor Alexeich – respondeu, docemente, Nikodim Alexandrych.

– Como, senhor? Mas eu quero também oferecer meu vinho! Estou tomando parte em um piquenique e acho que tenho todo o direito de dar minha cota. Pelo menos, penso... Traz dez garrafas de *kvareli*!

– Para que tanto? – disse, espantando-se, Nikodim Alexandrych, que sabia que Kirilin não tinha dinheiro.

– Vinte garrafas! – gritou Kirilin. – Trinta!

Atchmianov soprou a Nikodim Alexandrych:

– Não tem importância... Deixe-o fazer... Eu pagarei.

Nadezhda Fyodorovna estava alegre, de humor folgazão. Tinha vontade de cantar, rir, gritar, saltar, brincar, namorar. Com seu vestido barato, de algodão com pintas azuis, seus pequenos sapatos vermelhos e seu chapéu de palha, sentia-se pequena, simples, leve, etérea como uma borboleta. Passou pela frágil ponte, olhando por um instante a água, para ter a sensação de vertigem. Depois, com um grito, precipitou-se, rindo, ao outro lado, em direção ao secadouro; e pareceu-lhe que todos os homens, inclusive Kerbalai, a admiravam. Quando, já crepúsculo, as árvores se confundiram com os montes, os cavalos com as carruagens, e uma luz brilhou nas janelas do cabaré, ela subiu uma ladeira, que serpenteava entre os blocos irregulares e os espinhosos arbustos, e sentou-se sobre uma pedra. Lá embaixo o fogo já ardia. Perto dele, mangas arregaçadas, ativava-se o diácono; e sua sombra, longa e negra, resplandecia em torno do braseiro. Acrescentava lenha ao fogo e com uma colher de cabo longo, mexia a panela. Samoilenko, o rosto vermelho como cobre, atarefava-se junto ao braseiro, como em sua cozinha, e gritava, furiosamente:

– Senhores, onde está o sal? Aposto que o esqueceram. Ficam aí sentados, como castelões, e eu sozinho a me esfalfar!

Sobre a árvore derrubada, Laevsky e Nikodim Alexandrych já estavam sentados. Pensativos, olhavam o fogo. Marya Konstantinovna, Katya e Kostya tiravam da cesta os pratos e as xícaras para o chá. Von Koren, de pé, junto à água, os braços cruzados, apoiado a uma pedra, sonhava, distante. Os reflexos do fogo e as sombras deslizavam para o chão, envolvendo as negras silhuetas humanas, tremulantes sobre a montanha, as árvores, a ponte, o secadouro. Do outro lado, totalmente iluminada, a margem escarpada parecia piscar, refletindo-se na água que, ligeira e fervilhante, fragmentava seus reflexos.

O diácono foi buscar o peixe que Kerbalai limpava e lavava à margem do rio, mas parou no meio do caminho para olhar em torno, enquanto pensava: "Meu Deus, como é belo! Gentes, pedras, fogo, o crepúsculo, uma árvore ressecada... Nada mais do que isso, mas como é belo!"

Na outra margem, perto do secadouro, apareceram pessoas desconhecidas. Não podiam ser identificadas ao primeiro olhar, na intermitência do fogo e no envolvimento da fumaça que baixava em sua direção. Mas percebiam-se ora um boné e uma barba grisalha; ora uma camisa azul; ora farrapos, caindo dos ombros aos joelhos e, preso a uma cintura, um punhal; ora um jovem rosto bronzeado, com negras sobrancelhas tão nítidas e tão densas que pareciam ter sido desenhadas a carvão.

Quatro ou cinco homens sentaram-se no chão, em círculo. Cinco outros entraram no secadouro. Um deles, parado à porta, de costas para o braseiro, pôs-se a contar uma história que devia ser muito interessante porque, quando Samoilenko remexeu os galhos secos, e o braseiro inflamou-se, crepitante, lançando centelhas e iluminando vivamente o secadouro, destacaram-se duas fisionomias que ouviam tranquilamente, demonstrando profunda atenção. E as pessoas sentadas em círculo voltaram-se e também puseram-se a escutar a narrativa. Pouco depois, os que estavam sentados começaram um canto suave, muito melódico, muito lento, semelhante a um cântico de quaresma... Ouvindo-os, o diácono mentalizava o que seria ele, dentro de dez anos, quando regressasse da expedição. Jovem monge-missionário, autor conhecido, com um brilhante passado, seria nomeado arquimandrita, depois bispo. Oficiaria em uma catedral, com mitra de ouro, insígnia episcopal ao peito e, subindo ao púlpito, abençoaria com seus candelabros de dois ou três braços a massa dos fiéis. Entoaria o "Protege-nos do alto do céu, meu Deus; olha e vigia esta vinha que tua mão plantou". E as crianças responderiam, com suas vozes angelicais: "Deus santo..."

– Diácono, onde está o peixe? – gritou Samoilenko.

Voltando para perto do fogo, o diácono imaginou uma procissão caminhando em estrada poeirenta. À frente, carregando estandartes, os mujiques, com suas filhas e mulheres portando ícones. Depois deles, as crianças cantoras e o sacristão, o rosto coberto por um lenço e com palha nos cabelos. Depois, na ordem consagrada, ele, o diácono, e, em seguida, o pope, coberto com seu solidéu, conduzindo a cruz. Por último, levantando poeira a seus passos, a multidão dos mujiques, das mulheres, das crianças. Fazendo parte dessa multidão, a mulher do pope e a diaconisa, com mantilhas na cabeça... Os chantres salmodiam, as crianças choram, as codornas piam, uma andorinha gorjeia... Param e ele asperge água benta sobre o rebanho... Retomam a marcha e, em seguida, realiza-se a cerimônia da genuflexão, para pedir chuva. Depois, o almoço e as conversas...

O diácono pensou: "Também isso tem suas boas coisas..."

VII

Kirilin e Atchmianov subiam por um atalho. Enquanto Atchmianov, retardando-se, detém-se, Kirilin aproxima-se de Nadezhda Fyodorovna.

– Boa tarde! – disse-lhe, levando a mão à viseira.

– Boa tarde.

– Sim! – disse Kirilin, pensativo, olhando o céu.

– O que quer dizer com esse "Sim"? – perguntou Nadezhda Fyodorovna, após um curto silêncio, notando que Atchmianov os observava.

O oficial disse lentamente:

– Então nosso amor murchou, antes de florescer? Como devo interpretar? Será faceirice de sua parte ou toma-me como um inconsequente batedor de calçadas?

– Foi um erro! Deixe-me! – respondeu Nadezhda, em tom cortante, olhando-o com medo e repugnância, dentro da noite maravilhosa, e perguntando-se, com perplexidade, se teria havido, realmente, algum momento em que aquele homem lhe tivesse sido agradável, a ponto de conseguir intimidade com ela.

– Ah! Foi isso? – disse Kirilin, espantando-se.

Ficou um instante silencioso, refletiu e disse:

– Muito bem! Esperaremos que fique de melhor humor. Até lá, ouso assegurar-lhe que sou um homem decente e não permito a quem quer que seja duvidar disso. E não admito que zombem de mim. *Adieu!*

Novamente, levou a mão à viseira e afastou-se, sumindo entre as moitas.

Pouco depois. Atchmianov aproximou-se, hesitante:

– Está uma bela tarde! – disse, com ligeiro sotaque armênio.

Não se apresentava mal, seguia a moda e comportava-se como uma rapaz bem-educado. Não obstante, talvez porque devesse trezentos rublos a seu pai, Nadezhda Fyodorovna não gostava dele. Além disso, desagradava-lhe que tivessem convidado ao piquenique um lojista e que ele se aproximasse dela exatamente naquela noite, em que tudo era tão puro em sua alma.

– Enfim, realizou-se o piquenique! – disse Atchmianov, depois de um silêncio.

– Sim – disse Nadezhda.

E como se acabasse de lembrar-se de sua dívida, acrescentou, com alguma negligência:

– Diga, na loja, que Ivan Andreich irá, um dia desses, pagar os trezentos rublos... já nem me lembro quanto.

– Estou pronto a dar trezentos rublos para que a senhora não me recorde mais essa dívida a todo instante. Por que pensar no prosaico?

Nadezhda Fyodorovna pôs-se a rir. Uma ideia divertida surgiu-lhe. Se fosse menos honesta, poderia libertar-se de sua dívida em um minuto. Bastava querer. Por exemplo: se virasse a cabeça desse belo e jovem imbecil. Como seria engraçado, barroco, absurdo! Mas, subitamente, sentiu vontade de fazer com que ele se apaixonasse por ela, de arruiná-lo, de abandoná-lo depois e de ver, em seguida, o que iria acontecer.

Atchmianov disse-lhe, tímido:

– Permita-me dar-lhe um conselho: desconfie de Kirilin. Ele conta, por toda parte, coisas horríveis a seu respeito.

– Não me interesso pelo que diga de mim por aí qualquer imbecil – respondeu friamente Nadezhda Fyodorovna.

Ficou, porém, inquieta. E em um instante a ideia divertida de zombar do jovem e belo Atchmianov perdeu todo o encanto.

– Estão nos chamando: precisamos descer – disse.

Embaixo, a caldeirada já estava pronta e era servida e comida com a solenidade que só se tem nos piqueniques. Cada qual achava a sopa melhor e declarava que jamais havia tomado, mesmo em sua casa, *coisa tão deliciosa*. Como acontece em todos os piqueniques, ficava-se perdido na massa dos guardanapos, dos embrulhos, úteis e inúteis, dos papéis engordurados, que voavam. Ninguém sabia onde estava seu copo e seu pão. Derramava-se vinho, ou sal, pelo tapete, sobre os joelhos. Em torno, escurecia: o braseiro extinguia-se, e ninguém tinha coragem para se levantar e lançar-lhe um pouco mais de lenha. Todos bebiam vinho; Katya e Kostya apenas meio copo. Nadezhda Fyodorovna bebeu um primeiro copo, um segundo, embriagou-se ligeiramente, e esqueceu Kirilin.

Laevsky exclamou, alegrado pelo vinho:

– Esplêndido piquenique! Maravilhosa noite! Mas, a tudo isso, eu preferiria nosso bom inverno. *Uma poeira gelada prateia seu colo de marta.**

– Cada pessoa tem seu gosto – observou Von Koren.

Laevsky sentiu um mal-estar. O fogo do braseiro queimava-lhe as costas, o ódio vindo de Von Koren queimava-lhe o rosto. Esse ódio de um homem honesto, inteligente, sem dúvida por uma causa profunda, humilhava-o, enfraquecia-o; e, já sem forças para dominar suas ideias, disse em tom amável:

---

*Verso de Pushkin. (*N. da T.*)

· Amo apaixonadamente a natureza e lamento não ser um naturalista. Invejo-o.

– Pois eu nada lamento, nem o invejo – disse Nadezhda Fyodorovna. - Não compreendo que se possa, com tranquilidade, cuidar de escaravelhos e de cochinilhas, enquanto o povo sofre.

Laevsky era da mesma opinião. Nada entendia de ciências naturais e nunca suportara o tom didático, o ar sábio e profundo das pessoas que estudam as barbas das formigas, ou as patas das baratas. Sentia-se sempre mal quando alguém, apoiando-se sobre essas patas e essas barbas, ou sobre qualquer protoplasma (que mentalizava, não sabia por que, na forma de uma ostra), metia-se a resolver questões que implicavam a origem e a existência do homem. Mas, sentindo a mentira nas palavras de Nadezhda Fyodorovna, disse, apenas para contrariá-la:

– Não se trata de escaravelhos, mas sim do que se deduz deles.

VIII

Às onze horas começou a subida às carruagens para o regresso. Todos se acomodaram, menos Nadezhda Fyodorovna e Atchmianov, que se perseguiam mutuamente, do outro lado do rio, e riam. Samoilenko gritou-lhes:

– Venham depressa!

– Não deviam permitir que as mulheres bebessem – observou Von Koren, docemente.

Laevsky, fatigado pelo piquenique, pelo ódio de Von Koren e pelos próprios pensamentos, foi ao encontro de Nadezhda Fyodorovna. Mas quando esta, alegre, feliz, sentindo-se leve como uma pena, cansada e risonha, tomou-lhe as duas mãos e apoiou a cabeça em seu peito, ele recuou e disse-lhe com severidade:

– Estás te conduzindo como... como uma cocote.

Foi tão grosseiro que ele próprio sentiu piedade dela. Nadezhda leu ódio em seu rosto mau e fatigado; subitamente, seu coração desfaleceu. Compreendeu que fora longe demais e que se conduzira com demasiada liberdade. Então, triste, sentindo-se pesada, gorda, grosseira e bêbada, subiu, acompanhada por Atchmianov, à primeira carruagem vazia. Laevsky seguiu com Kirilin, o zoólogo, Samoilenko, o diácono, as senhoras... e o cortejo pôs-se em movimento.

Von Koren recomeçou, envolvendo-se em sua capa e fechando os olhos:

– Viram como são esses macacos...? Ouviram? Ela não desejaria ocupar-se de escaravelhos e de cochinilhas porque o povo sofre! É assim que todos os macacos nos julgam. Raça servil, astuciosa, submetida ao chicote durante dez gerações, raça acovardada, que treme, humilha-se e só queima incenso diante do altar da violência. Mas deixem o macaco livre, em um amplo espaço, onde ninguém o segura pelo colete... Ah! Aí, ele se expande e mostra o que realmente é! Observem como, nas exposições de pintura, nos museus, nos teatros, ou, então, quando julgam a ciência, observem como se tornam audaciosos! Eriçam-se, erguem-se nas próprias patas, vituperam, criticam... Sim, não podem privar-se de criticar... não seria uma atitude de servidão? Escutem: se insultamos com mais frequência as pessoas de profissão liberal do que os patifes, é porque a sociedade está constituída por três quartos de escravos, precisamente por esses macacos... Nunca acontece que um escravo nos estenda a mão e nos agradeça, com sinceridade, porque trabalhamos...

Samoilenko interrompeu-o, bocejando:

– Não sei o que tens. A pobre moça quis, com toda a simplicidade, falar de assuntos sérios e logo tiras uma conclusão generalizada. Estás revoltado com ele por alguma razão. E contra ela também. Mas é uma excelente mulher.

– Sim, muito! Uma mulher ordinária, paga, depravada e vulgar! Escuta, Alexander Davidych, quando encontras uma simples mulher do povo, que não vive com seu marido e nada faz, além de "Ih, ih, ih" ou de "Ah-ah-ah", logo lhe dizes: "Vai trabalhar!" Por que, então, no caso, ficas desconcertado e receias dizer a verdade? Unicamente porque Nadezhda Fyodorovna é mantida por um funcionário e não por um marinheiro?

– O que devo fazer com ela? – perguntou Samoilenko, irritado. – Bater nela?

– Não estimular o vício. Só condenamos o vício em segredo; e só no que diz respeito ao retrato que fazemos das pessoas. Sou zoólogo, ou sociólogo, o que vem a ser o mesmo. Tu és médico. A sociedade confia em nós. Somos, portanto, obrigados a lhe indicar a horrível ameaça que pessoas do gênero de Nadezhda Fyodorovna constituem para ela e para as gerações futuras.

– O que deve fazer a sociedade? – perguntou Samoilenko.

– A sociedade? Isso é lá com ela. Do meu ponto de vista, o caminho mais direto e mais seguro é a violência. Devem restituí-la ao marido com força militar, e se o marido não a receber, o que será bem possível, devem enviá-la a trabalhos forçados, ou a qualquer casa de correção.

– Ufa! – fez Samoilenko, suspirando.

Depois de um pequeno silêncio, perguntou docemente:

– Disseste, há dias, que pessoas como Laevsky deveriam ser suprimidas. Responde-me: se... suponhamos... se o governo ou a sociedade te encarregassem dessa supressão... serias capaz...?

– Minha mão não tremeria.

IX

De volta à casa, Laevsky e Nadezhda recolheram-se a seus quartos sombrios, sufocantes e tristes. Ambos estavam calados. Laevsky acendeu uma vela. Nadezhda sentou-se. Sem tirar o casaco e o chapéu, ergueu para Laevsky seus olhos melancólicos e contritos.

Ele compreendeu que ela esperava uma explicação, mas era aborrecido, supérfluo e cansativo explicar-se: sofria por ter-se esquecido e dito a grosseria que lhe dissera. Por acaso, sentiu no bolso a carta que, diariamente, propunha-se a ler-lhe; e pensou que mostrá-la, naquele momento, desviaria sua atenção. Refletiu:

– Já é tempo de esclarecer nossas relações. O que tiver que acontecer, acontecerá.

Estendeu-lhe a carta.

– Lê. Há coisas aqui que te dizem respeito.

Passou a seu gabinete, onde, sem acender a luz, ou buscar almofada, estendeu-se em um sofá.

Nadezhda Fyodorovna leu a carta, com a sensação de que o teto desabava e as paredes a comprimiam. Tudo escureceu e tornou-se assustador. Persignou-se três vezes e disse:

– Paz à sua alma, Senhor... Paz à sua alma!

Pôs-se a chorar. E chamou:

– Vanya! Ivan Andreich!

Não houve resposta. Pensando que Laevsky voltara ao quarto e estava perto de sua cadeira, soluçava como uma criança e dizia:

– Por que não me disseste mais cedo que ele morreu? Eu não teria ido a esse piquenique. Não me teria divertido tanto... Os homens disseram-me tolices... que pecado, que pecado, meu Deus! Vanya, salva-me, salva-me... Minha alma está perdida...

Laevsky ouvia seus soluços. Sentia-se insuportavelmente oprimido e seu coração batia forte. Ergueu-se, ansioso, permaneceu por uns instantes imóvel e, tateando na escuridão, procurou a poltrona perto de sua mesa. Sentou-se, pensando: "É um verdadeiro cárcere... Preciso sair dele... Não suporto mais..."

Era muito tarde para ir jogar. Na cidade, não existia um único restaurante. Deitou-se de novo, tapando os ouvidos, para não ouvir os soluços da mulher. De repente, porém, lembrou-se de que poderia ir à casa de Samoilenko. Para não passar diante de Nadezhda Fyodorovna, saltou pela janela que se abria para o pequeno jardim, transpôs a cerca e saiu para a rua. Estava muito escuro. Um navio acabava de chegar. A julgar pelas luzes, era um grande navio. As correntes da âncora rinchavam. Da costa, dirigindo-se ao navio, corria uma luz vermelha: era a lancha da alfândega.

Laevsky pensou: "Os passageiros estão dormindo em suas cabines..."

E invejou seu repouso.

As janelas da casa de Samoilenko estavam abertas. Laevsky olhou por uma delas, depois por outra: nos quartos, nenhuma luz, nenhum ruído. Chamou:

– Alexander Davidych, estás dormindo?

Ouviu uma tosse e um resmungo inquieto:

– Quem está aí? Que diabo será?

– Sou eu, Alexander Davidych. Desculpa-me.

Pouco depois a porta se abriu e a tênue luz de uma lâmpada brilhou: todo de branco e de gorro, apareceu o enorme Samoilenko.

– O que desejas? – perguntou, respirando com esforço, mal-desperto e coçando-se. – Espera, que vou abrir.

– Não te incomodes: passo pela janela...

Laevsky escalou a janela e aproximando-se de Samoilenko tomou-lhe a mão, dizendo-lhe com voz trêmula:

– Alexander Davidych, salva-me! Suplico-te, conjuro-te: compreende-me! Minha situação é desesperadora. Se continua por mais um ou dois dias, mato-me. Como um cão.

– Um minuto... De que se trata?

– Acende uma vela.

– Ah! Já passa de uma hora, irmão. Meu Deus, meu Deus! – fez Samoilenko, suspirando e acendendo a vela.

– Perdoa-me – disse Laevsky, sentando-se e se sentindo bem melhor, com a luz acesa e diante de Samoilenko... – Não posso continuar em casa. Tu és, Alexander Davidych, meu único amigo, meu melhor amigo. Toda a minha esperança está em ti. Por bem ou por mal, tira-me disso, em nome de Deus. Preciso partir... a qualquer preço. Empresta-me dinheiro!

Samoilenko suspirou.

Meu Deus, meu Deus! Eu já ia adormecendo quando escutei um apito: era o navio chegando. Em seguida, surges-me tu... Vais precisar de muito dinheiro?

– Pelo menos trezentos rublos. Cem para deixar com ela e duzentos para a viagem... Já te devo perto de quatrocentos rublos. Mas pagarei tudo... tudo...

Samoilenko reuniu, em uma só mão, as duas partes de sua barba, afastou as pernas e pôs-se a refletir, murmurando, como se sonhasse:

– São trezentos rublos... Sim... Mas não tenho tanto dinheiro. Preciso pedir emprestado...

– Pede emprestado, em nome de Deus! – exclamou Laevsky, percebendo, pela fisionomia do amigo, que Samoilenko queria lhe dar o dinheiro e que certamente o daria. – Pede emprestado, que eu te pagarei, sem falta. Enviarei a quantia total, logo que chegue a Petersburgo. Fica tranquilo.

Animou-se:

– Escuta, Sasha: bebamos um pouco de vinho.

Passaram para a sala de jantar. Samoilenko perguntou, enquanto colocava sobre a mesa três garrafas de vinho e uma bandeja com pêssegos:

– Que fará Nadezhda Fyodorovna? Ficará por aqui?

– Vou resolver tudo bem... – disse Laevsky, num extraordinário afluxo de alegria. – Enviar-lhe-ei dinheiro e ela irá a meu encontro... Lá, então, acertaremos nossas relações. À tua saúde, amigo!

– Espera – disse Samoilenko. – Primeiro bebe este aqui: é da minha vinha. Esta garrafa é da vinha de Navaridze e aquela da de Akhatulov... Prova os três e dize-me sinceramente tua opinião... O meu me parece um pouco ácido. Então? Não achas, também?

– Sim... Tu me consolas, Alexander Davidych! Obrigado... Ressuscito.

– Um pouco ácido, não?

– Quem sabe....? Eu não sei... Mas tu... tu és um homem magnífico, maravilhoso!

Observando o rosto do amigo, pálido, animado e bom, Samoilenko lembrou-se da opinião de Von Koren, quanto à necessidade de serem suprimidos certos seres: Laevsky parecia-lhe uma criança inocente, que qualquer um poderia insultar e suprimir.

– Quando chegares a Petersburgo – disse-lhe –, reconcilia-te com tua mãe. Não é bom que continuem zangados.

– Sim, sim... É muito errado...

Calaram-se por um instante. Bebida a primeira garrafa, Samoilenko continuou:

– Devias também reconciliar-te com Von Koren. Ambos são pessoas de bem, muito inteligentes, e, no entanto, olham-se como dois lobos.

Laevsky concordou, disposto a louvar todo mundo e a tudo perdoar.

– Realmente, ele é um homem de bem, muito inteligente, notável mesmo. Mas eu não consigo entender-me com ele. Nossas personalidades são por demais diferentes. Eu sou tolerante, frágil, submisso... em qualquer momento estaria pronto a estender-lhe a mão... Ele, porém, se afastaria de mim... com desprezo.

Bebeu um trago, deu alguns passos e, parando no meio da sala, continuou:

– Compreendo Von Koren. É uma natureza firme, vigorosa, despótica. Fala constantemente em expedições... e não são simples palavras. Precisa de deserto, de noites enluaradas. E, em torno, sob tendas e sob a abóbada celeste, cossacos dormindo, esfomeados, doentes, extenuados pelas longas caminhadas... e mais os guias, os carregadores, o médico, o padre. Só ele não dormirá: como Stanley, sentado em um banco de lona, será o próprio rei do deserto, senhor de toda aquela gente. Avança, avança sempre, sem que se saiba para onde. Seus homens gemem e morrem, um após outro. E ele avançando, avançando... até morrer, também. Mas sobreviverá o senhor, o rei do deserto, já que, desde trinta ou quarenta milhas de distância, as caravanas verão a cruz de seu túmulo, reinando sobre o deserto. Lamento que esse homem não seja um soldado: teria sido um excelente, um genial comandante. Teria afogado, se preciso, sua cavalaria e feito pontes com os cadáveres. Na guerra, uma ousadia assim vale mais do que todas as fortificações e todas as táticas... Ah! Compreendo-o muito bem! O que não compreendo é que vegete por aqui! Por quê? O que veio fazer?

– Está estudando a fauna marinha.

– Não, não, irmão! – disse Laevsky, suspirando. – Não! Um sábio me disse, no barco, que a fauna do mar Negro é pobre e que, por excesso de hidrogênio sulfuroso, a vida orgânica é impossível no fundo dele. Todos os zoólogos sérios trabalham nos laboratórios biológicos de Nápoles ou de Villefranche. Von Koren, porém, é independente e obstinado: trabalha no mar

Negro, porque ninguém trabalha ali. Rompeu com a universidade, não quer reconhecer o valor dos sábios e de seus colegas porque é, antes de tudo, um déspota: o zoólogo vem em segundo lugar. E vão falar muito a respeito dele, verás. Sonha, no regresso de sua expedição, expulsar de nossas universidades a mediocridade, a intriga, e reduzir os sábios à miséria. O despotismo, na ciência, é tão forte como na guerra. Já é o segundo verão que passa neste buraco infecto, porque é melhor ser primeiro em uma aldeia do que segundo em uma cidade. Tem todos os habitantes na mão e os oprime com sua autoridade. Subordinou todo mundo à sua vontade e interfere nos assuntos alheios: quer tudo sob seu domínio e precisa que todos o temam. Escapei à sua pata: ele o sentiu, e por isso me odeia. Já não te disse que devem me suprimir ou me enviar a trabalhos forçados?

– Sim – respondeu Samoilenko, rindo.

Laevsky riu, também, e bebeu mais vinho. Continuou, comendo um pêssego:

– Seu ideal é despótico. Os simples mortais, que trabalham pelo bem geral e pensam em seu próximo... tu, eu, o homem, em geral... todos nós somos, para Von Koren, nada mais que cachorrinhos, nulidades, coisas muito pequenas para que constituam o objetivo de sua vida. Está trabalhando, partirá em uma expedição e rasgará a própria carne, não por amor ao próximo, mas sim em nome de abstrações, tais como a humanidade, as gerações futuras, a espécie humana ideal. Trabalha para o aperfeiçoamento da espécie humana... nós, nesse sentido, somos apenas escravos para ele, bucha de canhão, animais de carga. Suprimiria uns, emparedaria outros em prisões, anularia os demais pela disciplina, forçando-os, como Arakcheev, a se levantarem ou deitarem ao som do tambor. Destacaria eunucos para guardar nossa castidade e nossos costumes. Ordenaria que atirassem nos que saíssem do quadro de nossa estreita moral conservadora... tudo em nome do aperfeiçoamento da espécie... Mas o que é a espécie humana?

Uma ilusão, uma miragem... Os déspotas sempre foram sonhadores, homens da ilusão. Compreendo-o muito bem, meu amigo. Estimo-o, e não nego seu valor. O mundo repousa sobre gente assim. Se nos fosse entregue, somente a nós, faríamos dele, a despeito de toda a nossa bondade e de nossas excelentes intenções, o que as moscas fizeram deste quadro. Sim, sim... é exatamente o que faríamos.

Laevsky sentou-se ao lado de Samoilenko e disse-lhe, num sincero impulso:

– Sou um homem fútil, nulo, decaído. A atmosfera que respiro é feita apenas de vinho e amor. O que quer dizer que, até agora, tenho comprado a vida a preço de mentira, ociosidade, covardia. Engano os homens, e sofro por isso. Minhas angústias são mesquinhas e banais. Curvo timidamente a cabeça sob o ódio de Von Koren porque, por momentos, eu próprio me odeio e me desprezo.

Começou a andar, agitado, dizendo:

– Sinto-me feliz por ver nitidamente meus defeitos e confessá-los: isso me ajudará a renascer e a me tornar outro homem. Se tu soubesses, meu caro, com que agonia espero minha hora de renovação! E juro-te: serei um homem. Sim, serei um homem! Não sei se é o vinho que me faz falar ou se é realmente assim: o que me parece é que, há muito tempo, não vivo minutos tão radiosos, tão puros como os que estou vivendo agora, em tua casa.

Samoilenko apenas disse:

– Já é hora de dormir, irmão.

– Sim... sim... Tens razão... Desculpa-me.

Procurando seu gorro, Laevsky afobava-se junto aos móveis e às janelas.

– Obrigado... Uma carícia e uma palavra valem mais do que uma esmola* – murmurou, suspirando.

---

*Provérbio russo. (*N. da T.*)

Por fim, encontrou o gorro. Parou diante de Samoilenko dizendo-lhe, suplicante:

– Alexander Davidych!

– O que há?

– Permite-me dormir aqui.

– Como queiras... por que não?

Laevsky estendeu-se no sofá e durante muito tempo conversou com o médico.

X

Três dias depois do piquenique Marya Konstantinovna apareceu, de repente, na casa de Nadezhda Fyodorovna. Sem cumprimentá-la, sem tirar o chapéu, tomou-lhe as duas mãos, atraiu-a a seu peito e disse-lhe, com exagerada agitação:

– Minha querida, estou consternada. Nosso gentil e simpático doutor disse ontem a meu Nikodim Alexandrych que seu marido morreu. Diga-me, querida, diga-me: é verdade?

– É verdade. Ele morreu.

– É horrível, horrível, minha querida. Mas há males que vêm para bem. Seu marido era, sem dúvida, um homem extraordinário, maravilhoso, um santo... desses que são mais necessários no céu do que na Terra...

Todas as rugas e todos os pontos do rosto de Marya Konstantinovna tremiam, como se finas agulhas corressem por sua pele. Sorriu, afavelmente, e disse, de modo entusiástico, ofegante:

– Com isso, está livre, minha querida. Poderá agora erguer a cabeça e olhar a todos de frente. Deus e os homens abençoarão, daqui em diante, sua união com Ivan Andreich. É arrebatador! Estou tremendo de alegria... não encontro palavras... Querida, serei sua madrinha de casamento... Nikodim Alexandrych e eu somos tão seus amigos... vai nos permitir abençoar sua união, legítima e pura. Quando pensam casar?

– Ainda não cogitei isso – respondeu Nadezhda Fyodorovna, libertando as mãos.

– Impossível, querida! Não pensou?

– Palavra que não – disse Nadezhda Fyodorovna, rindo. – Para quê? Não vejo em que seja necessário. Continuaremos a viver como até agora.

Marya Konstantinovna espantou-se.

– O que está dizendo? Em nome de Deus: O que está dizendo?

– Nada vai ficar melhor se nos casarmos. Ao contrário: será pior. Perderemos nossa liberdade.

Marya Konstantinovna recuou, juntando as mãos.

– Minha querida, minha querida, o que está dizendo? Que extravagância! Pense no que está fazendo! Acalme-se!

– Acalmar-me, como? Ainda não vivi e já me aconselha a me acalmar?

Nadezhda Fyodorovna lembrou-se de que, com efeito, ainda não havia vivido. Ao sair do instituto, casara-se com um homem a quem não amava; depois, ligara-se a Laevsky e fora viver com ele naquelas paragens tristes e desertas, na permanente espera de algo melhor. Era viver?

"Deveria casar-me", pensou. Mas, lembrando-se de Kirilin e de Atchmianov, corou e disse a si própria: "Não, é impossível! Mesmo que Ivan Andreich me pedisse de joelhos, mesmo a ele eu recusaria."

Marya Konstantinovna silenciou ainda um pouco, sentada. Triste e séria, olhava para a frente. Depois, ergueu-se e disse, friamente:

– Adeus, querida. Perdoe-me tê-la incomodado. Embora me custe, devo lhe dizer que, a partir de hoje, nossas relações terminaram. Apesar de meu profundo respeito por Ivan Andreich, a ambos.

Pronunciou as palavras com solenidade, abatida, ela própria, pelo tom solene. Seu rosto recomeçou a tremer, assumiu uma expressão triste e doce: estendeu as duas mãos para Nadezhda Fyodorovna e disse, suplicante:

– Permita-me, querida, ser ainda, por um instante, sua mãe ou sua irmã mais velha. Serei sincera, como se fosse sua mãe...

Nadezhda Fyodorovna sentiu, no coração, um calor, uma alegria e, ao mesmo tempo, uma compaixão de si própria, como se, realmente, sua mãe, ressuscitada, se encontrasse diante dela. Abraçou-se a Marya Konstantinovna e apoiou a cabeça em seus ombros. E ambas começaram a chorar. Sentaram-se em um sofá e soluçaram juntas, por alguns instantes, sem se olharem e sem coragem de se dizerem uma só palavra. Depois, Marya Konstantinovna começou:

– Minha querida, minha filha, vou lhe dizer, sem rodeios, duras verdades.

– Diga-as, diga-as, em nome de Deus!

– Confie em mim. Lembre-se de que, entre todas as senhoras desta vila, fui eu a única a recebê-la. Temi-a, desde os primeiros dias, mas não tive forças, como todo mundo, para lhe demonstrar desprezo. Sofri pelo caríssimo Ivan Andreich como se ele fosse meu filho... um pobre rapaz inexperiente, fraco, sem mãe, em um lugar tão distante!... Sofri, sofri muito... Meu marido não aprovava que travássemos relações com ele. Decidi-me, porém, e convenci-o... Recebemos Ivan Andreich e a senhora naturalmente... sem isso, ele ficaria ofendido. Tenho uma filha, um filho... Deve compreender: um frágil espírito de criança, um coração puro... Ninguém deveria perturbar um só desses inocentes... Quando for mãe, compreenderá meu receio... Eu a recebia, temendo por minhas crianças. Todos se espantavam porque eu a acolhia... perdoe-me... como uma mulher distinta. Davam-me a entender... Bem, naturalmente eram mexericos, hipóteses! No fundo de minha alma, eu a censurava. Mas, vendo-a infeliz, excêntrica e tão digna de pena, eu sentia piedade... uma piedade de me fazer sofrer.

– Mas por que isso? – perguntou Nadezhda Fyodorovna, muito trêmula. – Nunca fiz mal a quem quer que seja...

– É uma grande pecadora. Violou o juramento feito a seu marido diante do altar. Desviou do bom caminho um jovem encantador que, se não a tivesse encontrado, poderia estar unido a uma legítima companheira, de boa família e de seu nível, e estaria agora, socialmente, como todos nós. Por sua culpa, ele perdeu sua juventude. Não diga nada, querida, não diga nada! Não acredito que, nos pecados humanos, a culpa seja do homem. As mulheres são sempre as culpadas. Os homens são levianos, em sua vida familiar: vivem pela inteligência e nunca pelo coração. Há muita coisa que não compreendem. A mulher, porém, compreende tudo. Porque tudo depende dela. Muito lhe foi dado e muito lhe será pedido. Sim, minha querida: se a mulher fosse, nesse terreno, mais fraca, ou mais tola, do que o homem, Deus não lhe teria confiado a educação dos filhos. Além disso, minha cara, enveredou pelo caminho do vício, esquecendo todo o pudor. Uma outra, em sua situação, teria se escondido, permaneceria fechada em sua casa: os outros só a veriam na casa de Deus, pálida, vestida de preto e chorando. E todos diriam, com sincera compaixão: "Meu Deus! Esse anjo pecador volta a Ti..." Mas a senhora, minha querida, a senhora se esqueceu de qualquer recato, vive abertamente, excentricamente, como se sentisse orgulho do pecado. Divertia-se, ria-se.... Vendo-a assim, eu tremia de medo... medo de que um raio caísse em sua casa, quando ali estivesse. Minha querida – exclamou, sentindo que Nadezhda Fyodorovna queria falar –, não diga nada, não diga nada! Confie em mim: não a enganarei, e não ocultarei uma só verdade aos olhos de sua alma. Escute-me, querida... Deus marca os grandes pecadores, e a senhora é uma mulher marcada. Lembra-se? Suas roupas sempre foram horríveis!

Nadezhda Fyodorovna, que sempre tivera a melhor opinião das próprias roupas, parou de chorar e olhou a outra, com surpresa.

– Sim, horríveis! – Prosseguiu Marya Konstantinovna – Pelo carnavalesco de suas roupas qualquer um podia julgar sua conduta. Todos, ao vê-la, riam e davam de ombros... E eu sofria... sofria... Perdoe-me, querida, mas você se veste muito mal! Quando nos encontrávamos, na praia, eu estremecia. Seus vestidos ainda passam, mas suas saias, suas camisas... Eu corava por elas, minha querida! Ninguém dava, com elegância, o nó da gravata do pobre Ivan Andreich. Percebe-se, por suas roupas e por seus sapatos, que ninguém cuida dele. E, em sua casa, ele morre de fome, minha pombinha. Está claro que se, em casa, ninguém se ocupa dele, é natural que desperdice, no Pavillon, a metade de seus vencimentos. Quanto à sua casa... horrível, horrível! Não há moscas nas casas desta cidade... em nenhuma. Na sua, elas não dão descanso... os pratos e os pires vivem negros... Olhe as janelas, as mesas: poeira, moscas mortas, vidros! Por que vidros, aqui? E por que ainda não tiraram a mesa? Quanto ao seu quarto de dormir, tem-se vergonha de entrar nele... Roupas íntimas por toda parte. Nas paredes, pendurados, seus acessórios de toalete... E veem-se todos os objetos... Minha querida: o marido deve ignorar tudo, a mulher deve aparecer, diante dele, pura como uma moeda nova. Diariamente, levanto-me de madrugada e lavo o rosto em água fria, para que meu Nikodim Alexandrych não veja meu rosto sonolento.

– Tudo isso é tolice – disse Nadezhda Fyodorovna, começando a soluçar. – Se eu fosse feliz... Mas sou tão desgraçada!

Marya Konstantinovna suspirou, contendo-se para não chorar também:

– Sim... Sim... Eu sei que é muito infeliz... E uma terrível desgraça a espera: uma velhice solitária, doenças, o Juízo Final... Horrível, horrível! Mas é o próprio destino que, agora, lhe estende a mão compassiva... que está repelindo, loucamente... Case-se, case-se, depressa!

Nadezhda Fyodorovna respondeu:

– Sim, eu sei que seria bom, mas é impossível.

– Por quê?

– Impossível! Ah! Se soubesse!

Nadezhda Fyodorovna queria falar de Kirilin e de seu encontro, na véspera, com o jovem Atchmianov, e da louca ideia que lhe viera, para liquidar sua dívida, e do abatimento com que havia voltado à casa, sentindo-se irremediavelmente decaída, venal... Nem ela própria sabia como acontecera... Gostaria de jurar a Marya Konstantinovna que pagaria toda a dívida que fizera, mas os soluços e a vergonha a impediram de falar. Disse, apenas:

– Irei embora daqui. Que Ivan Andreich fique: eu partirei.

– Para onde?

– Para a Rússia.

– Mas de que vai viver? Não tem dinheiro...

– Farei traduções... ou, então, abrirei uma pequena livraria.

– Tudo utópico, minha querida. Pare com esses sonhos, é preciso dinheiro para se organizar uma pequena livraria. Vou deixá-la. Acalme-se e reflita. E vá amanhã à minha casa, de melhor humor. Será encantador! Adeus, meu anjo! Permita que a beije.

Beijou a testa de Nadezhda, fez sobre ela o sinal da cruz e saiu, mansamente. A noite já caíra de todo. Olga acendia as luzes da cozinha. Nadezhda Fyodorovna, continuando a chorar, estendeu-se na cama, tomada por um forte acesso de febre. Despiu-se, sem se erguer, empurrando as roupas com os pés, e encolheu-se debaixo das cobertas. Sentia sede, mas ninguém estava ali para lhe dar de beber. Murmurava: "Pagarei!"

Parecia-lhe, em seu delírio, que estava sentada ao lado de uma doente, e a doente era ela própria. Repetia:

Pagarei Será idiota permitir que acreditem que é por dinheiro... Partirei e, de Petersburgo, lhe enviarei o dinheiro... Primeiro, cem rublos... depois, mais cem... e, por fim, outros cem...

Laevsky chegou altas horas da noite. Nadezhda disse-lhe:

– Primeiro, cem rublos... depois, mais cem...

– Devias tomar um pouco de quinino – disse Laevsky. E pensou: "Amanhã, quarta-feira, sai um navio. Mas não irei nele... Preciso ficar até sábado."

Nadezhda ajoelhou-se na cama e perguntou sorrindo, piscando os olhos à luz:

– Eu disse alguma coisa?

– Não. Mas precisas chamar o médico amanhã. Agora, dorme.

Apanhou o travesseiro e encaminhou-se para a porta. Depois de haver resolvido, definitivamente, partir e abandonar Nadezhda Fyodorovna, sentia pena dela e, ao mesmo tempo, constrangimento. Uma espécie de vergonha, dessa que se deve experimentar diante de um ancião, ou de um cavalo doente a ser abatido. Da porta, voltou-se para ela:

– No piquenique, fiquei nervoso e disse-te uma grosseria. Perdoa-me, por favor.

E logo em seguida passou a seu gabinete e deitou-se. Mas por muito tempo não conseguiu dormir.

Quando, na manhã seguinte, Samoilenko, com uniforme completo, com suas dragonas e suas condecorações (era feriado), saiu do quarto de Nadezhda Fyodorovna, depois de tomar-lhe o pulso e examinar atentamente sua língua, Laevsky perguntou-lhe, ansioso:

– E então?

Seu rosto expressava, ao mesmo tempo, medo, extrema inquietação e esperança.

– Acalme-se. Nada de importante. Uma febre comum.

– Não é isso que estou perguntando – disse Laevsky, impaciente, franzindo as sobrancelhas. – Pergunto se conseguiste o dinheiro.

Samoilenko murmurou, confuso, dirigindo-se à porta:

– Meu querido, perdoa-me. Por Deus, perdoa-me! Ninguém tem dinheiro à mão. Até agora só pude reunir cem rublos, em cédulas de cinco e dez rublos. Procurarei outras pessoas, hoje... Tem paciência.

Trêmulo de impaciência, Laevsky replicou:

– Mas o prazo termina sábado! Por todos os santos: resolve isso até sábado! Se eu não puder partir sábado, não será mais preciso. Não compreendo como um médico pode não ter dinheiro!

– Meu Deus! Foi Sua vontade! – murmurou, com esforço, Samoilenko, a voz trêmula. – Emprestei demais... Devem-me sete mil rublos e eu devo a toda gente. Será culpa minha?

– Enfim, vais conseguir esse dinheiro, para sábado? Hein?

– Tentarei.

– Suplico-te, meu velho! Preciso ter o dinheiro sexta-feira pela manhã!

Samoilenko sentou-se e prescreveu quinino, *kalii bromati*,* uma infusão de ruibarbo em *tincturae gentianae* e, ainda, *aquae foeniculi* – tudo em poção, com xarope de rosas, para tornar o sabor mais agradável. E retirou-se.

XI

– Estás com cara de quem vem para me prender – disse Von Koren, ao ver Samoilenko entrar, em uniforme de gala.

Samoilenko respondeu, sentando-se diante de uma grande mesa, de tábuas simples, feita pelo zoólogo:

---

*Os médicos russos redigiam suas receitas em latim. (*N. da T.*)

– Vinha passando e disse-me: vamos fazer uma visita à zoologia. Saudações, santo padre! – disse, cumprimentando o diácono que, sentado perto da janela, fazia uma cópia qualquer. – Fico apenas um minuto, pois terei que correr à casa, para vigiar o jantar. Já é hora. Não estou incomodando?

– Absolutamente. Estávamos fazendo cópias – respondeu o zoólogo, espalhando pela mesa as laudas preenchidas por uma letra miúda.

– Ainda bem... Ah! Meu Deus, meu Deus! – fez Samoilenko, suspirando. Com prudência, aproximou um livro poeirento, sobre o qual jazia uma centopeia seca, e disse:

– Já imaginou o que sentiria um pequeno escaravelho que, passeando, ou tratando de sua sobrevivência, encontrasse, subitamente, um diabo desses? Já imaginou o seu pavor?

– Penso que sim.

– Pelo menos, terá sido dotado de um veneno, para defender-se de seus inimigos?

– Sim, para defender-se e para atacar.

Samoilenko suspirou:

– É isso, é isso... Tudo, na natureza, meus bons amigos, tem um objetivo e uma explicação. Somente uma coisa não compreendo e tu, homem de grande inteligência, vais fazer-me o favor de explicar. Existem, não o ignoras, existem pequenos animais, pouco maiores do que um rato, de bonito aspecto mas, ao mais alto grau, digamos, covardes e imorais. Um desses animais, suponhamos, correndo pelo mato, vê um pássaro, pega-o e come-o. Faz mais: embora sem fome, saciado, mesmo, encontra um ninho cheio de ovos e os destrói, triturando um, esmagando os outros com as patas. Logo depois, encontra uma rã e põe-se a divertir-se com ela. Após torturá-la, continua seu caminho, lambendo os beiços. Surge um besouro e ele o amassa sob suas patas... E assim vai exterminando tudo à sua passagem. Penetra nos quintais alheios e, sem qualquer razão, arrasa um formigueiro, trinca os caracóis... Se vê um rato, ataca-o. Se encontra uma serpente ou um camundongo, não se priva de estrangulá-los. E é assim por todo o seu dia. Diz-me agora: para que serve uma animal desses? Por que foi criado?

– Não sei de que animal estás falando – respondeu Von Koren. – Provavelmente, trata-se de um insetívoro. E daí? Se o pássaro deixou-se apanhar é porque não foi precavido. Destruiu o ninho e os ovos, porque o pássaro desajeitado construiu mal seu ninho e não soube ocultá-lo. A rã teria, sem dúvida, algum defeito de adaptação, sem o que não teria sido vista... e assim por diante. Teu animalzinho só elimina os fracos, os incapazes, os imprudentes, em suma, os que são portadores de defeitos que a natureza considera desnecessário transmitir à posteridade. Sobrevivem os mais capazes, os mais prudentes, os mais fortes e desenvolvidos, e esse teu animal, sem o saber, está servindo aos mais elevados propósitos da perfeição.

– Acredito... Acredito... A propósito, meu caro: empresta-me cem rublos.

– Muito bem. Existem, entre os insetívoros, seres muito interessantes. A toupeira, por exemplo. Dizem que é útil, porque destrói os insetos nocivos. Contam que um alemão enviou a Guilherme I uma peliça feita de pele de toupeira e que o imperador mandou que o censurassem, por ter destruído uma quantidade tão grande de animais úteis. No entanto, a toupeira em nada é melhor do que o animal de que falas. Além de igualmente cruel, é nociva, pelos enormes estragos que causa aos campos.

Von Koren abriu uma caixinha de onde tirou uma nota de cem rublos. E prosseguiu, fechando a caixinha:

– A toupeira tem uma caixa torácica tão forte como a dos morcegos, ossos e músculos terrivelmente desenvolvidos e maxilares extraordinariamente fortes. Se tivesse as dimensões do elefante, seria um animal invencível em sua força de destruição. E o interessante é que, quando duas toupeiras se encontram, debaixo da terra, ambas começam, como se combinassem, a cavar o espaço necessário para que possam lutar comodamente. Logo que esse espaço é conseguido, elas se empenham em uma luta encarniçada, batendo-se até que a mais fraca sucumba. Toma estes cem rublos – disse, baixando a voz –, com a condição de que não sejam para Laevsky.

– E se fosse para ele? Terias alguma coisa com isso? – disse Samoilenko, irritando-se.

– Para Laevsky, nada posso emprestar. Sei que gostas de ajudar. Darias dinheiro até ao salteador Kerim,* se ele te pedisse. Perdoa-me, porém: não posso acompanhar-te nessa espécie de generosidade.

Samoilenko ergueu-se, agitando a mão direita:

– Sim, é para Laevsky que estou pedindo! É para ele. E não admito que qualquer diabo, ou demônio, venha me dizer o que devo fazer de meu dinheiro. Não queres me emprestar? Não queres mesmo?

O diácono ria às gargalhadas. O zoólogo argumentou:

– Não te irrites. Fazer qualquer benefício a Laevsky é, a meu ver, tão imbecil como regar ervas daninhas ou alimentar gafanhotos.

– A meu ver – gritou Samoilenko –, nós devemos ajudar ao próximo.

– Nesse caso, ajuda a esse turco faminto, que chafurda na lama perto dessa paliçada. Pelo menos é um operário, muito mais necessário e mais útil do que o teu amigo Laevsky. Dá-lhe os cem rublos. Ou, então, subscreve-os para minha expedição!

– Vais me dar o dinheiro? Sim ou não? É só o que pergunto.

– Diz-me com franqueza: por que Laevsky tem necessidade desse dinheiro?

– Não é segredo: deve ir, sábado, para Petersburgo.

---

*Kerim: provavelmente, um dos numerosos salteadores que o Cáucaso conheceu. (*N. da T.*)

– Ah! Eis uma razão... – murmurou Von Koren, lentamente. – Ah! Agora podemos compreender... E ela? Vai com ele?

– Por enquanto, ela ficará. Depois que ele acertar tudo em Petersburgo, ele lhe enviará dinheiro. Então, ela partirá, também.

O zoólogo deu seu riso curto e rápido:

– É malfeito... E bem-calculado!

Aproximou-se de Samoilenko e, bem de frente, olhando-o nos olhos, perguntou:

– Fala com sinceridade: ele não a ama mais? Não? Diz: ele deixou de amá-la?

– Sim – disse Samoilenko, transpirando muito.

Com expressão de repulsa, Von Koren disse:

– É repugnante! De duas, uma, Alexander Davidych: ou estás conivente com ele, ou, desculpa-me dizer-te, és um imbecil. Não compreendes que Laevsky te arrasta pelo nariz, como um garoto, e da maneira mais vergonhosa? É claro como o dia que ele deseja livrar-se dessa mulher e deixá-la aqui. Ela ficará sob tua responsabilidade e também é claro como o dia que deverás mandá-la para Petersburgo à tua custa. Estás tão cego pelas qualidades de teu belo amigo que não vês as coisas mais nítidas?

– São apenas hipóteses – respondeu Samoilenko, sentando-se.

– Hipóteses? Por que vai sozinho? Por que não a leva? Por que não a manda primeiro e vai depois? É um espertalhão!

Oprimido por súbitas dúvidas e suspeitas, em relação ao amigo, Samoilenko hesitou... baixou a voz.

– É impossível! Está sofrendo tanto! – murmurou, lembrando-se da noite em que Laevsky dormira em sua casa.

– O que é que isso prova? Os ladrões e os incendiários também sofrem.

– Admitamos que tenhas razão... Admitamos... Mas um jovem, um estudante, longe de sua terra. Também fomos estudantes e, além de nós, não existe ninguém para ajudá-lo.

– Ajudá-lo a cometer torpezas, porque, em outros tempos, estiveste na universidade como ele... onde, aliás, nenhum dos dois fez nada. Que absurdo!

– Espera. Vamos raciocinar com a cabeça fria. Poderíamos – disse Samoilenko refletindo, torcendo os dedos –, poderíamos, parece, arranjar as coisas assim: eu lhe emprestaria o dinheiro, obrigando-o a dar sua palavra de honra de, dentro de oito dias, enviar a Nadezhda Fyodorovna o dinheiro para sua viagem.

– Ele te dará sua palavra de honra, com lágrimas nos olhos, mas de que valerá sua palavra? Não a cumprirá, e quando tu o encontrares, daqui a um ano ou dois, na Nievski, de braço com seu novo amor, ele se desculpará, dizendo que a civilização o deformou, transformando-o em uma réplica de Rudin.* Deixa-o, em nome de Deus! Afasta-te da lama, não chafurdes nela!

Samoilenko refletiu um instante. Depois, respondeu, de forma resoluta:

– De qualquer maneira, vou lhe emprestar o dinheiro... digas tu o que disseres. Não posso recusar ajuda a um homem, baseando-me em hipóteses.

– Muito bem! Maravilhoso! Beija-o, também!

Samoilenko voltou a falar, timidamente:

– Então? Dás-me ou não os cem rublos?

– Não!

Um grande silêncio pesou na sala. Samoilenko se enfraqueceu por completo. Seu rosto assumiu uma expressão embaraçada, confusa, acomodada: era estranho ver sua figura... um homem enorme, com suas dragonas e condecorações, com ar infantil, lamentável e tristemente conturbado.

Ouviu-se a voz do diácono, descansando a caneta:

---

*Rudin: herói de Turgueniev em *Terras virgens*. (*N. da T.*)

– Nosso bispo faz suas visitas pastorais a cavalo. Não em carro. É muito comovente vê-lo a cavalo: sua simplicidade e sua modéstia têm grandeza bíblica.

– É um grande homem? – perguntou Von Koren, feliz em mudar o assunto.

– Poderia ser de outra maneira? Se não o fosse, não teria sido consagrado bispo.

– Há, entre os bispos, muitos que são honestos e de muito talento – comentou Von Koren. – Lamento, apenas, que alguns deles tenham a fraqueza de se julgarem homens de Estado. Um se ocupa em russificar o povo, outro critica as ciências... É uma tarefa que não lhes cabe. Fariam melhor se procurassem saber, mais amiúde, o que se passa em seu consistório.

– Um leigo não pode julgar um bispo.

– Por que, diácono? Um bispo é um homem como eu.

– Como o senhor, mas não igual. Se fossem iguais, o senhor receberia a graça divina e seria bispo. E se tal não acontece é porque não é igual – disse o diácono, ofendido, retomando a caneta.

– Procure não sofrer, diácono – disse Samoilenko, embaraçado, constrangido. E, voltando-se para Von Koren: – Achei uma solução. Não me darás os cem rublos emprestados, mas sim como um adiantamento: até o próximo inverno, ainda comerás em minha casa... vais pagar-me três meses adiantados.

– Não.

Samoilenko piscou e enrubesceu. Apanhou maquinalmente o livro em que estava a centopeia seca, olhou-a... Depois ergueu-se e procurou seu gorro.

Von Koren apiedou-se dele.

– Viver para ter negócios com gente assim! Procura compreender que não há bondade, nem amizade no que fazes... Há uma fraqueza, que estimula a depravação e envenena. Vossos bons corações, cheios de fraqueza, sem servirem para nada, destroem tudo o que a razão ensina. Quando eu cursava o liceu, tive

216

tifo. Por compaixão, minha tia empanturrou-me com cogumelos, e eu quase morri. Será que não compreendes... como deveria ter compreendido minha tia... será que não compreendes que o amor ao próximo não deve ser colocado nem no coração, nem no estômago, nem nos rins, mas aqui? – Bateu na testa. – Aqui! Toma! – E atirou a Samoilenko uma nota de cem rublos.

Samoilenko recebeu a nota e disse, docemente:

– Tu te irritas sem razão, Kolya. Compreendo-te mas... coloca-te em meu lugar...

– Não passas de uma mulher velha. Eis o que és!

O diácono deu uma gargalhada.

– Escuta, Alexander Davidych – disse Von Koren em continuação, com ardor. – Um último pedido: quando deres o dinheiro a esse miserável, impõe-lhe a condição de que ele parta com sua mulher, ou que a despache antes. Sem isso, nada lhe dês. Não é preciso ter-se cerimônia com ele. Diz-lhe e, se não o fizeres, dou-te a minha palavra de honra de que irei a seu escritório e o atirarei pela escada abaixo. Diz-lhe isso, por favor. Do contrário, romperei relações contigo. Não o duvides!

– Ora! Ir com ela, ou embarcá-la antes, será ainda mais cômodo para ele – respondeu Samoilenko. – Garanto que ficará mais satisfeito.

Despediu-se amistosamente e saiu. Antes, porém, de fechar a porta, voltou-se para Von Koren, simulou uma expressão terrível e disse-lhe:

– Foram os alemães que te estragaram, irmão! Sim, os alemães!

XII

No dia seguinte, quinta-feira, Marya Konstantinovna festejava o aniversário de seu filho. Todos os amigos foram convidados a comer, ao meio-dia, o pastel de costume e a tomar, à noite, o chocolate de praxe. Quando, à noite, Laevsky e Nadezhda Fyodorovna chegaram, o zoólogo perguntou a Samoilenko:

– Já lhe falaste?

– Ainda não.

– Toma cuidado para não te constrangeres. Não compreendo a insolência desses dois. Sabem muito bem a opinião dos donos da casa sobre a sua ligação... no entanto, insistem em se apresentarem aqui.

Samoilenko replicou:

– Se tomassem conhecimento de todos os preconceitos, não sairiam de casa.

– Consideras preconceito a reprovação geral ao amor ilegítimo?

– Naturalmente. É preconceito, é ódio. Os soldados, quando veem passar uma mulher da vida, riem e assoviam... mas, por acaso, se perguntam o que eles próprios são?

– Não é sem razão que assoviam. Será por preconceito que as mães solteiras sufocam os filhos, ao nascer, e acabam na prisão? Seria por preconceito que Anna Karenina se tenha atirado sob um trem? Que, nas aldeias, pichem as portas de determinadas mulheres?* Que a pureza de Katya nos encante, a ti, a mim, a todos, sem que saibamos por quê? Que cada um sinta, vagamente, necessidade de amor puro, embora sabendo que esse amor não existe? É tudo quanto resta, irmão, da seleção natural. E se não existisse essa força oculta, regularizando as relações sexuais, homens como Laievski dominariam a humanidade, degenerando-a em menos de dois anos...

Laevsky entrou, cumprimentou a todos, sorriu afavelmente, apertando a mão de Von Koren. Em momento propício, dirigiu-se a Samoilenko:

– Um instante, Alexander Davidych, preciso falar-te.

---

*Costume de pichar as portas das mulheres de má conduta, com desenhos em formato de cruz. (*N. da T.*)

Samoilenko tomou-lhe o braço e passaram para o gabinete de Nikodim Alexandrych. Laevsky disse, roendo as unhas:

– Amanhã já é sexta-feira. Conseguiste o que me prometeste?

– Tenho apenas duzentos rublos. Espero ter o restante hoje ou amanhã. Fica tranquilo.

– Que Deus seja louvado! – disse, suspirando, Laevsky, cujas mãos tremiam de alegria. – Tu me salvas, Alexander Davidych. Juro-te por Deus, por minha felicidade, por tudo quanto queiras, que te enviarei esse dinheiro, assim que chegue a Petersburgo. E também o que te pedi emprestado antes.

– Escuta, Vanya... – disse Samoilenko, prendendo-o por um dos botões do casaco e corando. – Desculpa-me meter-me em teus assuntos íntimos, mas... por que não levas Nadezhda Fyodorovna?

– Estás louco! Como será possível? É preciso, absolutamente, que um de nós fique... sem o que nossos credores urrariam. Devo setecentos rublos, talvez mais, nas lojas. Dá-me tempo de lhes enviar dinheiro, de lhes fechar a boca... Então, ela irá também.

– Nesse caso... por que não fazê-la ir-se antes?

Laevsky assustou-se.

– Como seria possível, meu Deus? É uma mulher. O que faria, sozinha? Não entende de nada... Seria perder tempo e uma despesa inútil.

Samoilenko pensou: "É justo..." Mas, lembrando-se de sua conversa com Von Koren, baixou a cabeça e murmurou, sombrio:

– Não estou de acordo contigo: ou a levas, ou faz com que ela parta antes. Se não fizeres isso... se não fizeres isso, não te darei o dinheiro. É a minha última palavra...

Recuou, empurrou a porta com as costas e entrou no salão, muito corado e perturbado.

"Sexta-feira... sexta-feira", pensava Laevsky, voltando ao salão. "Sexta-feira...."

Estenderam-lhe uma xícara de chocolate. Queimou os lábios e a língua, pensando: "Sexta-feira... Sexta-feira..."

A palavra *sexta-feira* perseguia-o. Só pensava nessa sexta-feira; e, no entanto, sabia, com certeza, não pela razão, mas pelo coração, que não partiria no sábado.

Diante dele, muito bem-cuidado, os cabelos caídos nas têmporas, Nikodim Alexandrych dizia-lhe:

– Sirva-se, por favor.

Marya Konstantinovna exibia às visitas as notas de Katya e comentava, com sua voz arrastada:

– É terrível o que as crianças são obrigadas a estudar atualmente! Pedem-lhes tanta coisa...

– Mamãe! – Era Katya, gemendo, sem saber onde esconder-se, sob tantos elogios.

Laevsky também olhou as notas e cumprimentou-a. Quatros e cincos passavam sob seus olhos, em instrução religiosa, russo, conduta. Mas tudo se misturava com a sexta-feira obsessiva, com os cabelos lisos de Nikodim Alexandrych, com as faces coradas de Katya, numa sensação de enorme e invencível tédio. Continha-se, para não gritar de desespero, perguntando-se: "Será possível, será possível que eu não consiga partir?"

Aproximaram duas mesas de jogo, iniciaram a distribuição das cartas, as apostas. Laevsky jogou também. E sorria, pensando, tirando um lápis do bolso: "Sexta-feira... sexta-feira..."

Queria refletir sobre sua situação, temendo, ao mesmo tempo, pensar nela. Evitava confessar-se que o doutor o surpreendera em uma duplicidade que a si próprio vinha ocultando, cuidadosamente, por tanto tempo. Cada vez que pensava no futuro, não dava livre curso ao pensamento. Tomaria o trem e partiria: isso decidiria sua vida. Não pensava em qualquer outra coisa. Qual uma luz longínqua e confusa, no descampado, sempre lhe vinha a ideia de que lhe seria preciso, em um distante futuro, em qualquer parte, em uma rua de Petersburgo, recorrer a uma pequena mentira, para abandonar Nadezhda Fyodorovna e pagar suas dívidas. Mentiria apenas uma vez mais; e, em seguida, seria a total renovação. O que estava certo: ao preço de uma pequena mentira, que grande verdade conseguida!

Agora que o doutor, por sua recusa, havia feito uma grosseira alusão a seu estratagema, Laevsky sentiu nitidamente que deveria mentir, não somente em um futuro distante, como também desde aquele mesmo dia, desde o dia seguinte, e dali a um mês, talvez até o fim de sua vida. Para partir teria, com efeito, de enganar Nadezhda Fyodorovna, seus credores, seus chefes. Para obter dinheiro, em Petersburgo, teria que afirmar, de forma mentirosa, à sua mãe, que havia abandonado Nadezhda Fyodorovna. E, mesmo assim, ela não lhe daria mais do que quinhentos rublos. Na verdade, já enganara o doutor, já que não teria condições de reembolsá-lo tão depressa, como prometera. Em seguida, quando Nadezhda Fyodorovna fosse a seu encontro, teria que arquitetar uma série de mentiras, pequenas e grandes, para separar-se dela. Recomeçariam os prantos, o tédio, a vida triste, o remorso. Nada mudaria. Sempre falsidade, eis tudo. E toda uma montanha de mentiras ergueu-se na imaginação de Laevsky. Precisava, para transpô-la, de um salto, e não mentir aos pedaços, resolver-se a uma atitude decisiva. Por exemplo: levantar-se, sem qualquer explicação, e, sem dizer palavra, pegar o chapéu, sair imediatamente, sem dinheiro. Mas Laevsky sentia que era impossível. E pensava: "Sexta-feira... sexta-feira..."

Em torno, escreviam-se bilhetinhos, que eram dobrados em dois e colocados dentro de um velho chapéu de copa alta, pertencente a Nikodim Alexandrych: quando o chapéu ficava cheio, Kostya, que fazia o carteiro, distribuía os bilhetes pelos que estavam à mesa. O diácono, Katya e Kostya, que recebiam bilhetes engraçados, esforçavam-se por escrever outros, mais engraçados ainda: vibravam de alegria.

"Temos muito que conversar", leu Nadezhda Fyodorovna, no bilhete que lhe coube.

Trocou um olhar com Marya Konstantinovna que lhe sorriu, com seu delicioso sorriso, e fez-lhe um sinal de cabeça. "Conversar sobre quê?", pensou Nadezhda Fyodorovna. "Quando não se pode dizer tudo, não há o que conversar."

Antes de sair, tinha dado o nó na gravata de Laevsky, e esse pequenino gesto não enchera seu coração de ternura e melancolia. A fisionomia inquieta dele, os olhares distraídos, a palidez, a incompreensível mudança que se lhe operara, nos últimos tempos, o fato de que ela lhe ocultava um segredo terrível, repugnante, e também o fato de suas mãos tremerem quando ela dava o nó de sua gravata, tudo isso pressagiava que não viveriam muito tempo juntos. Olhava-o como um ícone, com medo e arrependimento. E dizia, mentalmente: "Perdoa-me, perdoa-me..." Sentado à sua frente, Atchmianov não tirava de seu rosto os olhos negros, enamorados. O desejo a agitava... Sentia vergonha de si própria e receava que nem a tristeza e o tédio a impedissem de ceder à impura paixão e que, como uma ébria inveterada, não tivesse forças para resistir-lhe.

Para pôr termo a essa vida vergonhosa, para ela, e ultrajante para Laevsky, resolveu deixá-lo. Suplicar-lhe-ia, chorando, que a deixasse partir; e se ele recusasse, partiria em segredo. Mas não lhe contaria o que se passara: que ele guardasse dela uma recordação pura!

Leu: "Amo, amo, amo!"

A letra era de Atchmianov. Continuou a pensar... Viveria em qualquer esconderijo, trabalharia e enviaria a Laevsky ("remessa de um amigo desconhecido") camisas bordadas, fumo. Só voltaria à sua casa quando ele envelhecesse, ou se, seriamente doente, ele precisasse de uma enfermeira. Quando ele soubesse, em plena velhice, por quais razões, recusando ser sua esposa, ela o abandonara, apreciaria seu sacrifício e a perdoaria.

"Seu nariz é muito longo", leu em outro bilhete, provavelmente do diácono, ou de Kostya.

Nadezhda pensava que, ao separar-se de Laevsky, ele a abraçaria fortemente, beijaria-lhe a mão e juraria amá-la por toda a vida. E ela, indo viver em um lugar qualquer, perdida no meio de estranhos, pensaria sempre que, em alguma parte deste mundo, existia um amigo seu, um homem a quem amava, puro, nobre, educado, que guardava dela uma terna recordação.

"Se não me marcar um encontro hoje, tomarei as medidas que se impõem, dou-lhe a minha palavra de honra. Não se age como agiu com homens decentes – é preciso que compreenda."

Era um bilhete de Kirilin.

XIII

Laevsky recebeu dois bilhetes. Abriu um deles e leu: "Não partas, meu amigo." Pensou: "Quem me teria escrito? Claro que não foi Samoilenko... O diácono também não... ignora que desejo partir. Terá sido Von Koren?"

O zoólogo, debruçado sobre a mesa, desenhava uma pirâmide; e Laevsky teve a impressão de que seus olhos sorriam. "Com certeza, Samoilenko andou dando com a língua nos dentes...", pensou.

No outro bilhete, com a mesma letra disfarçada em longos traços e floreios, escreveram: "Alguém vai partir sábado."

"Brincadeira idiota", pensou Laevsky. "Sexta-feira! Sexta-feira!"

Sentiu algo subir-lhe à garganta. Ajeitou o colarinho e tentou tossir... Mas, em vez de tosse, saiu um riso: "Ah! Ah! Ah! De que estou rindo?", pensou. "Ah! Ah! Ah!"

Procurou conter-se, cobrindo a boca com a mão. O riso, porém, oprimia seu peito, sua garganta, e sua mão não conseguiu prendê-lo na boca.

"Como tudo isso é imbecil! Estou ficando louco", pensou, rindo às gargalhadas.

Seu riso crescia sempre, semelhante ao latido de um cãozinho. Laevsky quis levantar-se, deixar a mesa, mas suas pernas não obedeceram. Sua mão direita, sem domínio, dançava sobre a mesa, colhendo os papéis e amassando-os convulsivamente. Viu olhares surpresos, o rosto assombrado e sério de Samoilenko e um rápido olhar do zoólogo, refletindo nojo e frio escárnio. Compreendeu que estava com um ataque de nervos. E pensava, sentindo, pelo rosto, o calor de suas lágrimas: "Que vergonha! Nunca me aconteceu uma coisa assim..."

Tomaram-no pelo braço e, sustentando a cabeça dele, retiraram-no da sala. Um copo brilhou diante de seus olhos e estalou em seus dentes. A água escorreu-lhe pelo peito. E ei-lo em um pequeno quarto, onde havia dois leitos geminados, cobertos por colchas brancas como a neve. Atirando-se sobre um deles, pôs-se a soluçar. Ouviu a voz de Samoilenko:

– Não é nada... não é nada... Isso acontece...

Gelada de pavor, tremendo, pressentindo um acontecimento terrível, Nadezhda Fyodorovna aproximou-se, perguntando:

– O que tens? Fala, em nome de Deus! – Ao mesmo tempo que pensava: "Kirilin lhe terá escrito?"

Laevsky respondeu, rindo e chorando ao mesmo tempo.

– Não é nada... Volta para o salão, minha querida.

Seu rosto não expressava ódio ou repugnância. Logo, ele nada sabia. Um pouco mais tranquila, Nadezhda Fyodorovna voltou ao salão.

Marya Konstantinovna sentou-se ao seu lado, tomou-lhe as mãos.

– Não se preocupe, querida... vai passar... Os homens são tão fracos como nós, pobres mulheres... Ambos estão atraves-

224

sando uma crise... É tão compreensível! Vamos, querida: diga alguma coisa. Conversemos um pouco.

– Não podemos conversar agora – respondeu Nadezhda Fyodorovna, atenta aos soluços de Laevsky. – Estou sofrendo... Permita que eu me retire...

– O que está dizendo, querida! Como pode acreditar que eu a deixe sair sem cear? Depois da ceia irá para onde quiser.

– Estou sofrendo... – murmurou Nadezhda Fyodorovna.

E para não cair, apoiou-se com as duas mãos em um dos braços da poltrona.

– É uma convulsão infantil – disse alegremente Von Koren, de volta ao salão. Mas, percebendo Nadezhda Fyodorovna, recuou e saiu.

Cessada a crise, Laevsky, sentado em uma cama que não era sua, refletia:

"Foi uma vergonha! Chorei como uma meninazinha. Devo ter sido ridículo e repugnante. Vou desaparecer pela porta de serviço... Não! Pode parecer que dou muita importância à minha crise... O melhor será transformar isso em brincadeira..."

Olhou-se no espelho e, depois de permanecer ainda um pouco sentado, voltou ao salão.

Embora a vergonha o torturasse e sentisse o constrangimento dos outros, disse, procurando rir:

– Aqui estou! Essas coisas acontecem. Estava sentado quando senti, de repente, uma atroz dor nas costas... dor aguda, insuportável... Meus nervos não resistiram e foi essa situação idiota que viram. Atualmente, todos são nervosos... não há remédio.

Durante a ceia, bebeu vinho, conversou e, de quando em quando, para demonstrar que ainda estava sentindo dor, suspirava convulsivamente e massageava o ponto que deveria doer.

Às nove horas foram todos passear pelo bulevar. Nadezhda Fyodorovna, temendo que Kirilin lhe falasse, teve o cuidado de permanecer o tempo todo perto de Marya Konstantinovna e seus filhos. Sentia-se fraca, de medo e angústia. Pressentia que iria ter febre, enlanguescia, movia as pernas com dificuldade. No entanto, evitava recolher-se à casa, na certeza de que Kirilin, ou Atchmianov, a seguiria... Talvez até os dois, juntos. Kirilin, ao lado de Nikodim Alexandrych, cantarolava:

– Não permitirei que se divirtam comigo! Não per-mi-ti-rei!

Deixando o bulevar, em direção ao Pavillon, seguiram todos pelo cais, de onde, por muito tempo, ficaram contemplando o mar fosforescente.

Von Koren pôs-se a explicar como se produzia o fenômeno...

XIV

– Já está na hora do jogo de *vinnte* – disse Laevsky. – Estão me esperando. Adeus, senhores!

– Vou contigo – disse Nadezhda Fyodorovna, tomando-lhe o braço.

Partiram. Kirilin despediu-se também, dizendo que ia na mesma direção. Seguiram juntos.

"Seja o que Deus quiser!", pensou Nadezhda Fyodorovna. "Para a frente!"

Tinha a impressão de que todas as suas más recordações, evadidas de sua cabeça, caminhavam a seu lado, ofegantes, dentro da escuridão; e que ela própria, como uma mosca saída de um tinteiro, arrastava-se pela calçada, manchando de preto a roupa e o braço de Laevsky. Pensava: "Se Kirilin fizer alguma coisa de mau, a culpa não será dele, será minha somente." Houve um tempo em que nenhum homem lhe falava como o fazia Kirilin, e fora ela própria quem cortara aquele tempo, como se corta um fio... ela que o havia modelado de modo irremediável. A quem, pois, caberia a culpa? Perturbada por seus anseios, rira-se para um homem desconhecido; sem dúvida unicamente porque era elegante e alto. Ele a assediara. Mas bastaram dois encontros e ela o deixara. Não tinha mais o direito de persegui-la.

– Aqui, minha querida, deixo-te – disse Laevsky, detendo-se. – Ilya Mikhailych vai ter a gentileza de acompanhar-te.

Cumprimentou Kirilin e, atravessando rapidamente o bulevar, dirigiu-se à casa de Shehkovsky, cujas janelas estavam iluminadas. Logo ouviu-se o portão bater.

Kirilin começou:

– Permita-me uma explicação. Não sou um garoto, nem um Atchkasov, ou um Latchkasov, ou um Zatchkasov qualquer... Peço-lhe que me conceda séria atenção.

O coração de Nadezhda Fyodorovna pôs-se a bater fortemente. Nada respondeu.

– De início, interpretei sua súbita mudança como uma simples faceirice – disse Kirilin, em prosseguimento –, mas verifico, agora, que não sabe conduzir-se em suas relações com pessoas decentes. Queria divertir-se comigo, como com esse pobre armênio. Eu, porém, exijo que se comporte bem comigo, com o homem decente que sou. Agora, estou às suas ordens...

– Sofro muito... – disse Nadezhda Fyodorovna, afastando-se para ocultar as lágrimas.

– Eu também sofro. Mas o que fazer?

Calou-se por um instante. Depois, disse, destacando as palavras:

– Repito-lhe, senhora, que se não me conceder um encontro, hoje, farei um escândalo.

– Deixe-me livre hoje – pediu Nadezhda Fyodorovna. Sem mesmo reconhecer a própria voz, de tal modo ela estava suplicante e fraca.

– Quero lhe dar uma lição... Desculpe-me a grosseria do tom, mas é preciso. Exijo dois encontros: hoje e amanhã. Depois de amanhã ficará inteiramente livre e poderá ir para os quatro pontos cardeais, com quem quiser. Hoje e amanhã!

Próximo à sua porta, Nadezhda Fyodorovna parou e balbuciou, toda trêmula, só vendo, na escuridão, a túnica branca de Kirilin:

– Deixe-me em paz. Tem toda razão: sou uma mulher horrível. Agi mal, mas deixe-me... peço-lhe.

Tocou a mão fria de Kirilin e estremeceu...

– Suplico-lhe...

Kirilin suspirou:

– Ai de mim! Não está em meus planos deixá-la partir. Desejo apenas dar-lhe uma lição. Mesmo porque, senhora, creio muito pouco nas mulheres.

– Estou sofrendo muito. ..

Nadezhda Fyodorovna escutou o ruído monótono do mar, olhou o céu semeado de estrelas e desejou que tudo terminasse: a maldita sensação de estar viva, as estrelas, o mar, os homens, a febre...

Respondeu, friamente:

– Que seja. Mas não em minha casa. Em qualquer outro lugar...

– Na casa de Miuridov. É o melhor local.

– Onde fica?

– Perto da velha muralha.

Ela desceu a rua, contornou uma ruela que conduzia às montanhas. Estava escuro. Cá e lá, sobre a calçada, alongavam-se os pálidos reflexos das janelas iluminadas e, mais do que nunca, sentia-se igual à mosca, que ora cai dentro do tinteiro, ora sai dele. Kirilin seguia-a. Em determinado ponto, ele tropeçou, quase caiu e pôs-se a rir. Nadezhda Fyodorovna pensou: "Está bêbado... O que importa? O que importa? Que esteja bêbado!"

Atchmianov também se despedira rapidamente dos Bitiougov e seguira Nadezhda Fyodorovna, com a intenção de convidá-la a passear de barco. Aproximando-se de sua casa, espiou através da paliçada. As janelas estavam inteiramente abertas. Mas não havia luz. Chamou:

– Nadezhda Fyodorovna!

Passou-se um minuto. Chamou novamente.

– Quem está aí? – Ouviu a voz da cozinheira.

– Nadezhda Fyodorovna está em casa?

– Não. Ainda não voltou.

"Estranho...", pensou Atchmianov, começando a inquietar-se. "Muito estranho! Ela vinha para casa..."

Seguiu pelo bulevar, depois pela rua... Olhou as janelas de Sheshkovsky: em mangas de camisa, Laevsky, à mesa do jogo, examinava atentamente suas cartas.

– Estranho, estranho... – murmurou Atchmianov. Lembrando-se da crise de Laevsky, sentiu-se inquieto: – Se não está em casa, onde estará?

E pensava, recordando-se que, naquele mesmo dia, encontrando-a em casa dos Bitiugov, ela lhe havia prometido passear de barco, com ele, à noite: "Canalhice... Uma canalhice..."

As janelas da casa de Kirilin também estavam escuras: sentado em um banco, perto da porta, o guarda da cidade, de plantão, dormia. Diante das janelas e do guarda, tudo se lhe tornou claro. Resolveu voltar para casa e pôs-se a caminho. Logo reencontrou-se novamente diante da casa de Nadezhda Fyodorovna. Sentou-se em um banco, tirou o chapéu, sentindo que a cabeça queimava de ciúme e despeito.

O relógio da igreja só soava duas vezes: ao meio-dia e à meia-noite. Pouco depois de ouvir soar meia-noite sentiu passos apressados. Reconheceu a voz de Kirilin:

– Então, amanhã à noite, ainda em casa de Miuridov, às oito horas. Até amanhã!

Nadezhda surgiu, perto da paliçada. Sem ver Atchmianov, passou por ele, como uma sombra, abriu o portão e entrou em casa, esquecendo-se de fechá-lo. No quarto, acendeu uma vela e despiu-se rapidamente. Mas não se deitou. Ajoelhada perto de uma cadeira apoiou a cabeça em seus braços.

Eram quase três horas da madrugada quando Laevsky chegou.

XV

Laevsky, resolvido a mentir por frações e não em uma só vez, dirigiu-se no dia seguinte a casa de Samoilenko, para lhe reclamar o dinheiro e partir no sábado. Depois da crise de nervos da véspera, que havia acrescentado ao sofrido estado de sua alma um agudo sentimento de vergonha, era-lhe impossível permanecer na cidade. Admitia que, se Samoilenko insistisse em suas condições, poderia aceitá-las, receber o dinheiro e, à última hora, dizer que Nadezhda Fyodorovna recusara a partir. Poderia mesmo, na véspera, persuadi-la de que tudo estava sendo feito para seu bem. E mesmo que Samoilenko, sob a evidente influência de Von Koren, recusasse definitivamente o dinheiro ou propusesse outras condições, Laevsky estava decidido a partir de qualquer maneira, em um cargueiro ou barco a vela, para Nouvel-Athos ou para Novorossiisk. De lá, enviaria um telegrama à sua mãe, em termos bem submissos, e esperaria que ela lhe enviasse o dinheiro da viagem.

Em casa de Samoilenko, Laevsky encontrou Von Koren. O zoólogo acabava de chegar para jantar e, como de hábito, observava, no álbum, os homens de chapéu alto e as mulheres de boina.

"Que falta de sorte!", pensou Laevsky, vendo-o. "Ele vai me constranger."

– Boa tarde! – disse.

– Boa tarde! – respondeu Von Koren, sem olhá-lo.

– Alexander Davidych está?

– Sim. Está na cozinha.

Laevsky dirigiu-se à cozinha. Mas vendo, da porta, que Samoilenko preparava a salada, voltou ao salão e sentou-se. Sentia-se sempre pouco à vontade na presença do zoólogo e receava, agora, ter de falar sobre sua crise. Houve mais de um minuto de silêncio. De repente, Von Koren ergueu os olhos, fitou-o e perguntou:

230

– Como está se sentindo, depois do que lhe aconteceu ontem?

– Muito bem – respondeu Laevsky, corando. – Na verdade, nada houve de extraordinário.

– Até ontem, eu supunha que só as mulheres eram dadas a ter crises nervosas. Por isso, quando a sua começou, pensei que estivesse com dança de São Guido.

Laevsky sorriu, gentilmente. Mas pensou: "Como é indelicado, de sua parte... Sabe perfeitamente que me é penoso lembrar o assunto..."

– Sim, foi divertido – disse Laevsky, em continuação. – Já me fez rir, hoje, toda a manhã. E o que há de curioso, em uma crise de nervos, é que a gente sabe o quanto é absurda, a gente ri dela interiormente e ao mesmo tempo, soluça. Neste nosso neurótico século, todos somos escravos dos nervos: eles fazem de nós o que querem. A civilização, nesse sentido, nos prestou um de seus piores serviços.

Desagradava a Laevsky que Von Koren o escutasse tão séria e atenciosamente. Olhava-o, sem se mover, como se o estudasse. E Laevsky sentia um particular mal-estar, por não poder, apesar de sua inimizade, reprimir seu sorriso amável.

– Não é possível ocultar que a crise teve causas imediatas, bastante graves. Minha saúde, nestes últimos meses, tem estado muito abalada. Junte a isso o tédio, a constante falta de dinheiro... o vazio de interesses generalizados... a carência de uma sociedade em harmonia... É uma situação mais difícil do que a de qualquer governo...

– Sim – respondeu Von Koren –, sua situação não tem saída.

Tais palavras, tranquilas, frias, ditas em tom meio irônico, meio profético, melindraram Laevsky. Lembrou-se do olhar do zoólogo, na véspera, misto de zombaria e repugnância. Perguntou, já sem sorrir:

– E de onde conhece minha situação?

– O senhor mesmo acaba de me falar nela... E seus amigos o têm em tão calorosa simpatia que não cessam de falar a seu respeito o dia todo.

– Que amigos? Samoilenko, penso eu.

– Sim, ele também.

– Pedirei a Alexander Davidych e a meus amigos, em geral, que se ocupem um pouco menos de mim.

– Samoilenko está chegando, peça-o diretamente a ele.

– Não compreendo seu tom – balbuciou Laevsky. E teve, subitamente, o sentimento de que o zoólogo o detestava, o perseguia com suas zombarias e era seu mais irreconciliável inimigo, o mais irredutível de seus inimigos. – Guarde esse tom para outro qualquer – disse, em voz baixa, sem força para falar alto, tanto o ódio o oprimia.

Samoilenko entrou, em mangas de camisa, rubro pelo calor do forno, suando muito.

– Ah! Estás aí? Saudações, meu caro. Já jantaste? Sem cerimônia: já jantaste?

Laevsky ergueu-se.

– Alexander Davidych, o fato de eu te haver feito um pedido íntimo não te dava o direito de ser indiscreto e espalhar meus segredos por aí.

Samoilenko espantou-se.

– O que aconteceu?

Laevsky prosseguiu, elevando a voz e batendo os pés, agitadíssimo:

– Se não tens dinheiro, não és obrigado a emprestá-lo. Mas por que anunciar, aos quatro ventos, que minha situação não tem saída e assim por diante? Não posso suportar esses serviços e benefícios de amigos, que de um copeque fazem um rublo! Podes vangloriar-te de teus benefícios quanto quiseres, mas nada te dá o direito de divulgar meus segredos.

– Que segredos? – perguntou Samoilenko desconcertado e começando a zangar-se. – Se vieste procurar briga, retira-te. Voltarás mais tarde.

Lembrou-se de que, quando nos sentimos prestes a nos irritar contra o próximo, devemos contar até cem, para nos acalmar. Começou a contar, rapidamente.

– Peço-te que não mais te ocupes de mim. Esquece-me. Em que minha pessoa e minha vida te dizem respeito? Sim, quero ir-me daqui! Sim, faço dívidas! Sim, bebo! Vivo com uma mulher que não é minha esposa; tenho crises nervosas; sou vulgar e tenho ideias menos sérias do que a maioria... Mas que tens tu com isso? Respeita minha personalidade!

– Perdoa-me, irmão – disse Samoilenko, que conseguira contar até trinta e cinco –, mas...

– Respeita minha personalidade – disse Laevsky, cortando. – Esses contínuos mexericos em torno da vida alheia... Ah! Sim, esse contínuo controle, e as espionagens, as compaixões afetuosas... que tudo isso vá para o diabo! Emprestam-me dinheiro impondo-me condições, como a um garoto! Tratam-me só Deus sabe como!

Pôs-se a gritar, cambaleando agitado e temendo que lhe viesse uma nova crise de nervos; ao mesmo tempo que o assaltava o pensamento de que não partiria no sábado.

– Não desejo nada! Não quero nada! Peço, somente, que me libertem dessa tutela! Não sou criança, nem louco. Suplico que cessem com essa vigilância!

O diácono entrou. Vendo Laevsky pálido, agitando os braços e discursando tão estranhamente, diante do retrato do príncipe Vorontsov, deteve-se, como se subitamente congelado, enquanto o outro prosseguia:

– Esses permanentes olhares à minha alma ofendem minha dignidade de homem e eu peço a esses espiões voluntários que encerrem sua espionagem! Basta!

– Que di... que estás dizendo? – perguntou Samoilenko, depois de ter conseguido contar até cem, aproximando-se de Laevsky, muito vermelho.

– Basta! – repetiu Laevsky, sufocado e apanhando seu gorro.

– Sou um médico russo, fidalgo e conselheiro de Estado – disse Samoilenko, destacando bem as palavras. – Jamais fui espião e não permitirei que me insultem!

E gritou, com voz entrecortada, apoiando-se na última sílaba:

– Cala-te!

O diácono nunca vira o doutor tão solene, tão exaltado, tão vermelho, tão terrível: tapou a boca, precipitou-se para o vestíbulo e desatou a rir. Laevsky viu, como dentro de um nevoeiro, Von Koren erguer-se e, mãos nos bolsos da calça, ficar parado, em atitude de espera. Essa pose tranquila pareceu-lhe o máximo do ofensivo e do insolente.

– Retira tuas palavras! – gritou Samoilenko.

Laevsky, já esquecido do que dissera, respondeu:

– Deixem-me em paz! Não quero nada! Desejo somente que vocês e os alemães descendentes de judeus me deixem tranquilo! De outra maneira, tomarei as medidas necessárias! Em um campo de honra!

– Agora, tudo está claro – disse Von Koren. – O Sr. Laevsky deseja, antes de sua partida, dar-se à distração de bater-se em duelo. Posso conseguir-lhe esse prazer, Sr. Laevsky: eu o provoco.

– Provoca-me? – perguntou docemente Laevsky, aproximando-se do zoólogo e olhando, com ódio, sua fronte morena e seus cabelos crespos. – Provoca-me? Pois seja! Eu o odeio! Odeio-o!

– Muito bem. Amanhã bem cedo, perto de Kerbalai, com todas as condições à sua escolha. E, agora, saia!

– Odeio-o! – repetiu Laevsky, voz surda, ofegante. – Há muito tempo eu o odeio! Que venha o duelo!

– Faça-o sair, Alexander Davidych. Ou, então, saio eu. Ele pode me morder – disse Von Koren.

O tom tranquilo de Von Koren acalmou o doutor. Recuperando-se, subitamente, abraçou Laevsky pela cintura, afastando o zoólogo, e murmurou com sua voz terna, trêmula de emoção:

– Meus amigos... meus bons, meus queridos... Ficaram exaltados, mas basta... Basta! Meus amigos.

Ouvindo aquela voz amiga, afetuosa, Laevsky sentiu que, em sua vida, acontecia algo insólito, extravagante, como se um trem quase o tivesse esmagado. Prestes a chorar, teve um gesto de vergonha e saiu correndo.

Pouco depois, sentado no Pavillon, sentindo roê-lo, como ferrugem, o ódio que acabara de experimentar, pensava: "Meu Deus! Como é penoso sentir o ódio de um outro sobre nós próprios; parecer miserável, desprezível, fraco, ao homem que nos odeia! E como é grosseiro, esse Von Koren!"

Um pouco de conhaque, com água fresca, reanimou-o. Lembrou-se, com clareza, do rosto calmo e altaneiro do zoólogo, seu olhar, na véspera, sua camisa semelhante a um tapete, sua voz, suas mãos brancas... E em seu peito agitou-se um ódio pesado, ávido, apaixonado, pedindo vingança. Em pensamento, atirou Von Koren no chão e pisou-o. Lembrava-se, em seus mínimos detalhes, de tudo que se tinha passado e surpreendia-se por ter podido sorrir afavelmente a um homem sem qualquer valor e ter tomado conhecimento de pessoas tão sem importância, desconhecidas, que viviam na mais insignificante das aldeias que, pensava, não se encontrariam no mapa e que nenhum homem distinto, de Petersburgo, conhecia. Se essa pequena cidade desaparecesse, ou subitamente incendiasse, toda a Rússia leria a notícia com a mesma indiferença com que se toma conhecimento da venda de móveis usados. Matar Von Koren, no dia seguinte, ou deixá-lo viver, era-lhe indiferente, igualmente inútil e sem qualquer interesse. Visá-lo no pé, ou na mão, feri-lo, rir-se dele depois... e que se fosse perder com seu sofrimento na multidão das pessoas igualmente nulas, como se perde na relva um inseto a que se tenha arrancado a pata!

Dirigiu-se à casa de Sheshkovsky, para contar-lhe tudo e pedir-lhe que fosse seu padrinho. Ambos, em seguida, foram ao encontro do cobrador dos correios e telégrafos, com o objetivo de convidá-lo a ser o outro padrinho. Ficaram para jantar. Durante a refeição, riram e brincaram muito. Laievski, rindo, dizia que não sabia atirar bem e intitulava-se um atirador real e um Guilherme Tell.

– Esse cavalheiro precisa aprender a lição – disse por fim.

Depois do jantar, jogaram. Laevsky jogava e bebia, pensando que, no fundo, o duelo é algo tolo, absurdo, pois não resolve as questões, antes até as complica. Existiam, porém, casos que não o dispensavam. Por exemplo: poderia, na situação em que estava, levar Von Koren à justiça civil? E esse duelo apresentava ainda uma vantagem: depois dele, não seria possível, a ele, Laevsky, continuar na cidade.

Ligeiramente embriagado, divertindo-se com o jogo, sentia-se bem. Mas, ao crepúsculo, quando começou a escurecer, a inquietação o tomou. Não era medo da morte: enquanto jantava e, agora, jogando, viera-lhe, não sabia por que, a certeza de que o duelo daria em nada. Era medo de qualquer coisa misteriosa que lhe deveria acontecer, pela primeira vez em sua vida, na manhã seguinte. Era a apreensão da noite que chegava... Sabia que seria uma longa noite, que não dormiria e que precisava pensar não somente em Von Koren e em seu ódio, mas também nessa montanha de mentiras que deveria galgar e que não tinha forças, nem arte, para evitar. Sentia-se como se, de repente, houvesse caído doente... Perdeu todo o interesse pelas cartas e pelas pessoas, agitou-se e pediu licença para retirar-se. Queria deitar-se logo, não se mexer e colocar seus pensamentos em ordem. Sheshkovsky e o cobrador do correio o reconduziram e dirigiram-se, depois, à casa do zoólogo, para se entenderem sobre o duelo.

Quase ao chegar em casa, Laevsky encontrou Atchmianov. O jovem estava ofegante, excitado...

– Estava à sua procura, Ivan Andreich! Venha depressa, peço-lhe!

– Onde?

– Um homem que não conhece deseja falar-lhe. Tem um assunto muito importante a comunicar-lhe. Insiste em que o escute um instante. Quer lhe dizer algo... É, para ele, uma questão de vida ou de morte...

Nervoso, Atchmianov pronunciou essas palavras com forte sotaque armênio; e sua língua atrapalhou-se com a palavra vida.

– Quem é esse homem?

– Pediu-me segredo de seu nome.

– Diga-lhe que estou muito ocupado. Amanhã, se ainda o desejar...

– É impossível! – exclamou Atchmianov, assustado. – Ele quer lhe comunicar algo muito importante... Muito importante para o senhor! Se não for a seu encontro, acontecerá uma desgraça.

Sem compreender por que Atchmianov estava tão emocionado e que segredos poderiam existir naquela cidadezinha triste e inútil a todos, Laevsky murmurou:

– Estranho!... Muito estranho! Mas não custa ir... O que importa?

Atchmianov caminhava depressa, à sua frente. Seguiu-o. Passaram por uma rua... depois por outra, menor... Laevsky pensava: "Que coisa aborrecida!"

– Já estamos chegando... Está perto...

Próximo à velha muralha entraram por uma estreita rua, entre dois terrenos cercados, depois por um grande pátio e encaminharam-se a uma casinha...

– Não é a casa de Miuridov? – perguntou Laevsky.

– Sim.

– Não compreendo por que veio pelos fundos. Poderíamos muito bem ter vindo pela rua. É o caminho mais curto...

– Isso não importa...

Pareceu também estranho, a Laevsky, que Atchmianov o fizesse passar pela entrada de serviço e que agitasse a mão recomendando-lhe caminhar levemente e calar-se.

– Por aqui... – disse Atchmianov, abrindo com precaução uma porta e entrando no vestíbulo na ponta dos pés. – Devagar... devagar, por favor... Podem ouvir.

Escutou um instante, respirou com esforço e murmurou:

– Abra esta porta e entre... Não tenha medo...

Intrigado, Laevsky abriu a porta e entrou em um quarto de teto baixo, com as cortinas fechadas. Sobre a mesa, uma vela queimava.

– Quem está aí? – perguntou alguém, no quarto vizinho. – És tu, Miuridka?*

Laevsky entrou nesse outro quarto e viu Kirilin, ao lado de Nadezhda Fyodorovna.

Recuou, sem ouvir o que lhe diziam, e encontrou-se outra vez na rua, sem saber como. Seu ódio contra Vou Koren, sua inquietação, tudo desaparecera de sua alma. Voltando à casa, sacudia desajeitadamente o braço, olhando de forma fixa para o chão. Já em seu gabinete, pôs-se a caminhar a passos largos, esfregando as mãos, agitando desgraciosamente os ombros e o pescoço, como se seu casaco e sua camisa estivessem incomodando. Depois, acendeu uma vela e sentou-se diante da mesa...

---

*Miuridka: diminutivo de Miuridov. (*N. da T.*)

XVI

– As ciências morais, de que fala, só satisfarão o pensamento humano quando, no curso de sua evolução, elas se encontrarem com as ciências exatas e com elas puderem caminhar, lado a lado. Esse encontro se produzirá em um microscópio, nos monólogos de um novo Hamlet, ou em uma nova religião... não sei! Mas acredito que, antes que isso aconteça, a Terra ficará recoberta por uma casca de gelo. A mais durável e a mais viva das doutrinas morais é, sem dúvida, a doutrina de Cristo: mas veja como é diferentemente interpretada! Uns ensinam a amar o próximo, excetuando-se, no entanto, os soldados, os criminosos e os loucos. Aos soldados permite-se matar, na guerra; outros têm o direito de isolar homens, ou executá-los. Alguns defendem o casamento... enquanto existem as interpretações que mandam amar o próximo, sem qualquer exceção, sem distinção das qualidades e dos defeitos. Segundo sua doutrina, se um tuberculoso, um assassino ou um epilético pede nossa filha em casamento, devemos atendê-lo. Se os cretinos fazem guerra aos sãos de espírito, que lhes estendamos o pescoço. Se essa pregação do amor pelo amor, da arte pela arte, se fortalecesse, isso nos levaria ao completo desaparecimento da humanidade... e assim se cumpriria o mais terrível dos crimes que possa ter lugar sobre a Terra. As interpretações são tantas que os espíritos sérios não podem contentar-se com qualquer delas; e à massa dessas interpretações apressam-se a acrescentar a própria. Jamais se deve colocar, como o senhor o fez, não se deve colocar a questão no terreno filosófico, nem no chamado terreno cristão. Com isso, o único resultado que se consegue é afastar o problema.

O diácono, depois de ouvir com atenção, refletiu e perguntou ao zoólogo:

– Foram os filósofos que inventaram a lei moral, comum a todos os homens, ou foi Deus quem a criou, quando criou nosso corpo?

– Não sei. Mas é uma lei tão comum a todos os povos e a todas as épocas que, parece, precisamos considerá-la organicamente ligada ao homem. Não é uma invenção: ela existe e existirá sempre. Não quero dizer que vão encontrá-la, um dia, sob o microscópio. Mas sua ligação orgânica está demonstrada, à evidência. Qualquer afecção séria do cérebro, ou o que se costuma chamar de doença mental, manifesta-se sempre, pelo que eu saiba, por uma perversão da lei moral.

– Muito bem. Então, da mesma maneira que o estômago pede comida, a lei moral pede que amemos o próximo? É isso? Mas se, por amor-próprio, nossa verdadeira natureza resiste à voz da consciência e da razão, o que faz surgir muitas outras questões a resolver, onde procurar as soluções, se estamos impedidos de colocar nossas indagações em terreno filosófico?

– Apelando para algumas noções exatas, que já possuímos. Entregando-nos à evidência e à lógica dos fatos. É escasso, não nego, mas é um terreno menos movediço e menos vago do que a filosofia. A lei moral exige que amemos nossos semelhantes? Pois muito bem! O amor deve consistir, então, no afastamento de tudo quanto, de uma maneira ou de outra, é nocivo aos homens e os ameaça, no presente ou no futuro. Nossos conhecimentos e a evidência dos fatos nos dizem que, partindo das gentes anormais, física e moralmente, um grande perigo ameaça a humanidade. E se assim é, oponhamo-nos aos anormais: se não temos força para conduzi-los à normalidade, pelo menos a tenhamos para impedi-los de destruir, isto é, tenhamos força para suprimi-los.

– O amor consiste, então, em que o fraco seja vencido pelo forte?

– Sem dúvida.

O diácono replicou, com ardor:

– Mas foram os fortes que crucificaram Nosso Senhor Jesus Cristo!

– Exatamente o contrário: não foram os fortes que o crucificaram e sim os fracos. A cultura humana enfraquece a capacidade de luta pela existência e pela seleção natural, e tende a anulá-la. Daí a rápida multiplicação dos fracos e seu predomínio. Suponhamos que alguém consiga insuflar, nas abelhas, ideias humanas, em sua forma não elaborada, bem rudimentar. Qual será o resultado? Os zangões, que devem ser mortos, continuarão vivos, comerão todo o mel, corromperão e sufocarão as abelhas. Consequência: predomínio dos fracos sobre os fortes e degenerescência desses últimos. É precisamente o que está acontecendo agora à humanidade: os fracos oprimem os fortes. Entre os selvagens, ainda não atingidos pela civilização, é o mais forte, o mais sábio e o mais digno que caminha à frente. Como chefe e senhor. Enquanto isso, nós, os civilizados, crucificamos Cristo e continuamos a crucificá-lo. Falta-nos algo... É nosso dever restaurar "esse algo" dentro de nós mesmos. Sem o que os desentendimentos não terão fim...

– Mas qual o seu critério para distinguir os fracos dos fortes?

– O conhecimento e a evidência. Reconhecemos os tuberculosos e os escrofulosos pelos sintomas de suas doenças; os depravados e os loucos, por seus atos.

– Mas podemos nos enganar!

– Claro. Todavia, quando o dilúvio nos ameaça, não devemos ter medo de molhar os pés.

– Isso é filosofia – disse o diácono, rindo.

– De maneira alguma. Estão todos de tal modo deformados por essa filosofia de seminário que só desejam ver escuro em tudo. As ciências abstratas, de que sua jovem cabeça está repleta, são assim chamadas porque abstraem o homem da evidência. Olhem o diabo de frente, bem nos olhos... E se ele for mesmo o diabo, não temam chamá-lo por seu nome. E não busquem explicações em Kant ou Hegel.

Após ter se calado por um instante, o zoólogo prosseguiu:
– Dois e dois são quatro. Uma pedra é uma pedra. Amanhã, vou bater-me em duelo. Diremos que é tolo, idiota, que o duelo saiu de moda, mas que o duelo aristocrático, em suma, em nada difere de uma rixa de bêbados em um cabaré; mas nada disso nos deterá, e vamos nos bater mesmo. Existe, portanto, uma força superior a nosso raciocínio. Gritamos que a guerra é um banditismo, uma selvageria, um horror, uma matança entre irmãos; e não podemos ver sangue sem desmaiar. Mas se os franceses, ou os alemães, nos ofenderem, logo ficaremos muito irritados: soltaremos "Hurras" com a maior sinceridade e nos atiraremos sobre o inimigo. Pediremos bênção para nossas armas... a bênção de Deus! E nosso heroísmo provocará entusiasmos coletivos, que não serão artificiais. Há uma força, sim, se não mais alta, pelo menos superior a nós e à nossa filosofia. Não podemos contê-la, como não podemos parar aquela nuvem que se eleva lá longe, sobre o mar. Não sejamos, pois, hipócritas, não a provoquemos, ocultando-nos e dizendo-nos: "Ah! Como é imbecil! Ah! Isto é velho! Ah! Não está de acordo com as Escrituras." Olhemo-la de frente. Reconheçamos sua razoável legitimidade; e se ela quiser, por exemplo, anular uma raça fraca, escrofulosa, depravada, não a impeçamos com nossas pílulas e nossas citações de um Evangelho malcompreendido. Leskov apresentou um Danilo consciencioso,* que, encontrando um leproso às portas da cidade, o alimentou e o reconfortou, em nome do amor e em nome de Cristo. Se esse Danilo amasse verdadeiramente os homens, teria arrastado o leproso para longe da cidade e o atirado em um fosso. Em seguida, partiria para servir às pessoas sadias. Cristo, penso eu, nos ensinou um amor razoável, sensato, útil.

---

*Em sua narrativa *Danilo, o consciencioso*. (*N. da T.*)

– Que homem estranho é o senhor! – disse o diácono, rindo. – Não acredita em Cristo, no entanto, fala sobre ele a todo instante. Por quê?

– Não é bem isso: creio nele. Mas claro que creio à minha maneira e não à sua. Ah! Diácono, diácono! – disse o zoólogo, abraçando o diácono alegremente. – Então? Vai assistir ao duelo amanhã?

– Meu cargo não o permite. Se o permitisse, iria sim.

– Que quer dizer com esse "meu cargo"?

– Fui ordenado. Recebi a bênção divina.

– Ah! Diácono, diácono! – repetiu Von Koren, rindo. – Gosto de conversar com o senhor.

– O senhor diz que tem fé... que espécie de fé? Escute. Tenho um tio pope. Sua fé é tão profunda que, quando vai ao campo em tempo de seca fazer preces para que chova, já leva o guarda-chuva e o sobretudo de couro, para evitar molhar-se na volta. Isso sim é fé! Quando fala sobre Cristo, uma tal irradiação emana dele que os camponeses e os mujiques choram aos soluços. Ele faria parar aquela nuvem e poria em fuga toda essa força que o senhor acaba de mencionar. Sim... a fé remove montanhas.

Rindo, bateu nas costas do zoólogo e continuou:

– É isso mesmo! O homem pode estudar, transpor todas as distâncias e todos os abismos do mar; distinguir os fortes dos fracos; escrever livros; provocar outro homem a um duelo... mas nada mudará. Não importa que existam velhos monges, pequenos e enfraquecidos, murmurando uma só palavra, em nome do Espírito Santo, ou que, do ponto mais longínquo da Arábia, Maomé chegue a cavalo, cimitarra em punho: nossa vida não terá sentido e não restará, na Europa, pedra sobre pedra.

– Isso, diácono, é o que ninguém ainda sabe.

– A fé que não agita é letra morta; e os atos, sem base na fé, piores ainda, pois nada mais significarão do que tempo perdido.

Procedente do cais, surgiu o doutor. Avistando o diácono e o zoólogo, dirigiu-se a eles dizendo, cansado:

– Penso que está tudo providenciado. Os padrinhos serão Govorovsky e Boiko. Chegarão às cinco horas da manhã. Olhou o céu: – Que amontoado de nuvens! Está tudo encoberto. Vai chover.

– Espero que nos acompanhes – disse Von Koren.

– Não. Deus me livre disso! Estou extremamente extenuado... Ustimovitch me substituirá. Já pedi a ele.

Longe, sobre o mar, brilhou um relâmpago; e surdas trovoadas ressoaram. Von Koren comentou:

– Como a atmosfera fica pesada antes das tempestades! Aposto que já foste à casa de Laevsky, chorar no seu ombro...

– Para que ir lá? Já estás começando! – replicou o doutor, perturbado.

Várias vezes, até o pôr do sol, ele havia percorrido o bulevar e a rua, na esperança de encontrar Laevsky. Sentia vergonha de sua irritação e do súbito impulso de bondade que lhe sobreviera. Desejava desculpar-se junto ao jovem, em tom de brincadeira; e, no mesmo tom, repreendê-lo, acalmá-lo, dizer-lhe que o duelo é uma remanescência da barbárie medieval... mas que, mesmo assim, fora a Providência que lhe impusera esse duelo, como instrumento de reconciliação. No dia seguinte, ambos, gente de bem, homens do mais elevado espírito, após terem trocado tiros, reconheceriam sua mútua nobreza e se tornariam amigos. Mas não encontrara Laevsky.

– Por que iria eu à sua casa? – repetiu Samoilenko. – Não fui eu quem o insultou... Pelo contrário: foi ele. Digam-me, por favor: por que se atirou ele contra mim? Que mal lhe fiz eu? Entro no salão e, de repente, sem qualquer motivo, ele me chama de espião. Vejam que coisa! Diz-me, Von Koren: como começaste a discutir com ele? O que lhe disseste?

– Disse-lhe que sua situação não tinha saída, e não é mentira. Que só os homens honestos e os patifes podem encontrar uma abertura para fugirem a situações assim. Mas quem quer ser, ao mesmo tempo, homem honesto e patife... esse não encontrará saída. E agora, meus senhores, boa noite: já são onze horas e amanhã precisamos acordar cedo.

Subitamente, começou a ventar. A poeira do cais pôs-se a rodopiar, enquanto o vento rugia, cobrindo o ruído do mar.

– Um vendaval – disse o diácono. – Precisamos entrar ou ficaremos com os olhos cheios de areia.

Quando se retiravam, Samoilenko suspirou e disse, sustentando seu gorro:

– Já sei que não vou dormir esta noite.

O zoólogo respondeu-lhe, rindo:

– Não te emociones demais. O duelo vai dar em nada. Fica tranquilo. Laevsky atirará generosamente para o ar... não pode fazer diferente... e eu, provavelmente, nem chegarei a atirar. Tomar em consideração a causa de um Laevsky é perda de tempo: o defunto não vale a vela. A propósito: em que pena se incorre com o duelo?

– Prisão e, no caso de morte do adversário, três anos em uma fortaleza.

– Na fortaleza de Pedro e Paulo?

– Não, em uma fortaleza militar, creio eu.

– Que pena! Esse cretino precisava receber uma lição!

Novamente, ao longe, sobre o mar, flamejou um relâmpago, iluminando, por instantes, os telhados e as montanhas. Ao chegarem ao bulevar os amigos se separaram.

Quando Samoilenko já desaparecia na escuridão e seus passos perdiam-se à distância, Von Koren gritou-lhe:

– Contanto que o tempo não nos atrapalhe amanhã!

– Que esplêndida desgraça, não? Queira Deus que aconteça!

– Boa noite!

– Com esta noite? O que disseste?

Mal podiam ouvir-se, ensurdecidos pelo ruído do vento e do mar, pelo ribombar dos trovões. E apressou os passos, em direção à casa.

– Nada! – gritou o zoólogo.

XVII

Em minha alma sobrecarregada de angústia
Comprimem-se recordações penosas.
Silenciosas
As lembranças diante de mim se desenrolam.
Minha vida com desgosto vou relendo
E de desgosto blasfemo, estremecendo;
Amargamente me lamentando,
Chorando...
Mas minhas lágrimas não apagam
As tristes linhas.

Pushkin

"Quer no matem amanhã de manhã, quer o desprezem, isto é, quer lhe concedam a vida, ele estará perdido. Quer essa mulher condenada se mate de desespero e vergonha, quer arraste sua desgraçada existência, ela estará igualmente perdida..."

Assim pensava Laevsky, sentado diante de sua mesa, a noite já alta, continuando a esfregar as mãos. A janela abriu-se de repente e bateu. Um vento forte precipitou-se no quarto, fazendo voar os papéis, atirando-os ao chão. Laevsky fechou a janela e recolheu papéis. Tinha uma sensação nova, uma espécie de peso, não reconhecia os próprios movimentos. Caminhava timidamente, agitando os cotovelos e sacudindo os ombros. Sentando-se de novo, recomeçou a esfregar as mãos. Seu corpo perdera a leveza.

Lembrou que na véspera da própria morte as pessoas devem escrever aos pais. Apanhou a caneta e traçou, com a mão muito trêmula:

"Querida mãe!"

Queria escrever-lhe pedindo, em nome do Deus misericordioso, no qual ela acreditava, que o acolhesse em seu lar e aquecesse com seu carinho a infeliz mulher, pobre e frágil, que ele desonrara, e que, esquecendo e perdoando tudo, redimisse, em parte, por seu sacrifício, a horrível falta que seu filho cometera. Mas lembrou-se da mãe, uma velha muito alta, com touca de rendas, saindo todas as manhãs a seu jardim, acompanhada de uma parenta pobre, conduzindo um cãozinho. Lembrou-se dela, gritando, autoritária, ao jardineiro, aos criados... e com que fisionomia orgulhosa e altaneira! Lembrando-se disso tudo, riscou a palavra que acabara de escrever.

O clarão de um relâmpago iluminou as três janelas. Pouco depois, ressoou e rolou um trovão ensurdecedor. Surdo e, depois, estrepitoso; tão forte que as vidraças estremeceram. Laevsky ergueu-se, aproximou-se de uma janela e apoiou a testa em uma vidraça. E então contemplou uma violenta e magnífica tempestade. No horizonte, as nuvens jorravam relâmpagos em fitas brancas, caindo incessantemente sobre o mar, abrasando um largo espaço de altas vagas negras. À direita, à esquerda, sobre os telhados das casas, era provável que relâmpagos caíssem, como chamas de um incêndio...

– A tempestade! – murmurou Laevsky, sentindo desejo de mandar uma prece ao que quer que fosse, mesmo aos relâmpagos e às nuvens. – Grande tempestade!

Recordou-se da infância, quando, durante as tempestades, fugia para o jardim, cabeça nua, acompanhado por duas meninas de cabelos louros e olhos azuis. A chuva as molhava e elas riam de alegria. Mas quando ressoava um trovão violento, elas se abraçavam, confiantes, a ele. Persignava-se e apressava-se a dizer: "Santo, santo, santo..."* Prelúdio belo e puro de uma vida, onde te escondeste? Em que oceano naufragaste? Hoje, Laevsky não mais receia as tempestades, nem ama a natureza. Não crê em Deus algum. Todas as mocinhas confiantes que conheceu foram pervertidas por ele e pelos jovens de sua geração. Em toda a vida, jamais plantou uma árvore, nem simples relva, no jardim familiar. Vivendo em um mundo vivo, nunca salvara nem mesmo uma mosca. Só destruíra, arruinara, e mentira, mentira...

– Afinal, o que não foi vício em minha vida? – perguntou-se, tentando agarrar-se a qualquer recordação límpida, como, ao cair em um precipício, um homem se agarrando aos arbustos. – O liceu? A universidade? Tudo mistificação... Ele havia sido um sofrível estudante e esqueceu tudo o que aprendera. Serviço à sociedade? Também fora mistificação, já que em seu escritório nada produzia que justificasse seus vencimentos, suas atividades administrativas eram nada mais que fraude imunda, para a qual não havia castigo.

Não sentia necessidade da verdade, e não a procurava. Sua consciência, enfeitiçada pelo vício e pela mentira, dormia ou calava-se. Vivia à margem da vida social, como um estrangeiro ou um mercenário caído de outro planeta. Os sofrimentos das pessoas, suas ideias, sua religião, seus conhecimentos, suas buscas, suas lutas, eram-lhe indiferentes. Jamais dissera a um semelhante uma única palavra boa; e nunca escrevera uma só linha útil, uma linha que não fosse vazia e banal. Não fizera pelos homens nada que valesse dois caracóis. Limitara-se a comer-lhes o pão, beber-lhes o vinho, arrebatar-lhes as mulheres... e viver das ideias deles. Para justificar-se diante dos homens e consigo próprio, para justificar sua miserável vida de

---

*Evocação dos *Sanctus,* que os russos pronunciavam durante as tempestades. (*N. da T.*)

parasita, assumia atitudes de superioridade, de autossuficiência. Tudo mentira, mentira, mentira...

Laevsky lembrou-se nitidamente do que vira em casa de Miuridov, com uma sensação insuportável de abominação e de angústia. Kirilin e Atchmianov eram abjetos, mas apenas continuavam o que ele havia começado. Seus cúmplices e seus discípulos. Levara uma mulher jovem e fraca, confiante mais nele do que no próprio irmão, a perder o marido, as relações, o país. Levara-a àquela região de calor tórrido, de febre, de tédio. Dia a dia, refletira nela, como em um espelho, sua ociosidade, seus defeitos, sua mentira; e só com isso preenchera sua vida, sua vida frágil, seca, lamentavelmente sem grandeza. Depois, cansara-se dela e passara a odiá-la. Mas, sem coragem para abandoná-la, tentara envolvê-la, cada vez mais, na mentira... O resto, os outros incumbiram-se de fazer.

Laevsky ora sentava-se à sua escrivaninha, ora reaproximava-se da janela; ora apagava a luz, ora a acendia. Maldizia-se, em voz alta, chorava, lamentava-se, pedia perdão. Por várias vezes, desesperado, voltava à mesa e reescrevia: "Querida mãe!"

Não possuía, além dela, parentes ou amigos. Mas o que poderia ela fazer por ele? E onde estaria? Sentia ímpetos de correr a Nadezhda Fyodorovna, atirar-se a seus pés, beijar suas mãos e suplicar-lhe que o perdoasse. Lembrando-se, porém, de que era sua vítima, sentia medo dela, como de um cadáver.

"Minha vida está arruinada! Por que, meu Deus, ainda estou vivo?"

Sua terna estrela, arrancada do céu havia muito tempo, rolara: seu traço perdera-se nas trevas da noite. E não reapareceria, porque a vida é dada apenas uma vez, não se repete jamais. Se os dias e os anos passados pudessem voltar, Laevsky substituiria, em seu novo curso, a mentira pela verdade, a ociosidade pelo trabalho, a tristeza pela alegria. Restituiria a pureza a todos quantos tornara impuros; encontraria Deus e a justiça.

Mas era impossível fazer voltar ao céu a estrela perdida. E essa impossibilidade o levava ao desespero.

Quando a tempestade passou, Laevsky, junto à janela aberta, pensava tranquilamente no que lhe poderia acontecer. Von Koren, sem dúvida, o mataria. A fria, a nítida concepção do mundo que esse homem não ocultava permitia-lhe a supressão dos fracos e inválidos. E mesmo que, no seu último momento, sua concepção se modificasse, o ódio e a repugnância que ele lhe inspirava o sustentariam. Se ele lhe faltasse ou se, para zombar de um rival detestado, apenas o ferisse, ou atirasse para cima, que fazer? E para onde ir? "Partir para Petersburgo?", perguntou a si mesmo. Mas seria recomeçar a mesma vida execrada. Além disso, é sempre um engano buscar a salvação em uma simples mudança. Em qualquer lugar a Terra é sempre a mesma. Procurar salvação entre os homens? Como e em quem, procurá-la? Havia tão pouco dela na bondade e na generosidade de Samoilenko, como no bom humor risonho do diácono, ou no ódio de Von Koren. A salvação só deve ser buscada dentro de nós mesmos. Se mesmo assim não a encontramos, por que perder tempo? Em suma: o necessário seria matar-se...

Ouviu o ruído de uma carruagem. Começava a amanhecer. Uma caleça avançou, fez a volta. A areia molhada rangia sob suas rodas. Parou diante da casa. Dentro dela estavam duas pessoas.

Laevsky gritou-lhes da janela:

– Esperem: desço imediatamente! Não estou dormindo. Já é hora?

– Sim. São quatro horas... O tempo exato de chegarmos lá...

Laevsky vestiu o sobretudo, enfiou o gorro, colocou cigarros no bolso. Deteve-se, refletindo. Parecia-lhe que ainda havia alguma coisa a fazer. Seus padrinhos conversavam tranquilamente na rua; os cavalos resfolegavam; e esses ruídos, em uma úmida manhã, quando todos ainda dormiam e o céu mal começava a clarear, esmagavam a alma de Laevsky com um sinistro abatimento. Recuperando-se de sua meditação, entrou no quarto de dormir.

Nadezhda estava estirada na cama, a cabeça inteiramente coberta. Sua imobilidade e, sobretudo, sua cabeça inclinada faziam com que parecesse uma múmia. Olhando-a em silêncio, Laevsky pedia-lhe perdão, mentalmente. Pensava que se o céu não estivesse vazio, se realmente existia um Deus, Ele a preservaria. Mas não existia esse Deus e, sem ter do que viver, Nadezhda Fyodorovna estava condenada.

Repentinamente sobressaltada, Nadezhda Fyodorovna sentou-se. Erguendo seu rosto pálido e fitando Laevsky com terror, perguntou:

– És tu? A tempestade já passou?

– Sim, já passou.

Recordando-se, ela levou as duas mãos à cabeça e estremeceu:

– Como sofro! Se soubesses como estou sofrendo! – Fechou os olhos e continuou: – Estava à tua espera, para que me mates ou me expulses desta casa, sob a chuva, a tempestade... E tu esperas... demoras...

Ele abraçou a mulher com força, num impulso; cobriu de beijos seus joelhos e suas mãos. Depois, ouvindo-a murmurar qualquer palavra e sentindo-a fremir, acariciou-lhe os cabelos, compreendendo que aquela mulher impura e infeliz era o único ser querido que possuía e que não poderia substituir.

Ao sair e subir à caleça, animava-o um claro desejo de voltar vivo à sua casa.

XVIII

O diácono desceu da cama, vestiu-se, pegou a nodosa bengala e saiu, sem fazer ruído.

Estava muito escuro: já na rua, o diácono nem mesmo distinguia sua bengala clara. Não havia uma só estrela no céu e parecia que ainda haveria chuva. Sentia-se o cheiro do mar e da areia molhada. "Contanto que os bárbaros não me ataquem!", pensava o diácono, ouvindo a bengala bater na calçada e observando o quanto sua ressonância estava isolada na noite.

Ao sair da cidade, começou a distinguir a estrada e a própria bengala. No céu negro apareceram, esparsas, algumas manchas indecisas e logo uma estrela cintilou timidamente, como um olhar solitário. Caminhando pela costa elevada e rochosa, o diácono não via o mar: lá embaixo, ele parecia adormecer, e suas vagas, preguiçosas e pesadas, quebrando na praia, davam a impressão de suspirar e dizer "Ufa!". E como eram lentas! A uma onda que avançava, o diácono tinha tempo de contar até oito, até uma outra a seguir; e a terceira só ia quebrar ao cabo de seis passos. Na profundeza das trevas, o ruído indolente e preguiçoso do mar alongava-se, como se alongava o tempo que escoava, imperceptível e infinitamente longínquo, enquanto Deus pairava acima do caos.

O diácono sentiu-se, de repente, oprimido. Lembrou-se de que Deus poderia puni-lo pelo pecado de conviver com ateus, a ponto de ir ver de perto um de seus duelos. Embora se tratasse de um duelo suave, sem derramamento de sangue, divertido, talvez. Mas não deixava de ser um espetáculo pagão. Cena bastante inconveniente a ser assistida por um eclesiástico. Deteve-se, pensando se não seria preferível retroceder. Uma curiosidade, porém, muito mais forte, inquieta, superou suas dúvidas. E continuou seu caminho. Pensava, para tranquilizar-se: "Se bem que não sejam crentes, são boa gente: serão salvos."

Pronunciou, em voz alta, acendendo um cigarro:

– Serão salvos, sem dúvida!

Qual será a medida do homem, para ser justo, para avaliar o mérito alheio? Lembrou-se de seu inimigo, o inspetor do seminário, que, embora crente em Deus, incapaz de bater-se em duelo e levando uma vida casta, o obrigava a comer pão misturado com areia e certa vez quase lhe descolara a orelha. Se a vida humana está estabelecida de maneira tal que esse inspetor, cruel e desonesto, desonesto a ponto de roubar farinha ao seminário, gozava da estima geral, sua saúde sempre protegida pela prece dos seminaristas, se a vida é assim, será justo manter-se distância de Von Koren e Laevsky, apenas porque eles não têm fé? Mentalmente o diácono pôs-se a debater a questão. Lembrando-se, porém, do papel que Samoilenko fizera, na véspera, o curso de seu pensamento desviou-se. Quanto iria rir no dia seguinte! O diácono imaginava que, oculto atrás das moitas, poderia ver tudo e assim, no dia seguinte, ao jantar, quando Von Koren começasse a contar vantagens, ele lhe contaria, rindo, todos os detalhes do duelo. E o zoólogo lhe perguntaria:

– Como sabes tudo isso?

– Adivinhe... Eu estava em casa, mas sei.

Seria até bom que fizesse um relato escrito desse duelo: seu sogro riria, lendo-o; pois era um homem capaz de se esquecer de comer desde que lhe contassem, ou lhe escrevessem, algo engraçado.

O vale do rio Amarelo ostentava-se, inteiro, ao olhar. A chuva engrossara a torrente, tornando-a mais furiosa. Já não roncava: rugia. O dia começava a nascer. A manhã cinzenta e coberta, as nuvens que corriam para oeste, ao encontro das que precediam a tempestade, as montanhas envoltas em bruma, as árvores molhadas, tudo parecia, ao diácono, feio e triste. Lavou o rosto em um riacho, disse suas preces matinais. Sentiu vontade de beber chá e de comer sonhos quentes, com creme frio, iguais aos que eram servidos, pela manhã, em casa de seu sogro. Lembrou-se da esposa e da valsa *Dias distantes*, que ela tocava ao piano. Em uma semana, haviam promovido seu encontro, o noivado e o casamento. Que espécie de mulher seria? Vivera com ela menos de um mês e logo fora enviado àquela missão, de maneira que não sabia, ainda, com quem estava casado. No entanto, aborrecia-se com sua ausência.

"Preciso escrever-lhe uma cartinha bem carinhosa...", pensava.

Encharcada de chuva, a bandeira, hasteada no cabaré, pendia; e o próprio cabaré, com seu telhado molhado, apresentava-se mais sombrio e mais baixo do que antes. Perto da porta estava parada uma carroça. Kerbalai, dois dos abcázios e uma jovem tártara, de calças largas, provavelmente mulher ou filha de Kerbalai, retiravam sacos do cabaré e os arrumavam no veículo, sobre um monte de palha de milho. Perto da carroça, dois burros esperavam, de cabeça baixa. Uma vez colocados os sacos, os dois representantes dos abcázios e a mulher tártara cobriram-nos de palha. Kerbalai, rapidamente, atrelou os burros.

"Caramba, contrabando...", pensou o diácono.

A árvore derrubada, com seus galhos secos, os vestígios negros do braseiro... O piquenique, em todos os seus detalhes, o fogo, os cânticos dos abcázios, os doces sonhos de um arcebispado, a procissão... Tudo voltou à memória do diácono... O rio Negro apresentava-se mais negro ainda e mais largo. O diácono atravessou, com precaução, a frágil ponte que a torrente lamacenta já atingia em seu revestimento e subiu pela escada para o secadouro. "Uma grande cabeça! pensou, estendendo-se sobre a palha, lembrando-se de Von Koren. "Uma excelente cabeça... que Deus a proteja sempre! Mas existe nela algo de crueldade..."

Por que detesta Laevsky e por que Laevsky o detesta? Por que vão se bater em duelo? Se tivessem conhecido, desde a infância, miséria igual à do diácono, se tivessem crescido no meio de gente ignorante, pessoas duras de coração, ásperas, gananciosas, lançando em rosto os bocados de pão, grosseiros, indiferentes a seus semelhantes, escarrando no chão, arrotando durante as refeições e as preces... Se desde a infância não tivessem sido deformados por uma vida por demais fácil e por um círculo de relações de gentes selecionadas... Ah! Como eles teriam se amparado mutuamente, como teriam se perdoado reciprocamente de seus defeitos e apreciado o que havia de bom em cada um deles! Existe, no mundo, um número tão pequeno de pessoas decentes, mesmo exteriormente! Laevsky era, na verdade, frívolo, dissoluto, estranho. Mas não era homem de roubar, ou de escarrar no chão, ruidosamente. Jamais diria à sua mulher: "Vives te empanturrando e não queres trabalhar." Nunca faria sangrar um filho, às chicotadas, nem alimentaria seus empregados com carne de porco podre. E isso não bastaria para que se tivesse alguma indulgência com ele? Aliás, ele próprio era o primeiro a sofrer com seus defeitos, como um doente com suas chagas. Em vez de os homens viverem procurando uns nos outros, por desfastio ou má compreensão, degenerescência, fraquezas, hereditariedades e outras peculiaridades pouco compreensíveis, não seria melhor que cada um descesse de sua altivez e fosse utilizar seu ódio e sua cólera em favor de ruas inteiras, ressoantes dos gemidos da ignorância mais grosseira, da avidez, dos protestos, da imundície, dos palavrões e das explosões dos gritos femininos?

O ruído de uma carruagem interrompeu as reflexões do diácono. Olhando para fora, viu dentro dela três pessoas: Laevsky, Sheshkovsky e o cobrador dos correios.

– Alto! – disse Sheshkovsky.

Os três homens saltaram e entreolharam-se.

– Ninguém, ainda – disse Sheshkovsky, sacudindo a lama de sua roupa. – Muito bem! Antes que o enfrentamento comece, escolhamos um local conveniente. Aqui, não poderemos nos movimentar.

Subiram o rio e desapareceram. O cocheiro tártaro, sentado na boleia, adormeceu, com a cabeça caída sobre o ombro. Ao cabo de uns dez minutos, o diácono saiu do secadouro e, tirando o chapéu preto, para que não percebessem sua presença, curvando-se e olhando em torno, insinuou-se entre os arbustos e os pés de milho marginais. Grossas gotas d'água caíam sobre ele das árvores e das moitas, a relva e o milharal estavam impregnados de chuva.

– Se eu tivesse adivinhado, não teria vindo – murmurou, levantando os panos molhados e sujos de sua batina.

Logo ouviu vozes e viu gente. Laevsky, curvado, as mãos agasalhadas em suas mangas, andava de um lado para outro no pequeno prado. Seus padrinhos, paradas perto do rio, enrolavam cigarros. O diácono pensou, ante a atitude e o porte perdidos de Laevsky: "É estranho... Parece um velho..."

– Acho muito pouco delicado da parte deles – disse o cobrador dos correios olhando o relógio. – Talvez seja bonito que um sábio chegue atrasado, mas eu, pessoalmente, considero isso uma sujeira.

Sheshkovsky, alto e de barba negra, estava atento... por fim, disse:

– Ei-los!

XIX

Von Koren, mal apareceu no prado, estendeu os braços em direção ao levante:

– É a primeira vez em minha vida que vejo isto! Como é belo! Olhem: reflexos verdes!

No oriente, saindo de detrás das montanhas, alongavam-se reflexos verdes, uma paisagem de fato muito bela. O sol começava a aparecer.

O zoólogo prosseguiu, cumprimentando com a cabeça os padrinhos de Laevsky:

– Bom dia. Espero não estar atrasado...

Seus padrinhos o seguiam: Boiko e Govorovsky, dois jovens da mesma estatura, ambos de túnica branca; o doutor

Ustimovich, magro, ríspido, com um embrulho na mão direita e, na esquerda, como era seu hábito, a bengala, que mantinha às costas. Colocando o embrulho no chão, sem cumprimentar os adversários, uniu as mãos e pôs-se a medir os cem passos.

Laevsky, como um homem que poderia morrer logo e, por isso, atraindo a atenção geral, sentia-se fatigado e pouco à vontade. Desejava que o matassem o mais depressa possível, ou que o reconduzissem à casa. Pela primeira vez, também, via o nascer do sol. Esse amanhecer, com seus reflexos verdes, a umidade, os homens com suas botas molhadas, tudo lhe parecia deslocado em sua vida, inútil, e o oprimia. Afinal, nada tinha qualquer relação com a noite que passara angustiado por seus pensamentos e seu sentimento de culpa. Teria partido, sem hesitar, antes mesmo do duelo.

Von Koren tentava ocultar seu visível nervosismo, fingindo interessar-se, principalmente, pelos raios do sol. O padrinhos, confusas, entreolhavam-se, como se perguntando por que estavam ali e o que deviam fazer.

Sheshkovsky cortou o silêncio:

– Acredito, senhores, que não precisamos ir mais longe. O local convém.

– Sim, certamente – falou Von Koren, aquiescendo.

Houve ainda silêncio. Logo, Ustimovich, detendo-se, voltou-se bruscamente para Laevsky e disse-lhe, à meia-voz, soprando-lhe as palavras junto ao rosto:

– Acho que não houve tempo de vos comunicarem minhas condições. Devo receber, de cada um, quinze rublos. No caso de morte, o sobrevivente me pagará os trinta.

Laevsky conhecia aquele homem, mas só naquele momento notou seus olhos ternos, seus bigodes encerados, seu magro pescoço de tísico. Era um usurário, e não um médico. Seu hálito tinha o cheiro desagradável de carne de açougue. Laevsky pensou: "Que gente existe por esse mundo!" E respondeu:

– Está bem.

O doutor, inclinando a cabeça, recomeçou a andar. Percebia-se que não estava preocupado com o dinheiro: pedira-o unicamente por animosidade. Todos sentiam que era preciso começar, ou pelo menos terminar, o que havia sido começado. Mas nem se começava, nem se acabava: caminhava-se, esperava-se, fumava-se. Os jovens oficiais, que assistiriam pela primeira vez a um duelo e não acreditavam em duelos de civis, a seu ver inúteis, olhavam suas túnicas brancas e ajeitavam as mangas.

Sheshkovsky aproximou-se deles e disse-lhes, em voz baixa:

– Senhores, devemos fazer todos os esforços para que esse duelo não se realize. Precisamos reconciliá-los. Corou e continuou: – Kirilin contou-me, ontem à noite, que Laevsky o surpreendeu com Nadezhda Fyodorovna, e outros detalhes sobre o ocorrido.

– Sim – respondeu Boiko. – Nós também sabemos disso.

– Então, observem... As mãos de Laevsky tremem... Não estão em condições de sequer levantar uma pistola. Bater-se com ele é tão desumano como bater-se com um homem ébrio ou com alguém doente de tifo. Se não for possível reconciliá-los, teremos de adiar o duelo... Por Deus!, seria um evento diabólico, que não devemos querer ver!

– Fale sobre isso com Von Koren.

– Não conheço as regras do duelo e não quero mesmo conhecê-las: que vão para o diabo! Ele talvez vá pensar que Laievski está com medo e me envia a ele. Mas sabe o que mais? Pense ele o que quiser, vou falar-lhe.

Hesitante, arrastando a perna, como se tivesse o pé entorpecido, Sheshkovsky dirigiu-se a Von Koren: enquanto andava, gemendo, toda a sua pessoa expressava preguiça.

Começou observando detidamente a camisa estampada do zoólogo:

– Tenho algo de muito confidencial a lhe dizer... Não conheço as regras do duelo, nem desejo conhecê-las... desejo que vão para o diabo! Nem estou aqui argumentando, como padrinho, ou coisa que o valha: estou aqui como homem, e isso basta-me.

– Sim? E então?

– Quando os padrinhos propõem reconciliação, em geral não são atendidas e os duelos se realizam. Predomina o amor-próprio... eis tudo. Mas eu venho lhe pedir, insistentemente, que observe bem Ivan Andreich. Ele não está hoje em seu estado normal. Não está de posse de todos os seus recursos, está causando piedade. Aconteceu-lhe uma desgraça. Não suporto mexericos, mas, no momento deste duelo, sinto-me na obrigação de pô-lo a par de certo acontecimento... – Corou e olhou em torno: – Laevsky surpreendeu, ontem, a mulher em casa de Miuridov... com um cavalheiro.

– Que sujeira! – disse o zoólogo, rosnando.

Empalideceu, sua fisionomia crispou-se. Escarrou ruidosamente e disse:

– Que nojo!

Seu lábio inferior tremia. Afastou-se de Sheshkovsky, não mais querendo ouvi-lo. Como se houvesse engolido um alimento amargo, escarrou de novo, com força. E pela primeira vez, naquela manhã, fixou Laevsky com ódio. Sua excitação e seu constrangimento decresceram, desapareceram. Ergueu a cabeça e disse, em voz alta:

– Senhores, que estamos esperando? Por que não começamos?

Sheshkovsky trocou um olhar com os oficiais, sacudiu os ombros. E, também elevando a voz, sem dirigir-se a qualquer dos presentes, disse:

– Senhores, propomos que se reconciliem!

Von Koren replicou:

– Acabemos sem mais demora com as formalidades. Já se falou em reconciliação. Que formalidade falta ainda?

– Insistimos na reconciliação – respondeu Sheshkovsky, embaraçado, voz hesitante, como alguém constrangido a intervir nos assuntos alheios. E corando, a mão sobre o coração, continuou: – Senhores, não vemos qualquer relação entre o insulto e o duelo. Entre a ofensa, que por fraqueza humana dirigimos às vezes a outra pessoa, e um duelo, nada existe de comum. Os senhores são homens cultos, saídos da universidade, e decerto só verão no duelo uma simples formalidade já superada. Nós também somos dessa opinião. Do contrário, não teríamos vindo aqui, pois não admitimos atitudes desse tipo, que homens atirem uns contra os outros em nossa presença... Enxugou o rosto inundado de suor e continuou: – Portanto, senhores, terminem com esse mal-entendido. Estendam-se as mãos e voltemos para casa, para beber à vossa reconciliação. Por vossa honra, senhores!

Von Koren calou-se. Laevsky, percebendo que o olhavam, disse:

– Não tenho qualquer ressentimento contra Nikolai Vassilievich. Se ele acha que o ofendi, estou pronto a me desculpar.

Von Koren sentiu-se ferido.

– Está claro, senhores, que vos seria muito agradável se o Sr. Laevsky se retirasse, com a magnanimidade de um cavalheiro, mas não posso dar esse prazer nem aos senhores, nem a ele. Aliás, não teria sentido nos levantarmos tão cedo e caminhar dez verstas da cidade até aqui simplesmente para beber a uma reconciliação e comer alguma coisa... depois de ouvirmos explicações sobre a formalidade superada que o duelo representa. O duelo é o duelo. Nem mais tolo, nem mais falso do que realmente é. Desejo bater-me.

Pairou um grande silêncio. O oficial Boiko retirou do estojo duas pistolas. Estendeu uma a Von Koren e outra a Laevsky. Mas logo sucedeu algo que, por um instante, divertiu Von Koren e os padrinhos: nem um só dos assistentes havia tomado parte em um duelo. Ninguém sabia, exatamente, onde deveria colocar-se, nem o que deveriam dizer, ou fazer, os padrinhos. Finalmente, Boiko lembrou-se e, sorrindo, pôs-se a explicar.

Então, Von Koren perguntou, rindo:

– Senhores, quem se lembra, aqui, do duelo descrito por Lermontov? Também Turgueniev conta um duelo entre Bazarov e um outro personagem...

Ustimovich, impaciente, interrompeu-o:

– Para que lembrar isso, agora? Vamos estabelecer as distâncias...

Deu três passos para mostrar como medir, Boiko contou os passos, e seu colega, com o sabre, riscou a terra nas duas extremidades do que seria a arena.

No silêncio geral, os dois adversários colocaram-se. "Como toupeiras", pensou o diácono, encolhido entre os arbustos.

Sheshkovsky começou a falar alguma coisa, Boiko dava explicações... Mas Laevsky nada ouvia, ou melhor, ouvia, mas não compreendia. Quando chegou o momento, armou o cão e ergueu a pesada e fria pistola, o cano no ar. Esquecera-se de desabotoar seu sobretudo e sentia-se muito apertado nos ombros e nas axilas. Levantava o braço com tal dificuldade... sua manga parecia de ferro. Lembrou-se do ódio que sentira, na véspera, pela fronte escura e pelos cabelos crespos de Von Koren. E pensou que, mesmo no auge de seu ódio, jamais poderia atirar contra um homem. Temendo que, de alguma maneira, a bala atingisse Von Koren, erguia cada vez mais alto a pistola, embora sentindo que demonstrar demasiada generosidade não era delicado, nem magnânimo. Não podia, porém, agir de outra maneira. Diante do rosto pálido e do sorriso sarcástico de Von Koren, que estava seguro de que seu adversário atiraria para o ar, Laevsky pensava que, graças a Deus, tudo iria terminar depressa, bastando apertar fortemente o gatilho...

Sentiu no ombro um violento recuo: um tiro soou, repercutindo na montanha. E o eco o repetiu, em ressonância...

Von Koren armou o cão e olhou Ustimovich que, ao lado, andava como antes, as mãos às costas, sem prestar atenção. Disse-lhe:

– Doutor, quer me fazer o favor de não andar assim, de um lado para outro, como um pêndulo? Isso me perturba a visão.

O doutor deteve-se. Von Koren apontou para Laevsky, que pensava: "Está consumado!" O cano da pistola voltado diretamente para seu rosto; a expressão de ódio e de desprezo na atitude, em toda a pessoa de Von Koren... E aquele assassinato que iria sacrificar em pleno dia um homem de bem, diante de homens de bem... e aquele silêncio, aquela força misteriosa que forçava Laevsky a não fugir e esperar... como tudo era enigmático, incompreensível, espantoso! O tempo durante o qual Von Koren o visava parecia a Laevsky mais longo do que toda a última noite. Lançou aos Padrinhos um olhar suplicante. Elas, porém, muito pálidas, não se moveram. Laevsky pensava: "Atire de uma vez, depressa!" E sentia que seu rosto pálido, trêmulo, lamentável, devia despertar em Von Koren um ódio ainda mais forte. Enquanto este, visando-o na testa e sentindo o gatilho sob seu dedo, pensava: "Vou matá-lo imediatamente... Sim, não há dúvida de que vou matá-lo..."

– Ele vai matá-lo! – ouviu-se, de repente, não se sabia de onde, uma voz desesperada.

Nesse mesmo instante o tiro partiu. Vendo Laevsky firme, sem cair, todos olharam para o lado de onde saíra o grito: muito pálido, os cabelos molhados, colados à testa e ao rosto, pingando água e enlameado, o diácono, na outra margem, saindo do milharal, sorria de uma forma estranha, agitando seu chapéu encharcado.

Sheshkovsky, rindo de alegria, afastou-se um pouco e pôs-se a chorar.

XX

Instantes depois, Von Koren e o diácono reencontraram-se, perto da ponte menor. O diácono, emocionado, ofegante, evitava olhar o amigo: sentia-se envergonhado de seu susto e de suas roupas sujas e amarrotadas. Murmurou:

– Cheguei a acreditar que queria matá-lo. Como tudo isso é contra a natureza! Sim, antinatural!

– Mas como apareceu aqui? – perguntou o zoólogo.

– Não me pergunte! – respondeu o diácono em tom contrariado. – O maligno tentou-me, empurrou-me!... E eu vim. E quase morri de medo no milharal... Deus seja louvado... sim, Deus seja louvado! Estou orgulhoso do senhor... – gaguejou. – E nosso pai, a Tarântula, também ficará feliz... Ah! Como vamos rir! Uma coisa, porém, eu lhe peço, encarecidamente: não diga a ninguém que estive aqui. Meus superiores cairiam em cima de mim... Diriam: "Esse diácono foi testemunha de um duelo!"

Von Koren recomendou:

– Senhores, o diácono pede que não comentem sua presença aqui. Receia complicações.

– Mas como tudo isso é contrário à natureza humana! – disse o diácono, suspirando. – Desculpe-me: por sua expressão, não tive dúvidas de que ia matá-lo.

Von Koren respondeu:

– Foi grande a minha tentação de acabar de uma vez com esse patife. Mas o senhor gritou no momento exato, e eu falhei. Foi seu grito que o salvou. Toda essa encenação é repugnante, insólita... Fatigou-me muito, diácono. Sinto-me tremendamente cansado. Partamos.

– Não. Permita-me ir a pé. Preciso secar-me. Estou molhadíssimo e com frio.

– Como queira – respondeu o zoólogo, com voz fraca, subindo ao carro e fechando os olhos.

Enquanto os outros instalavam-se em suas caleças, Kerbalai, sustentando o ventre com as duas mãos, cumprimentava em voz baixa e sorria. Imaginava que haviam ido para admirar a natureza e beber chá. Não compreendia por que já estavam se retirando. Mas, dentro de um silêncio generalizado, todos partiram. O diácono ficou sozinho, diante do cabaré.

Dirigiu-se a Kerbalai:

– Mim quer ir ao cabaré beber chá... Mim quer comer...

Kerbalai falava corretamente o russo, mas o diácono pensava que o tártaro o compreenderia melhor em algaravia...

– Cozinhar omeleta... dar queijo...

– Venha, venha, pope – disse Kerbalai, saudando-o. – Vou lhe dar de tudo... Há queijo, há vinho... Sirva-se do que quiser.

– Como se diz Deus em tártaro? – perguntou o diácono, entrando no cabaré.

– Seu Deus é igual ao meu – respondeu Kerbalai, sem compreender. – Deus é o mesmo para todos. As pessoas é que são diferentes... Umas são russas, outras são tártaras, outras turcas, outras inglesas... Os homens são muitos, mas Deus é um só.

– Bem, amigo, se todos os povos creem em um só Deus, por que vocês, muçulmanos, consideram os cristãos seus inimigos seculares?

– Por que se enfurecer? – perguntou Kerbalai, colocando as duas mãos sobre o ventre. – O senhor é um pope, eu sou muçulmano... Se diz "quero comer", eu o sirvo... Só os ricos decifram essa diferença entre o seu Deus e o meu: para os pobres, ele é igual. Come, por favor!

Enquanto, no cabaré, travava-se essa discussão teológica, Laevsky lembrava-se, voltando à casa, da penosa impressão que tivera, ao alvorecer, quando fora ao local do duelo, a estrada, os rochedos, as montanhas negras, escorrendo água. Então, o futuro se lhe apresentava terrível como um precipício, cujo fundo não se pode ver. Agora, as gotas de chuva sobre a relva e as pedras brilhavam ao sol como diamantes, a natureza sorria alegremente: o terrível futuro fora ultrapassado. Laevsky olhava o rosto triste, os olhos vermelhos de Sheshkovsky, as duas carruagens, à frente, conduzindo Von Koren, seus padrinhos e o doutor; e sua impressão era de que retornaram do cemitério, onde acabavam de enterrar um homem insuportável, que impedia os outros de viver. E pensava, passando suavemente os dedos pelo pescoço: "Tudo acabou!"

Perto do colarinho, no lado direito de seu pescoço, formara-se uma pequena inchação, da extensão de um dedo mínimo, que doía como se atingida por um ferro em brasa: era o arranhão da bala.

Em seguida, ao entrar em casa, um longo, estranho e doce dia, envolvente como um torpor, começou para ele. Como se tivesse saído de uma prisão, ou de um hospital, examinava os objetos familiares e surpreendia-se de as mesas, as janelas, as cadeiras, a luz e o mar fazerem eclodir em sua alma alegria tão viva, infantil, que havia muito, havia muito tempo não sentia. Nadezhda Fyodorovna, pálida e emagrecida, não compreendia sua voz dócil e sua estranha conduta. Apressava-se a contar-lhe tudo quanto lhe acontecera... Parecia-lhe, no entanto, que ele não a ouvia bem, que não compreendia... do contrário, a amaldiçoaria e a mataria. Ele, porém, a ouvia, acariciando-lhe a face, os cabelos, olhando-a nos olhos... E dizia-lhe:

– Não tenho ninguém, exceto tu...

Depois, permaneceram longo tempo no jardinzinho, apertados um contra o outro, calados. Ou, talvez, sonhando em voz alta com a felicidade da vida que os esperava, dizendo-se frases curtas, entrecortadas; e descobriam que jamais haviam conversado tão longamente e com aquela dose de confiança.

XXI

Passaram-se três meses. Chegou o dia fixado por Von Koren para sua partida. Desde o alvorecer, caía uma chuva forte e fria; e um vento noroeste soprava, levantando imensas ondas no mar. Dizia-se que com um tempo assim era provável que o navio não entrasse no porto. Segundo o horário, deveria chegar às dez horas da manhã, mas Von Koren, que havia estado ao meio-dia e depois do jantar no cais, só viu, pelo binóculo, vagas cinzentas e a cortina da chuva no horizonte.

À noite, a chuva cessou e o vento diminuiu consideravelmente. Von Koren, já admitindo a ideia de não embarcar naquele dia, começara uma partida de xadrez com Samoilenko, quando o ordenança anunciou que, dentro da bruma, percebera fogos no mar: haviam lançado um foguete. Apressou-se. A sacola ao ombro, abraçou Samoilenko e o diácono, percorreu, sem necessidade, toda a casa, disse adeus ao ordenança, à cozinheira, e saiu, dando a impressão de que deixara alguma coisa em sua casa, ou na casa do doutor. Na rua, caminhava ao lado de Samoilenko. O diácono, carregando uma caixa, seguia-o. Depois, ia o ordenança, com duas maletas. Somente Samoilenko e o ordenança distinguiam o reluzir incerto dos fogos do navio: os outros sondavam a escuridão, sem nada conseguirem ver. O navio estava ancorado longe do rio.

– Depressa, depressa! – dizia, insistente, Von Koren. – Tenho medo de que não espere.

Diante da casinha de três janelas, para onde Laevsky se mudara depois do duelo, Von Koren não se conteve: olhou pela janela. De costas, curvado, Laevsky escrevia. O zoólogo observou, em voz baixa:

– Estou surpreso... Como se recuperou!

Samoilenko suspirou.

– Tens razão para te surpreender. Trabalha da manhã à noite... Quer pagar suas dívidas. E vive pior do que um mendigo, irmão!

Houve mais ou menos meio minuto de silêncio. O zoólogo, o doutor e o diácono permaneceram diante da janela, contemplando Laevsky. Por fim, Samoilenko falou:

– O pobre rapaz acabou não podendo ir-se daqui. Lembras-te dos esforços que fez para partir?

– Sim. E ele se tem dominado muito – replicou Von Koren. – Seu casamento, esse trabalho de todas as horas do dia para ganhar seu pão, essa nova expressão de seu rosto e, mesmo, essa mudança de atitudes, tudo isso é muito simpático e, pode-se dizer, tão elevado que já nem sei como classificar... Puxou Samoilenko pela manga e continuou, com emoção: – Diz-lhe... e também à sua esposa... que estou surpreendido com a transformação de ambos e que, ao partir, desejei-lhes todo o bem possível. Pede-lhe que não guarde de mim uma lembrança má. Ele me conhece. Se eu pudesse prever tal transformação, teria sido o seu melhor amigo.

– Entra e diz-lhe tu mesmo...

– Não. Seria constrangedor.

– Por quê? Sabe Deus se irão se encontrar alguma vez.

Von Koren refletiu e disse:

– Isso é verdade.

Samoilenko bateu na janela, docemente, com a ponta dos dedos. Laevsky estremeceu e voltou-se. Samoilenko avisou:

– Vanya, Nikolai Vassilych quer dizer-te adeus. Está de partida.

Laevsky ergueu-se e abriu a porta. Samoilenko, Von Koren e o diácono entraram.

– É um instante, apenas – disse o zoólogo, tirando as galochas e já arrependido de haver cedido ao sentimentalismo e de estar ali sem ter sido convidado. E pensava: "É meio tolo o que estou fazendo: dou a impressão de que quero me impor."

Explicou-se ao entrar:

– Desculpe-me perturbá-lo. Mas vou partir e não quis deixar de vê-lo... Sabe Deus se algum dia nos veremos ainda...

– Muito prazer... Entre, por favor... – disse Laevsky, aproximando desajeitadamente as cadeiras às visitas, como se desejasse barrar-lhes o caminho.

Ficou parado, no meio do aposento, esfregando as mãos. "Fiz mal em não ter vindo sozinho", pensou Von Koren. Mas disse-lhe, com voz firme:

– Não guarde más lembranças minhas, Ivan Andreich. Evidentemente, não é possível esquecer o passado... foi triste demais. Não vim aqui para me desculpar, ou para assegurar-lhe minha inocência. Sempre agi sinceramente: sobre aqueles tempos, jamais mudei minha opinião... Mas a verdade é que... vejo-o agora, para grande alegria minha... me enganei a seu respeito... Sempre há tropeços, mesmo em uma estrada plana: é o destino dos homens. Sempre há equívocos. Se não nos enganamos no essencial, enganamo-nos nos detalhes. Ninguém conhece a verdade inteira.

– Sim... Realmente, ninguém conhece a verdade – respondeu Laevsky.

– Então, adeus. Que Deus o faça feliz!

Von Koren estendeu a mão a Laevsky, que a apertou. Repetiu:

– Não guarde más recordações. Cumprimentos à sua esposa. Diga-lhe que lamentei não poder despedir-me dela.

– Ela está aqui.

Laevsky aproximou-se da porta e chamou:

– Nadya!* Nikolai Vassilych deseja dizer-te adeus.

Nadezhda Fyodorovna entrou e, parada perto da porta, ficou a olhar, timidamente. Tinha uma expressão embaraçada e assustada... comportava-se como uma colegial repreendida.

---

*Nadya: diminutivo de Nadezhda. (*N. da T.*)

– Parto daqui a pouco, Nadezhda Fyodorovna, e vim despedir-me – disse Von Koren.

Ela estendeu para ele a mão, hesitante, enquanto Laevsky inclinava-se. Von Koren pensou: "Dá pena vê-los. A vida para eles está sendo dura..."

– Irei a Moscou e a Petersburgo. Deseja que lhe envie alguma coisa de lá?

– Não... Não temos necessidade de nada – respondeu Nadezhda Fyodorovna, olhando seu marido, com inquietação...

– Realmente, de nada... – disse Laevsky, confirmando e esfregando as mãos. – Cumprimente a todos por nós.

Von Koren não sabia mais o que podia e devia dizer... Ao entrar, parecera-lhe que diria boas, cordiais e importantes palavras. Em silêncio, apertou a mão de Laevsky e a de sua esposa. Deixou-os, profundamente penalizado...

O diácono, seguindo-o, dizia à meia-voz:

– Que gente! Meu Deus, que gente! E foi a mão de Deus que plantou essa vinha. Senhor! Senhor! Um só homem venceu mil; outro venceu dez mil!* Nikolai Vassilych – disse solene –, saiba que venceu hoje o pior inimigo dos homens: o orgulho.

– Basta, diácono! Que espécie de homens somos nós, eu e ele? Os vencedores fitam-se como águias... Ele, porém, causa piedade, com sua expressão tímida, de homem vencido... cumprimenta como um joão-teimoso chinês... e eu... eu estou triste.

Ouviram-se passos: era Laevsky que os alcançava para acompanhar Von Koren. O ordenança, com as duas maletas, já estava no cais. A seu lado, quatro remadores.

– Diabo! Como o vento ainda está forte! – exclamou Samoilenko. – Deve haver qualquer coisa, assim como uma tempestade, no mar, ora se não! Não vais pegar um bom tempo, Kolya!

---

*Primeiro Livro de Samuel, XVIII, 7-8. (*N. da T.*)

– Não enjoo.

– Não me refiro a isso... Em todo caso, que esses imbecis não te mandem para o fundo! Devias pegar a chalupa da polícia. Onde está a lancha da polícia? – gritou aos remadores.

– Já partiu, excelência.

– E a da alfândega?

– Também já partiu.

– Por que não os preveniram, seus grosseiros?

– O que importa? Não te inquietes – disse Von Koren. – Vamos! Até a vista! Que Deus vos proteja, a todos!

Samoilenko abraçou Von Koren e fez sobre sua cabeça três sinais da cruz:

– Não nos esqueças, Kolya... Escreve-nos... Ficaremos à tua espera na próxima primavera.

– Adeus, diácono – disse Von Koren, apertando a mão do diácono. – Obrigado por sua companhia e por suas boas palestras. Pense em nossa expedição.

O diácono respondeu, rindo:

– Mas, senhor, estou disposto a ir ao fim do mundo! Pensa que vou recusar?

Von Koren, na obscuridade, reconheceu Laevsky e estendeu-lhe a mão, em silêncio. Os remadores, já embarcados, continham o barco que batia contra as pilastras, se bem que as estacas o protegessem das grandes ondas. Von Koren desceu a escada, saltou para dentro da embarcação e sentou-se perto do leme. Samoilenko recomendou:

– Escreve-nos! Cuida de tua saúde!

Laevsky pensava, levantando a gola do sobretudo e metendo, em seguida, as mãos nos bolsos: "Ninguém conhece inteiramente a verdade..."

O barco contornou rapidamente o ancoradouro e fez-se ao largo. Desaparecia no côncavo das vagas, mas logo, emergindo de uma fossa profunda, subia na crista de uma alta onda, de maneira que era possível distinguir as pessoas e mesmo os remos. A embarcação vogava uma dezena de braças, era recuada duas ou três... O vento levou uma voz até eles:

– Um rublo de gorjeta!

E Samoilenko insistia:

– Escreve! Não sei que diabo te obriga a partir com um tempo assim!

"Sim, ninguém conhece a verdade inteira", pensava Laevsky, olhando angustiado o mar agitado e escuro.

"O barco é impelido para trás", pensava ele, "avança dois passos, recua um pouco... Mas os remadores, obstinados, erguem infatigavelmente os remos, sem temor das altas vagas. O barco continua a avançar, seu vulto perde-se... Dentro de meia hora os remadores perceberão os fogos do navio e, dentro de uma hora, estarão na escotilha. Assim é na vida: à procura da verdade, os homens dão dois passos à frente, um para trás. Os sofrimentos, os erros e o tédio de viver os fazem recuar; mas sua sede da verdade e sua invencível vontade os empurram sempre para a frente. E daí, quem sabe? Talvez eles atinjam a verdade inteira..."

Samoilenko ainda gritou:

– Adeus!

– Não os vemos mais, nem os ouvimos – disse o diácono. – Boa viagem!

A chuva recomeçou a cair...

fim

Este livro foi composto na tipologia Minion Pro Regular,
em corpo 10,5/13, e impresso em papel off-set 56g/m² no Sistema
Cameron da Divisão Gráfica da Distribuidora Record.